A batalha por Gullywith

SUSAN HILL

A batalha por Gullywith

Tradução de
RITA SUSSEKIND

galera
RECORD
Rio de Janeiro | 2010

CIP-BRASIL. CATALOGAÇÃO-NA-FONTE
SINDICATO NACIONAL DOS EDITORES DE LIVROS, RJ

H545b Hill, Susan, 1942-
A batalha por Gullywith / Susan Hill; tradução Rita Sussekind. – Rio de Janeiro: Galera Record, 2010.

Tradução de: The battle for Gullywith
ISBN 978-85-01-08269-5

1. Fazendas – Ficção. 2. Mágicos – Ficção. 3. Mitologia – Ficção. 4. Ficção inglesa. I. Sussekind, Rita. II. Título.

09-4733 CDD: 823
CDU: 821.111-3

Título original em inglês:
The Battle for Gullywith

Texto revisado segundo o novo Acordo Ortográfico da Língua Portuguesa.

Direitos exclusivos de publicação em língua portuguesa somente para o Brasil adquiridos pela
EDITORA RECORD LTDA.
Rua Argentina 171 – Rio de Janeiro, RJ – 20921-380 – Tel.: 2585-2000
que se reserva a propriedade literária desta tradução

Impresso no Brasil

ISBN 978-85-01-08269-5

PEDIDOS PELO REEMBOLSO POSTAL
Caixa Postal 23.052 – Rio de Janeiro, RJ – 20922-970

Para

Ethan Haruki e Martha Eleni Pack

CAPÍTULO 1

Adeus, Avenida Wigwell

O número 58 da Avenida Wigwell estava desaparecendo. Olly Brown observava através da janela traseira do carro enquanto se afastavam cada vez mais, até chegarem quase ao entroncamento onde a Avenida Wigwell e a Estrada North London se uniam.

Agora ele não via mais a porta de entrada de sua casa. Agora não via mais o portão. Agora não via mais o telhado. Agora...

— Pronto — disse Pete Brown. — Adeus, Avenida Wigwell, número 58, e adeus, Londres.

— Oba! — Helen Brown ergueu o braço.

A irmãzinha de Olly, Lula, acenou através da janela.

— Tchau-tchau.

Olly continuou olhando enquanto deixavam tudo para trás. Agora o restaurante. Agora o jornaleiro. Agora o ponto de ônibus. Agora a biblioteca. Agora os portões do PSL, abreviação de "Parquinho Sujo de Lama".

O carro ganhou velocidade e Olly se virou antes que começasse a se sentir enjoado. Mas ficou de olhos fechados e em sua mente viu a casa na Avenida Wigwell, 58, a casa em que passara a vida inteira. Em sua mente, ela parecia a mesma. Mas não era. Nunca mais seria. Os móveis não estavam mais lá. Os desenhos de pintura a dedo de Lula foram retirados da parede da cozinha, deixando pedacinhos de fita adesiva, e a poeira que antes ficava embaixo de sua cama havia grudado no rodapé. A velha casinha de coelho e o carrinho quebrado de Lula estavam no lixo lá fora.

O número 58 da Avenida Wigwell estava vazio. Quando papai fechou a porta pela última vez, o som foi estranho e vazio.

— Tchau-tchau — Lula se inclinava para cutucar a orelha de Olly. — Tchau-tchau.

Ele não podia continuar fingindo que dormia durante muito tempo, mas sabia que, quando abrisse os olhos, algo teria acontecido — algo teria sumido e pronto. O número 58 da Avenida Wigwell não faria mais parte dele ou de sua vida, nem em sua imaginação.

Ele abriu os olhos.

Na casa vazia chamada Gullywith, a quinhentos quilômetros de distância, as coisas continuavam da mesma forma há muito tempo, exceto por uma pequena janela no sótão, que vivia entreaberta e que agora estava fechada, pela porta do estábulo, que permanecia aberta e que agora estava trancada com cadeado, pelo velho cocho de água, sempre cheio de água preta da chuva e lodo verde, mas que agora estava vazio, e por uma torneira que há tempos vivia pingando e que não pingava mais.

Pequenas coisas assim.

Havia também outra coisa, não se sabia ao certo o quê. A casa parecia estar ouvindo, vigiando e esperando. A cozinha vazia esperava. As escadas esperavam. As telhas de ardósia esperavam. E, de vez em quando, a casa emitia um som discreto, como o de uma pessoa que começa a despertar após um sono profundo.

Era um dia cinzento, parado e monótono, mas, às vezes, uma leve brisa vinha do nada e soprava pelos cômodos da casa, entrando e saindo alternadamente de cada um.

Depois, uma pequena pedra marcada com sinais peculiares apareceu no chão do sótão. Ficou parada por um instante, e depois começou a rolar em direção à escada, e então caiu, percorrendo todos os degraus, provocando uma série de ruídos fortes e propositais que ecoavam por toda a casa. Quando chegou ao primeiro andar, rolou novamente e desceu a segunda escadaria, a que tinha degraus que se inclinavam para a esquerda, e assim sucessivamente até cair do último degrau no chão da sala escura. O chão era meio desigual e quebrado em alguns lugares, com rachaduras profundas, mas a pedra rolava como se estivesse sobre mármore sedoso, até chegar à porta da cozinha, que estava fechada.

Quase todas as portas de Gullywith tinham espaço em suas bases para permitir a circulação de ar, mas a porta da cozinha ia até o chão, e era firme o bastante para impedir a passagem de água ou de ar.

A pedra ficou completamente parada. Parecia estar se recompondo.

CAPÍTULO 2

Uma pequena pedra redonda

Olly não sabia o que pensar a respeito de Gullywith, pois nunca tinha visto a casa. Papai e mamãe já haviam estado lá duas vezes, e Lula também, pois não podia ficar sozinha sem os pais, mas quando viajaram, primeiro para ver a fazenda e depois para ir ao leilão, era época de provas e Olly ficou na casa de Jamie Coombes, no outro lado da Avenida Wigwell, no número 115. Às vezes, Olly ia para lá. Ele gostava, e o fato de que seus pais tenham viajado quinhentos quilômetros, primeiro para ver uma casa, e depois para dar um lance em um leilão, não causara impacto na mente de Olly. Se tivesse pensado a respeito, primeiro concluiria que se tratava de mais uma das ideias malucas de sua mãe, depois que não gostariam do lugar, e, quando percebesse que gostaram, acharia que não conseguiriam comprá-lo.

Quando voltaram da primeira vez, trouxeram um DVD que os corretores haviam preparado. “Para sérios compradores em potencial”, disse sua mãe. Olly virou a caixa de plástico em sua mão. Coopers, Arch e Dunne, Corretores Imobiliários.

Na etiqueta estava escrito "Fazenda Gullywith" com tinta verde.

— Quer que eu coloque?

— Posso assistir mais tarde?

— Por que não quer assistir agora?

Olly não sabia dizer a razão, mas não queria. Precisaria de um momento específico para assistir e, quando esse momento chegasse, ele saberia.

Aconteceu no meio da noite.

O número 58 da Avenida Wigwell estava calmo e silencioso e ao acordar, Olly soube que o momento havia chegado. Ele saiu da cama e desceu silenciosamente. Não precisou acender qualquer luz até chegar à sala íntima, onde ficava a televisão, e fechar a porta.

A qualidade do DVD não era muito boa, e só tinha oito minutos de duração, mas era o suficiente. Ele viu tudo. A estradinha. O portão quebrado. A trilha de lama. O quintal. O celeiro abandonado. O estábulo com a porta aberta. A granja vazia.

Ao fundo, só se percebiam os contornos de uma colina íngreme.

A casa tinha um telhado ondulado e parecia que poderia cair a qualquer instante. Quando a câmera entrou, foi difícil enxergar alguma coisa. Era escura, cheia de teias de aranha, vazia, e as escadas viravam para a esquerda. As janelas eram cobertas de sujeira esverdeada.

Olly assistiu ao DVD duas vezes e, quando acabou e desligou a televisão, sentou e pensou por um bom tempo. Ele tinha quase certeza de que não se mudariam para Gullywith, assim como não se mudaram para Brighton, ou Norwich, ou para a pequena e remota ilha escocesa...

Ele sabia como se sentiria se deixasse o número 58 da Avenida Wigwell, caso isso acontecesse. Esta era a sua casa, sempre fora sua casa, tudo que conhecia era aqui, ele jamais desejaria ir embora e, se tivesse que ir, sentiria saudades. Ele não choraria nem faria escândalos, mas se sentiria perdido por dentro, como se um pedaço de si tivesse sido cortado.

Mas o que sentiria a respeito de outro lugar, onde quer que fosse, ele não sabia e não tentou adivinhar nem imaginar. Com certeza, isso não aconteceria.

Ele guardou o DVD na caixa e o colocou em cima da televisão, onde o havia encontrado. Foi silenciosamente até a sala, mas, ao pisar o chão, sentiu uma dor afiada na sola do pé, que fez com que ele soltasse um grito. Olly congelou. O grito aterrorizante soou pela casa, mas, surpreendentemente, ninguém pareceu escutar. As portas permaneceram fechadas, e a luzes, apagadas. Olly pulou em um pé só, segurando o outro. Depois se abaixou para ver o que o machucara.

No chão havia uma pequena pedra redonda. Olly pegou-a. Ele não percebeu os sinais estranhos marcados em sua superfície. Subiu as escadas cautelosamente e foi para o quarto, onde pôs a pedra em sua mesa de cabeceira e esqueceu o assunto.

CAPÍTULO 3

Em segurança na mochila

A viagem desde Londres foi longa e tediosa, e Olly tinha um sentimento estranho e triste dentro de si, como se alguma coisa muito pesada tivesse se instalado em seu coração. Ele concluiu que a melhor maneira de esquecer a Avenida Wigwell, 58, e tudo que estava deixando para trás em Londres, era esvaziar seus pensamentos totalmente cada vez que começassem a vagar nessa direção. Era uma boa estratégia e, depois de um tempo, Olly conseguiu aperfeiçoá-la. Ele deixou que seus pensamentos o levassem a outros lugares, como a praia em Dorset, onde passaram as férias e haviam encontrado fósseis, ou o rinque de patinação branco e brilhante onde viram *Aladim no gelo*. Durante o tempo restante, ele ouviu um CD de história e brincou um pouco com Lula. Eles pararam duas vezes para comer e para que o papai pudesse esticar as pernas. Pouco depois da segunda parada, mamãe disse:

— Olhem só... Estão vendo como a paisagem mudou? Muitas montanhas, ovelhas e riachos. Não é ótimo?

Olly olhou através da janela. Já tinham saído da estrada e ele podia ver campos verdes inclinados que se estendiam até montanhas íngremes e afiadas, e, marcando os campos, havia faixas de cercas cinzas desiguais.

— As ovelhas poderiam saltar estas cercas.

— Ovelhas não saltam — disse papai.

— Saltam, sim! Você nunca viu ovelhas saltando durante a primavera?

— São cordeiros, e não ovelhas.

— Seja como for, elas poderiam saltar estas cercas.

— Muros. Não são cercas. Fazem parte da paisagem local... muros de pedras secas. Por que você acha que recebem este nome, Olly?

— Deve ser porque não são molhados.

— Não, é porque eles colocam as pedras cuidadosamente, umas sobre as outras, sem utilizar qualquer argamassa para cimentá-las. Os muros se sustentam por causa da maneira pela qual as pedras se equilibram.

— Ah!

— Construir muros de pedras secas é... — papai continuou falando do jeito que fazia toda vez que dizia algo que pensava que Olly acharia muito interessante, mas o menino parou de prestar atenção. Não que ele achasse que o que seu pai estava falando era chato, ou não tão chato. Era outra coisa. Ele teve uma sensação estranha na perna, debaixo do bolso de sua calça jeans, como se alguma coisa o espetasse ou queimasse. Ele se remexeu em seu cinto de segurança e pôs a mão no bolso. Fosse o que fosse, picou seu dedo.

— Eu acho que tem uma vespa no meu bolso.

— Não pode ser.

— Não seja tolo, Pete, claro que pode ser, vespas se enfiam em todo lugar. Você não lembra daquela vez em que uma delas entrou na aba do chapéu da Vovó? Temos que parar. Pobre Olly!

Papai parou na estrada e encostou no limite do gramado. As ovelhas estavam muito próximas e ficaram olhando para eles.

— Múú, múú — disse Lula.

— Venha, vamos ver. Vire seu bolso com cuidado. Não, espere, deixe que eu faço.

— Pode deixar — Olly não gostou da ideia de sua mãe mexer no bolso de sua calça na beira da estrada. Qualquer um podia passar e pensar que ele precisava da ajuda da mãe para fazer xixi.

Ele pôs a mão no bolso e apalpou. Vespas são pequenas, moles e peludas, mas o que seus dedos tocaram era pequeno, duro e liso.

Olly retirou uma pedra do bolso.

— Não é uma vespa.

— Ufa, ainda bem. Era só uma pedrinha que estava te incomodando. Vamos, volte para o carro, ainda temos uns cem quilômetros a percorrer.

Papai ligou o motor. Mamãe entregou a Lula um livro que estava na bolsa de brinquedos, que haviam sido retirados um a um ao longo da viagem.

— Múú, múú — disse Lula, acenando o livro para as ovelhas.

Olly olhou para a pedra na palma de sua mão. Tinha arranhões pequenos e estranhos em sua superfície, mas era perfeitamente lisa e redonda, e o menino não entendia como podia ter picado e queimado sua perna. Mas, por via das dúvidas, ele pegou sua mochila, abriu o bolso da frente e guardou a pedra lá dentro. Assim, não machucaria ninguém.

CAPÍTULO 4

Barulhos agitados

A pedra permaneceu quieta na mochila de Olly durante toda a noite, na cadeira ao lado de sua cama no Hotel Viajante Feliz, onde a família passaria a noite, pois nada estava arrumado em Gullywith. Olly deitou-se olhando para a lua através das cortinas finas e ouvindo o barulhinho dos canos e aquecedores que corriam até o décimo primeiro andar, onde ficava o quarto. Parecia que estava no meio do nada, como uma pessoa em órbita no espaço, sem qualquer contato com o tempo real. O tempo real só existia em Londres ou no número 58 da Avenida Wigwell, ou talvez existisse amanhã, e quando chegassem a Gullywith, mas não aqui, não no Hotel Viajante Feliz. Aqui, o tempo ficava em uma bolha separada, na qual Olly já havia explorado todos os armários e gavetas em seu quarto, os elevadores, as escadas, a recepção, a sala principal, o salão de jogos, a sala de jantar e a entrada do bar, levando Lula para passear pelos corredores acarpetados e dar voltas pela recepção. Ele pôs uma colher de quase tudo — exceto beterraba — em seu prato, comeu toda a lasanha e as cenouras, metade de uma tigela de salada de fruta e um pouco de sorvete, tomou um copo inteiro de suco de maçã e brincou com o chuveirinho do banheiro dos pais até a ponta soltar e ele se encrencar.

O hotel estava cheio de outros hóspedes, Olly não havia visto nenhum deles antes, e provavelmente nunca mais voltaria a vê-los. Então, estavam todos juntos nessa bolha, separada do tempo e da vida real. Agora ele observava o feixe prateado de luz do luar passear pela cortina e deixou a bolha balançar levemente, com sua cama balançando junto.

Ele não estava pensando em nada. Era mais seguro assim. Ele estava feliz dentro da bolha.

Mas exatamente enquanto o balanço fazia com que caísse no sono, ele ouviu algo. Era um barulho estranho, como o ruído fino e agudo de uma serra elétrica, ou de um inseto furioso. Olly acendeu o abajur. O barulho cessou.

Ele deitou novamente e esperou. Nada aconteceu. Em seguida, os canos do hotel emitiram um som alto e aguado. Deveria ser isso, algo no encanamento. Ele apagou a luz e tentou se concentrar de novo na bolha, mas, enquanto entrava nela outra vez e o leve balançar recomeçava, ele ouviu novamente um ganido maldoso, irritado, sibilante. Dessa vez, Olly não se mexeu. Ele esperou. A lua já tinha ido embora, mas não estava totalmente escuro, pois a luz do corredor passava por baixo da porta. O barulho persistiu.

Vinha de algum lugar do outro lado do quarto.

Olly não ficou assustado, ficou interessado. Mas também estava muito cansado e a bolha voltou a balançar, e, alguns momentos depois, o barulho e o balanço se fundiram e ele se sentiu cair em um sono escuro, confortador, felpudo e macio.

Mas seu sono não permaneceu confortador e felpudo durante muito tempo. Tornou-se um sono diferente, mais desconfortável e perturbador, um sono em que Olly tentava caminhar por uma estrada que, a princípio, era dura e desigual, mas depois se tornou pedregosa e mais tarde funda com camadas de pedrinhas afiadas em que suas pernas afundavam, produzindo um barulho esmagador. Era muito difícil caminhar. Ele tinha de levantar as pernas, uma de cada vez, com muito esforço, e as pedras machucavam suas canelas e penetravam nas solas de seus pés. Ele também podia ouvir alguma coisa através de seu sono, um som que parecia um ganido fino e agudo, só que mais alto, como se o mar batesse nas rochas e, depois, como se as rochas estivessem sendo jogadas contra alguma coisa dura e bem próxima.

Olly acordou com um barulho. As janelas de seu quarto estavam batendo e alguma coisa atingia o vidro com força, como se chovesse não água, mas milhares de pedrinhas perversas.

O menino puxou a coberta sobre a cabeça e fechou os olhos com muita força. Mas o barulho continuou e levou muito tempo até que ele voltasse a dormir.

CAPÍTULO 5

A casa mais fria do mundo

Olly sentou sobre uma mureta baixa, o mais longe possível da casa. Ele esperava estar longe do alcance da visão, da casa, da mamãe e do papai, nesta ordem. Era pouco depois das 11 da manhã. Quando chegaram, Olly entrou cuidadosamente, deu uma rápida olhada em cada cômodo e fugiu. Agora, estava ao lado de um portão curvilíneo de metal e de uma estranha construção pequena e estreita, com urtigas crescendo. Ele pensou que se nunca mais precisasse voltar, ficaria muito feliz.

Uma estradinha estreita estendia-se do portão quebrado ao enorme campo aberto. Além do campo, erguia-se uma colina, e a estradinha parecia percorrê-la, sinuosa entre os rebanhos de ovelhas, até desaparecer por cima do pico. Por trás da colina, o céu estava escuro como tinta.

A Fazenda Gullywith fedia. Oliver ainda sentia o cheiro, mesmo no lugar em que se encontrava, onde o cheiro deveria ser de grama verde e ar puro. E de urtiga. O cheiro era muito velho, muito mofado e muito frio. Exatamente isso, pensou Olly. Acima de tudo, era um cheiro frio, como se nenhum calor tivesse conseguido penetrar e se instalar em centenas de anos, como se jamais tivesse havido uma fogueira ou aquecedores, como se o sol nunca tivesse penetrado através das janelas ou aquecido os muros, como se nunca tivesse havido um feixe de luz no qual um gato pudesse deitar, ou desempenhado seu papel de cozinhar ou secar roupas. Era a última semana de julho, não fazia um calor escaldante, o tempo não pedia banhos de mar, mas estava quente o suficiente para que Olly se sentisse confortável de camiseta e bermuda, mas, no interior de Gullywith, ele havia tremido. Nos cômodos, sentia-se o mais perverso inverno, um inverno frio, em que nunca fazia sol. Não era um inverno de dezembro, um inverno natalino.

Ele tremeu sobre a mureta de pedras. Algo desagradável acontecera. O frio da casa parecia ter entrado nele. Uma pequena parte escura do frio estava lá, tentando irradiar para o lado de fora, não só pelo resto de seu corpo, mas também por sua mente e seu coração. Era uma sensação horrível e assustadora. Olly pulou rapidamente e começou a correr pela estreita trilha através do campo, como se, de algum jeito, pudesse se livrar da sensação, como uma cobra que trocava de pele. Ele correu em direção à luz do sol, que se perdia entre as sombras pela colina.

— Pode ir para onde quiser, desde que não seja perto da água e que consiga enxergar a casa ao olhar para trás — advertira papai. Ele saiu, não só para escapar do frio, mas também para evitar que mamãe pedisse para tomar conta de Lula. Ele amava Lula, mas às vezes precisava de um tempo só para si.

A colina era mais longe do que parecia e, quanto mais Olly se aproximava, mais longe ela parecia estar. Ele parou. O sol continuava ofuscado pelas sombras. Ele podia ouvir o lamento triste e oco que as ovelhas emitiam.

O campo era largo. As cercas vivas eram muito afastadas, uma de cada lado.

Este não era um bom lugar.

Então, ele viu uma coisa. Olhou fixamente. Não. Não havia nada. Só as ovelhas e o sol através das sombras.

Sim. Lá estava novamente. Algo estava se mexendo, um pequeno objeto descendo a colina. Depois de um instante, parecia se dividir em dois. Dois pequenos objetos. Olly observou. Quando as sombras se aproximavam, os objetos desapareciam, mas, quando o sol se sobrepunha, eles reapareciam.

Olly esperou. Depois de um tempo, ele sentou. Os pequenos pontos foram aumentando ao se aproximarem cada vez mais, descendo pelo laço fino e claro em sua direção. Um deles se movia uniformemente, mas o outro vinha mais rápido e, de vez em quando, desviava um pouquinho, para frente e para trás, como um ioiô preso a uma corda.

Olly percebeu que um dos objetos era um cachorro, e logo identificou o outro como uma figura humana.

Ele se levantou. Achou que deveria virar e correr de volta para casa. A figura e o cachorro eram estranhos e ele estava em um lugar diferente e desconhecido. Mas voltar significava ir para aquela casa. Papai e mamãe estariam retirando objetos de dentro das caixas e empurrando móveis nas salas frias e escuras.

Subitamente, ele pareceu dar um largo pulo para trás, de volta ao número 58 da Avenida Wigwell, e ao fazê-lo, sentiu uma dor afiada penetrar em seu coração, uma dor que quase o fez gritar, a dor de ter deixado para trás tudo o que conhecia, e todos os lugares nos quais se sentia seguro e feliz.

Ele teria gritado, e lágrimas se teriam formado em seus olhos se não tivesse sentido na lateral de sua perna algo que era, ao mesmo tempo, morno e fresco.

Um cachorro preto e branco estava a seu lado, e lambia gentilmente sua perna. Olly olhou para baixo. O cachorro tinha olhos cor de mel e a lambida parecia curar a dor no seu coração, a sensação de vazio, e também parecia derreter o frio da casa que o dominava.

— Ele nunca faz isso com ninguém. Você deve ser legal.

O cachorro era o primeiro objeto, e o segundo estava parado bem a seu lado.

— Você veio para Gullywith — disse a menina.

CAPÍTULO 6

KK

— Você veio de Londres — disse a menina.

— Como você sabe?

— Todo mundo sabe. Você tem que ser de algum lugar como Londres para vir morar em Gullywith.

— Por quê?

— Porque sim.

— De onde você veio, então?

— Peagarth.

— O que é isso?

— O lugar de onde venho.

Era uma garota meio irritante, concluiu Olly. Ela se encostara à mureta como se esta lhe pertencesse, o cachorro se acomodara a seus pés e ambos pareciam ter a intenção de ficar ali. Olly deu um chute na mureta.

— Você não deveria fazer isso — disse a menina.

Ele parou, não pelo que ela falou, mas porque chutar a parede fez com que seus dedos do pé doessem.

— Eu disse — ela deu uma batidinha na mureta. Olly pulou e sentou-se novamente sobre a mureta. Não era o que queria fazer. Ele gostaria de ter ido embora, mas acabou fazendo o que a menina pediu.

— Se você sabe de onde vim, imagino que também saiba meu nome e tudo o mais.

— Não.

— Rá.

— Então, qual é?

Ele pensou em não contar, em guardar para si a informação. Afinal, não dizia respeito à menina, ou pensou em inventar um nome estranho, mas acabou respondendo:

— Olly Brown. E o seu?

— KK.

Ele riu.

— Este é Jinx.

— Jinx é um bom nome para um cachorro, mas KK não é um nome direito para uma pessoa.

Ela deu de ombros.

— O que significa?

— KK mesmo. Vou te contar uma coisa: Gullywith é a casa mais fria do mundo.

— Você já entrou lá?

— Não. Ninguém vai lá.

— Não seja boba.

— Você vai ver.

— Bem, muitas pessoas já estiveram lá e nós estamos morando na casa. Mas você tem razão: é fria mesmo.

— Não disse?

— É que faz tempo que ninguém mora lá e os aquecedores não estão funcionando. Mas meu pai vai dar um jeito nisso, vai ficar tudo bem.

— A chaminé não vai funcionar.

— Meu pai pode consertar isso também. Ele é bom com chaminés. E com coisas em geral.

— Você pode vir para a minha casa se quiser.

— Eu teria que pedir.

— Então peça.

— É muito longe?

— Seguindo a estrada.

Olly olhou em direção à colina. As nuvens negras por trás cresciam e se espalhavam, mas a colina continuava iluminada pelo sol, contrastando com a escuridão. A trilha havia clareado e parecia branca.

— Vai chover.

— E daí?

— Você pode vir até a minha casa enquanto eu pergunto se posso ir, depois vamos à sua casa se não estiver chovendo.

— Você quer que eu vá para Gullywith?

Ela não parecia amedrontada, mas parecia ter interpretado sua sugestão como uma piada sem graça, ou como um convite para ir à lua.

— Por que não?

A menina permaneceu sentada em silêncio por um instante. Tinha cabelos castanhos, lisos e curtos, e suas pequenas mãos estavam espalhadas sobre o muro como estrelas-do-mar.

KK permaneceu sentada sem falar nada durante um longo tempo e Olly percebeu que ela estava tentando elaborar algo em sua mente. Ele esperou. O cachorro continuava deitado, quieto, mas acordado, como se pudesse levantar e correr em um segundo, se fosse preciso.

Ele olhou para a colina. O sol havia desaparecido e parecia estar se fundindo com as nuvens, de modo que o céu e a montanha pareciam absorver um ao outro.

Então KK disse:

— Tudo bem. Eu nem sempre faço o que as pessoas acham que vou fazer, e nem sempre ouço o que dizem, seja o que for. Então, eu vou com você.

— O que quer dizer? O que as pessoas dizem? O que lhe disseram?

Mas ela balançou a cabeça e pulou do muro. O cachorro também se levantou e os dois começaram a correr tão depressa que Olly mal conseguiu acompanhar. Eles foram em direção à casa, e atrás deles, o arsenal de nuvens começou a correr também, unindo-se e rolando para frente através dos campos, como uma grande bola negra.

A fazenda Gullywith estava logo à frente, com sua aparência caída e vazia.

Um trovão rugiu por trás deles, fazendo com que o chão tremesse, e o raio caiu próximo a seus pés enquanto corriam. Olly estava sem fôlego, mas KK e Jinx pareciam muito bem.

Aquele lugar quebrado, antigo e caindo aos pedaços não podia ser um lar, Olly pensou, mesmo que seu carro estivesse estacionado do lado de fora. Parecia pouco convidativo, infeliz, um lugar sem luz e sem sorrisos, não um lugar que aguardasse por seu retorno, mas um lugar que parecia querer que o garoto virasse as costas e fosse embora. Malquisto, era o que a casa lhe dizia. Ele olhou para trás, mas a tempestade negra estava quase o atingindo. Ele podia senti-la alcançando-o, tentando arrastá-lo para si, rugindo, rosnando e, vez ou outra, estrondando como um vívido chicote elétrico.

Ele se sentiu preso entre Gullywith e as nuvens da tempestade, tão perdido que mal podia respirar.

— Vamos — ouviu KK gritar. — Corra, Olly, corra. — Ela já estava quase no quintal que levava a Gullywith e Jinx estava muito próximo a ela.

— Corra!

Um terrível flash iluminou o céu com uma luz branca e esverdeada e o barulho de trovão mais alto que Olly já ouvira pareceu levantá-lo de seus pés.

Ele sentiu, enquanto se lançava à frente, empurrado por uma corrente de ar que chegou sob ele ao mesmo tempo em que um barulhoso estrondoso era emitido, como se uma montanha de pedras estivesse a caminho, rolando e tropeçando de uma grande altura, caindo do céu em sua direção.

Olly, KK e Jinx correram para frente e foram tropeçando porta adentro da fazenda Gullywith, enquanto raio, trovão e a montanha de pedras caíam.

CAPÍTULO 7

Uma sala pequena e estranha

— Feche a porta, feche a porta, pelo amor de Deus — gritou mamãe. Olly a bateu com força, contra a combinação de chuva e vento que vinha de fora.

Eles estavam no hall de entrada de Gullywith. KK olhou em volta devagar e cuidadosamente.

— Vamos.

A cozinha estava uma bagunça, cheia de caixas e caixotes semiabertos, mamãe no meio de tudo e Lula dormindo no berço de viagem. Mas duas bocas do fogão estavam funcionando e a chaleira estava sobre uma delas. Papai estava inclinado, examinando o forno, com o bumbum para o ar.

— Acho melhor tirar estas peneiras e acabar com este barulho — disse KK.

Papai virou.

— Acha?

— Eu posso dar uma olhada. Ninguém acende isso há uns cem anos, vai estar frio e os fumeiros vão estar bloqueados. É simples.

— É?

KK se aproximou do forno. Havia um velho atiçador de ferro na fornalha ao lado. Ela o pegou e começou a bater no fogão e nos canos atrás. Houve uma série de barulhos e ruídos enquanto blocos de fuligem envelhecida caíam.

— É melhor não passar aspirador nisso não. Só vai entupi-lo. Vai ter que varrer mesmo.

— Certo.

— Você tem vassoura e pá?

— Bem... Temos?

KK suspirou.

— Tudo bem, acho que teremos que atravessar a montanha até a minha casa e buscar.

Helen e Pete Brown estavam olhando para KK. Olly estava olhando para KK. Lula continuava dormindo. Lá fora, a tempestade continuava forte e barulhenta, sacudindo violentamente as janelas e a porta, tentando entrar.

KK não parecia uma menina do tamanho e da idade de Olly. Ela parecia uma menina crescida e de iniciativa. Também parecia mandona, sabida e competente, e eles pareciam permitir.

— Nós lhe daremos uma carona, é claro — disse Pete Brown. — Para onde mesmo? Ou podemos ir até a loja comprar uma vassoura e uma pá.

— Que loja? Não, nós temos algumas velhas lá em casa. Só que é melhor esperarmos o tempo melhorar um pouco.

KK foi até a janela e espiou o lado de fora. O céu continuava negro e agitado.

— Onde você disse que morava?

— Do outro lado da montanha.

— Certo.

— Peagarth.

A chaleira assobiou subitamente. Lá fora, um trovão roncou violentamente e Lula acordou chorando. Jinx, que continuava no hall de entrada, começou a latir.

— Meu Deus — disse KK. Olly foi atrás dela. Jinx estava olhando para a porta da frente e latindo barulhentamente para a água negra que se infiltrava por baixo da rachadura e corria pelo chão.

Não demorou muito para que cobrissem o espaço com velhos jornais que KK encontrou na copa e enrolou, e não tardou muito para que os jornais ficassem ensopados, mas, quando começaram a vazar, a chuva já havia diminuído, e o vento já parara de tentar entrar pela porta. KK encontrou a chaleira e as xícaras, açúcar e leite, preparou bebidas para todos e depois pegou Lula e começou a brincar de esconde-esconde com ela, utilizando a ponta de uma das caixas. Helen Brown observou a menina, impressionada.

— Sua família é grande?

— Eu e mais seis. Já está clareando. Podemos buscar as coisas depois que acabarmos de tomar o chá — KK disse a Olly. Ele sentia o mesmo que mamãe parecia sentir: como se KK tivesse tomado conta de tudo e de todos e não houvesse nada que pudessem fazer a respeito, e eles não tinham certeza se gostavam disso.

Lula ria por trás da caixa.

— Eu nem sei seu nome — disse Helen Brown.

— KK.

— KK de quê?

— Só KK.

Ela repousou sua xícara de chá e caminhou em direção à porta. Em seguida, voltou a atenção para os outros.

— Bem-vindos a Gullywith — ela disse.

Olly foi atrás.

Eles atravessaram toda a casa. KK se locomovia com muito cuidado, como se fosse tropeçar e cair, ou como se tudo de repente fosse escurecer. Ela punha a mão na parede de vez em quando, e às vezes parava e esperava, respirando fundo ou prestando atenção para ouvir alguma coisa. Jinx a seguia de perto e, ocasionalmente, rosnava baixinho. Da cozinha, ouviam Lula gritar:

— KK, KK, KK.

No primeiro andar, KK olhou em volta.

— Sinta isso.

Primeiramente, Olly não entendeu o que ela queria dizer, mas depois percebeu que, apesar de toda a casa ser fria, eles estavam em um ponto que era muito mais frio que o restante, gelado. Eles entraram em um cômodo vazio que cheirava a mofo. Saíram. Entraram em outro. O sol iluminou alguns tacos do chão de madeira e havia um singelo aroma de alguma coisa leve e florida. KK sorriu.

— Ótimo — ela disse. — Tudo bem.

Ela abriu a porta de um armário. Havia prateleiras quebradas e o papel de parede estava soltando. O cheiro era horrível, frio e úmido.

KK balançou a cabeça.

— Não gostei — ela disse.

Eles subiram a segunda escadaria estreita e caminharam pelo corredor do sótão.

Jinx parou. Em seguida, começou a recuar um pouco, ganindo. KK olhou cuidadosamente para ele.

— Ele sabe.

— O quê?

KK balançou a cabeça. Em alguns cantos da parede, o papel estava descascando, exibindo alguns buracos na parede que cobria. KK esticou a mão e encostou. O frio vinha das paredes como um sopro gelado em suas faces.

O último cômodo ficava nos fundos e o frio dominava alguns pontos como uma fumaça congelada. Havia uma pequena poça d'água no chão. Olly olhou para cima, mas não havia buraco algum no teto.

Ele foi até a janela e olhou para fora, através do quintal e do campo com a trilha clara, em direção à colina da qual KK e Jinx haviam surgido. As ovelhas estavam posicionadas como pedaços de papel e o céu estava azul brilhante.

— Vamos sair — ele olhou em volta. A sala pequena e esquálida com sua parede gelada, seu cheiro mofado e seus fungos estranhos crescendo em um canto e outro da parede eram desagradáveis e ele queria sair e sentir o ar fresco e a luz do sol. Ele tentou não pensar a respeito de ter de dormir em Gullywith, ou imaginar se algum dia a casa seria quente e confortável, e preenchida pelos móveis e pela felicidade que possuíam no número 58 da Avenida Wigwell. Ele desviou seu pensamento para longe de lá. Era melhor não pensar nisso.

KK estava agachada em um canto da sala perto da janela.

— O quê? — Olly foi em sua direção. — O que houve?

KK esticou a mão. Na palma, havia uma pequena pedra. Ela apontou. Próximo ao chão, havia um buraquinho no rodapé, como se um rato tivesse aberto caminho por ali, e na entrada do buraco havia mais algumas pedrinhas. Ela as pegou. Olly olhou. As pedras eram muito frias e tinham as mesmas marcas estranhas, quase apagadas, como letras de uma língua estranha.

— São as mesmas — ele disse. — Iguais à primeira. São todas iguais.

E ele contou a KK a respeito da pedrinha na Avenida Wigwell, a pedra que o havia machucado através de seu bolso.

— Não gosto disso — disse KK novamente, levantando-se e olhando para o buraco. — Não gosto nada disso.

— Para que elas servem? O que significam?

Ela franziu o rosto.

— Coisa boa não é — ela finalmente disse. — O que já era de se esperar.

— O que quer dizer com isso?

— Gullywith, é claro.

Da cozinha, ouviam Lula chorando barulhentamente.

— O que devemos fazer?

— Não podemos fazer nada sozinhos. Precisamos de um conselho e só existe um lugar no qual poderemos consegui-lo. Vamos.

— Para onde? Eu pensei que fôssemos pegar uma vassoura e uma pá na sua casa, eu pensei... KK.

KK estava indo depressa — pelo corredor, em seguida descendo as escadas.

— Vamos nos encontrar com Nonny Dreever — disse ela. — Ninguém vai saber o que é, mas Nonny sempre sabe. Vamos!

Mas, ao descerem o último degrau, Helen Brown surgiu da cozinha, carregando Lula no colo.

— Não saia, Olly, eu preciso de você aqui. Há algo de errado com Lula.

— O quê? O que aconteceu?

KK parou onde estava.

— Eu não sei, ela começou a chorar e a fazer um barulho estranho, como se estivesse engasgando. Será que ela está sentindo alguma coisa? — Helen Brown voltou para a cozinha, levando Lula para perto da janela, onde estava claro. Lula estivera chorando. Mas agora estava de boca fechada e muito pálida.

KK caminhou em sua direção e, enquanto o fazia, Lula sorriu. KK esticou a mão.

— Me dê a mãozinha, Lula — ela disse. — Olhe, Jinx está esperando para dar uma lambida para você melhorar. Me dê a mãozinha.

O rosto de Lula se enrugou, formando uma expressão de teimosia por um instante, mas, em seguida, Jinx se aproximou e levantou a patinha. Olly achou que iria perder o fôlego. Ele amava Lula. E se ela tivesse comido alguma coisa estragada, ou veneno de rato, algo que pudesse deixá-la muito doente? E se...

Mas Lula estava pondo a mão na boca e logo depois cuspiu alguma coisa na mão e a esticou para mostrar a KK.

Na palma cor-de-rosa e fechada da mão de Lula, ainda molhada por ter estado dentro de sua boca, havia uma pedrinha escura e furiosa.

CAPÍTULO 8

Nonny Dreever

— Corra — disse KK.

Olly sabia a razão sem precisar perguntar. Se não corressem depressa até estarem fora do alcance auditivo, seriam interrompidos por papai e mamãe com vários avisos de "cuidado" e "quando vocês voltam?" e "prestem atenção". Ele nunca tivera essa liberdade na Avenida Wigwell, pois Londres era uma cidade perigosa e ele cresceu sabendo disso.

Eles já tinham avançado bastante pela trilha, e corriam em direção à colina, seguindo KK na frente, até Olly precisar parar para recuperar o fôlego. Uma ou duas ovelhas olharam para ele, encararam-no por um instante e retomaram suas atividades. KK virou-se e voltou. Jinx deitou-se no chão.

— Olhe.

Olly olhou. Atrás deles, Gullywith estava sob a sombra e as janelas brilhavam de forma estranha.

— Você conhecia as pessoas que moravam aí antes?

— Ninguém conhecia. Eu te disse. Ninguém viveu aí pelos últimos cem anos. Ou mais. E ninguém mais voltaria a morar aí se vocês não tivessem vindo.

— Mas é uma ótima casa — disse Olly, exatamente como ouviu sua mãe dizer naquela mesma manhã.

— Não — disse KK. — Seja o que for, não é uma ótima casa. Bem, vocês estão lá agora, por isso precisamos fazer o que for possível. Vamos.

Jinx se levantou. Olly notou que, apesar de Jinx ser alguma espécie de cão pastor, as ovelhas não prestavam qualquer atenção a ele. Era como se fosse invisível.

— É muito longe?

KK fez uma expressão desdenhosa.

— Muito longe para um menino de Londres?

— Não. Só estava perguntando.

— Ah.

Ela foi liderando novamente, subindo a trilha, que se tornava cada vez mais íngreme.

A sensação era de que muitas horas haviam passado até avançarem em direção ao topo da colina, e a trilha se tornava cada vez mais cheia de obstáculos e difícil de atravessar. Havia pedras brancas que se destacavam em meio à grama verde e Olly percebeu que a última ovelha pela qual passaram havia ficado muito atrás. Jinx corria na frente de todos agora. O vento estava aumentando e a impressão que tinham era de que poderiam alcançar e tocar as nuvens.

Depois KK desapareceu.

Olly parou e olhou à sua volta, em pânico. Montanhas verdes. Pedras brancas como giz. Vento. Céu. E ele.

— KK — gritou, mas sua voz foi abafada pelo vento.

Ele olhou para trás, mas as nuvens estavam agrupadas e encobriam os campos atrás. Gullywith também havia desaparecido.

— Oi! — KK estava a seu lado novamente, surgindo em meio às nuvens. — Você não pode me perder de vista aqui em cima.

— Eu não estava...

— Você precisa ficar perto de mim.

Ele se manteve próximo, e eles caminharam juntos através das nuvens, escalando os últimos metros íngremes. Em seguida, chegaram repentinamente ao outro lado, onde o sol brilhava outra vez.

— Acontece isso mesmo.

Olly olhou para baixo. Eles estavam no topo de uma colina, e por muitos quilômetros à frente, muitas outras se erguiam, cada vez mais altas, uma atrás da outra, cinza, violeta e azulada, mas, entre elas, havia uma enorme paisagem preenchida por campos e árvores verdes, cercas, uma torre de igreja, e vacas e ovelhas pequeninas, que pareciam ter vindo de uma fazendinha de brinquedo. Havia estradas. E um rio desenhado em uma linha prateada estreita.

— Atrás daquele pico fica o Lago Withern. Daqui não dá pra ver.

— É para lá que nós vamos?

— Hoje não. Nonny Dreever fica lá — KK apontou, mas o sol estava em seus olhos, e Olly não podia ver. — Perto de Wakes Wood.

— Não é melhor pegarmos a vassoura e a pá antes?

— Não — respondeu. — Isso é muito mais importante. — E ela desceu para o outro lado da colina.

Olly não tinha gostado de ter sido chamado de menino de Londres daquele jeito, mas não estava acostumado a andar daquele jeito, e não fazia ideia do quão longe teriam de ir, ou quanto tempo isso levaria, e KK continuava andando à sua frente, sem dizer nada. Quando chegaram ao pé da colina, eles viraram à esquerda e caminharam por uma trilha estreita que dava numa floresta, mas, em vez de entrarem nela, eles desviaram a rota e Olly teve dificuldades para manter o passo, pois o chão da trilha era grosso, cheio de madeixas de grama e ladeado por uma vala. Ele manteve os olhos no chão, para não pisar em falso, e somente quando KK parou que ele percebeu que estavam à frente de um pequeno portão de madeira.

— Só espero que ele esteja aqui — disse KK.

— Será que ele não vai estar no trabalho?

KK simplesmente riu e abriu o portão. Jinx correu na frente deles, em direção ao que parecia um pequeno galpão de madeira com uma pequena escada situada na frente, que levava a uma porta dividida ao meio. A parte de cima estava aberta e presa. Do lado de dentro, vinha um barulho estranho, que parecia um pouco com algo sendo serrado, e um pouco como algo sendo martelado.

— Ótimo — disse KK, andando em direção aos degraus. — Ele está em casa. Vamos.

Olly hesitou, mas logo depois a seguiu, lentamente.

Ele estava prestes a conhecer Nonny Dreever.

CAPÍTULO 9

A casa dos pilares

Olly olhou. E depois olhou novamente. E continuou olhando. Ele olhou impressionado e deslumbrado, e também olhou com uma dose de descrença. Se ele fosse um menino em uma história, esfregaria os olhos.

Aliás, o problema era exatamente com seus olhos, pois eles estavam demorando um pouco para se ajustar à pouca luminosidade da sala. Quando finalmente se acostumaram, ele continuou olhando em volta, pois havia muitas coisas, muitas e muitas coisas para serem vistas. Ele pensou que, mesmo que passasse uma semana inteira ali, só observando, talvez não visse tudo.

A primeira coisa que percebeu foi que a casa de Nonny Dreever ficava sobre pilares. Por isso, havia uma escada que levava à porta da frente — ou melhor, à única porta, pois não parecia haver uma porta dos fundos. A longa sala de madeira era construída sobre quatro pilares de madeira com espaço abaixo de si. Olly se lembrou de já ter visto fotos de casas assim em um programa de televisão sobre um país em que as casas eram construídas sobre a água, mas no programa as casas eram muito mais altas. A casa de Nonny Dreever parecia estar a menos de um metro do chão.

KK já estava no final da sala única e comprida, ao lado de um homem que estava sentado em um banco alto, na frente de uma bancada que se estendia pela parede.

KK disse:

— Venha, Olly, nada vai te morder.

Olly não tinha tanta certeza. Parecia haver muitas coisas capazes de mordê-lo se assim quisessem, mas ele não sabia quais animais, além dos cachorros, mordiam pessoas, e quais não.

Em um dos cantos, havia um pequeno fogão preto de ferro. Estava aceso e brilhava suavemente, e à sua frente, deitado sobre um tapete, havia um cervo. Seus olhos estavam fechados, mas Olly tinha a sensação de que o animal não estava dormindo. Na bancada ao lado de KK e do homem, havia um galo enorme com um olho brilhante, a crista vermelha e uma grande cauda que se abria como um leque. Não muito longe do cervo, havia um ganso branco com o bico laranja. Olly já ouvira falar a respeito de gansos e seus bicos, mas, por ora, a ave não parecia tê-lo notado.

A coruja o notou. Ela estava sobre uma prateleira no alto de um dos cantos da sala e seus olhos amarelos estavam fixos em Olly, sem sequer piscarem. Em determinado momento, sua cabeça se moveu, dando uma volta quase completa e voltando, como se seu pescoço estivesse sobre um eixo, mas de algum jeito ela conseguiu manter os olhos pregados em Olly, mesmo enquanto se movia.

Também havia outras coisas, tantas outras coisas — algumas vivas, outras não — que a cabeça de Olly parecia girar como a da coruja.

Então, o homem disse:

— Entre, Oliver Mackenzie Brown.

— Como você sabe meu nome?

Nonny Dreever riu.

— E feche a parte de baixo da porta.

Ele obedeceu a Nonny Dreever.

— Ótimo, agora venha até aqui, porque quero dar uma olhada em você. Já faz algum tempo desde a última vez em que vi um menino de Londres.

Olly caminhou lentamente pela sala até estar a um ou dois passos de distância da bancada, mas se certificou de estar no mesmo lado que KK, e longe do ganso, mesmo com o cão Jinx enrolado e dormindo ao lado da ave, o que, por sinal, o cervo não parecia ter notado.

Aos olhos de quem via, Nonny Dreever parecia uma daquelas pessoas que podia ser um homem jovem ou de meia-idade, ou até mesmo um idoso — era impossível saber, e não dava para identificar pela maneira como ele falava.

Ele tinha cabelos vermelhos, vermelhos como frutas selvagens, vermelhos como folhas de cereja no outono, vermelhos como o tapete da antessala da avó de Olly, e os cabelos vermelhos eram longos, compridos até o ombro, e ondulados. A outra coisa que Olly percebeu foi que ele tinha olhos grandes de um castanho normal, exceto por uma pequena fração dourada e brilhante em cada um. Ele usava diversos anéis enormes em seus dedos e, na palma de sua mão direita, havia um sapo. O sapo piscava os olhos lentamente.

Nonny Dreever olhou fixamente para Olly sem falar nada durante algum tempo. KK estava quieta e Olly percebeu que ela estava segurando um coelho cinza, cujas orelhas sedosas a menina acariciava em ritmo suave. Olly permitiu que o homem o encarasse e, de alguma maneira, se sentiu perfeitamente confortável. A sala estava silenciosa, embora cheia de olhos observadores.

Então Nonny Dreever disse:

— É melhor vocês me contarem o que está acontecendo.

Eles contaram tudo depois de receberem um copo da limonada que o próprio Nonny Dreever fabricava, que fez com que as bochechas de Olly contraíssem e secassem quando ele tomou o primeiro gole. Seus olhos estavam se acostumando à sala. Era um pouco como uma caravana, e um pouco como um longo bote. Havia um beliche embutido na parede em uma das extremidades, uma mesa, uma poltrona e um pequeno sofá com colchas coloridas espalhadas sobre ele. As prateleiras e cada canto estavam cheios de objetos — canecas de porcelana, pratos de lata, jarros, chaleiras, panelas, animais de latão, barquinhos de papel, brinquedos de madeira, livros, porta-lápis e porta-pincéis, anjos de vidro, cachorros de gesso, fotos, cartões-postais, potes de cola, saquinhos de chá e mingau de aveia. Havia também dois gatos, um preto e um branco, ambos tão quietos que Olly não soube se estavam vivos ou não até que, assim como a coruja e o sapo, eles piscaram os olhos. Havia olhos por toda parte. Principalmente os olhos de Nonny Dreever, com seus pequenos pedacinhos dourados e brilhantes.

KK havia retirado diversas pedras de seu bolso e Nonny Dreever as segurava em suas mãos. Às vezes, ele batia umas contra as outras. Depois as girava cuidadosamente. Em seguida ele as erguia ao lado de seu ouvido e, uma a uma, escutava-as como se fossem conchas do mar. Enquanto Nonny fazia cada uma dessas coisas, Olly observava seu rosto. A expressão mudava o tempo todo, como se o sol e a sombra o perseguissem, como haviam feito com ele próprio na colina.

Eles esperaram um bom tempo e KK parecia saber que isso era normal. Ela continuou acariciando o coelho, e seus olhos pareciam semicerrados. Os olhos de Olly já estavam acostumados à sala e, toda vez que olhava em volta, ele via mais coisas — bonecas de madeira articulada, um carrossel entalhado e pintado, uma cesta de conchas, outra de pinhas, e além, perto dele, uma enorme pedra cinza-esverdeada. Ele não havia notado a pedra antes. Ela também tinha marcas, como quadrados de um tabuleiro de xadrez. Eram bem diferentes das pedras que vinha encontrando, mas ele ficou imaginando se teria a mesma origem, ou algo a ver com as suas.

Ele se abaixou para examinar melhor as marcas e, ao fazê-lo, ele pensou ter visto a pedra se mexer. Não. Pedras não se mexem. Ele esperou. Nonny Dreever continuava sentado, ligeiramente curvado em sua cadeira, agora com as mãos firmemente fechadas. A atmosfera da sala era quente e escura, e formava um ambiente sonolento. KK parecia estar dormindo.

A pedra se mexeu outra vez. Ela produziu pernas, um pescoço e uma cabeça, e começou a caminhar para frente.

A pedra era uma tartaruga.

— Withern — disse Nonny Dreever. KK abriu os olhos. — É lá que vocês descobrirão mais. Na costa de Withern —

Ele abriu a mão. Todos olharam para a pedra que estava em

sua palma. — Vocês devem ir até lá. Levem isso com vocês. Ela pertence àquele lugar, e é lá que deve ficar. A questão é se vai ficar ou não.

— Se pusermos lá, vai ter que ficar — disse KK. — Pedras não se mexem.

Olly olhou para baixo. A tartaruga havia desaparecido de vista, para baixo de um banco.

— É claro que se movem — disse Nonny Dreever. — Como você acha que esta chegou até Gullywith? Como apareceu no bolso de Oliver Brown? Como as outras apareceram perto da toca dos ratos? Pedras se mexem. Estas provavelmente vêm se mexendo há anos. Mas talvez... — ele balançou a cabeça.

— Existem outras?

— Como esta? Provavelmente. As marcas as ajudam a reconhecer umas às outras. Elas devem ficar juntas.

— Então por que elas simplesmente não ficam neste tal lugar a que pertencem... Withern?

— Porque existe algo que precisam fazer. Talvez não estejam satisfeitas com a maneira como as coisas estão. Não sei dizer. Só estou dizendo de onde acho que vieram. Quando foram para Gullywith, quem pode saber? Talvez na semana passada, talvez há milhares de anos.

— Não estou entendendo nada — disse Olly, contrariado. — São apenas pedras.

— Nada — disse Nonny Dreever descruzando suas longas pernas e se levantando da cadeira —, nada é "apenas" alguma coisa, principalmente por aqui — ele esticou a mão. — Leve-as, Oliver Mackenzie Brown, e devolva-as ao lugar de onde vieram. Veja se vão sossegar.

Olly pegou a pedra cuidadosamente, agora com medo dela. Mas ela ficou parada inocentemente em sua mão. Sim, apenas uma pedra, afinal.

— Tenham cuidado — disse Nonny enquanto desciam os degraus de madeira. Olly pensou que ele estivesse recomendando cautela para não tropeçarem, mas havia um ar mais sério do que uma simples recomendação paternal na voz de Nonny Dreever.

Olly olhou para trás.

— Você acha que as pedras são perigosas, senhor Dreever?

— Eu diria que são pedras nervosas, e coisas nervosas merecem atenção. É o que diria.

— Eu quero jogá-la fora. Não gosto de carregá-la.

— Leve-a de volta a Withern o quanto antes e não será mais incomodado.

— As pessoas gostam de voltar às próprias casas.

— E onde é a sua casa, Oliver Brown?

Olly ficou parado sob o sol. Ele não sabia responder. Gullywith ainda não parecia ser sua casa, mas o número 58 da Avenida Wigwell já não o era também.

— Eu não sei — respondeu ele. — A minha sensação é de que não tenho casa alguma.

Ele não foi embora porque queria perguntar uma coisa e não perguntou porque não queria parecer grosseiro, mas ele sabia que, se não perguntasse, passaria o resto do dia incomodado, e mesmo durante a noite acordaria preocupado.

— Senhor Dreever?

— Sim?

— Eu andei pensando...

— Eu sei. Geralmente sei quando as pessoas estão pensando.

— É que... na sua casa têm tantas coisas, e elas são tão interessantes e acho que ninguém poderia descobrir sequer metade delas.

— Metade? Não poderiam descobrir sequer um centésimo.

— Não. Eu imagino que não. Mas no canto... aquilo é uma árvore de Natal?

— Ora, claro que é uma árvore de Natal.

— Mas... estamos em julho.

— Que diferença isso faz? A árvore de Natal sempre fica ali. De que adianta ter uma árvore no Natal e depois desmontar tudo e guardar, para depois ter de montar tudo outra vez? Por que não deixá-la pronta e se poupar do trabalho?

— Porque as árvores de Natal secam e morrem.

— A minha, não.

— Ah. Não me pareceu de plástico.

— E não é.

Nonny Dreever olhou para Olly e este olhou para o chão. Nenhum dos dois disse nada por vários instantes.

— Bem — disse Olly, finalmente. — Muito obrigado pela limonada e... até logo.

— Você não quer o seu presente?

— Que presente?

— O seu presente de Natal, é claro. Para que serve uma árvore de Natal se ela não tiver presentes embaixo?

— KK...

— Ela já ganhou o dela, mas você não. É melhor entrar e buscar.

Olly voltou para a sala e seus olhos tiveram de se acostumar com a falta de luz outra vez, mas ele caminhou até o final, onde achou ter visto a árvore de Natal. Ela estava sobre um bloco de madeira, decorada com bolas e faixas, um anjo no topo e havia muitas luzes, prontas para serem ligadas na tomada, quando fosse realmente Natal, ele imaginou. Ele encostou na árvore. Era definitivamente verdadeira; verdadeira e fresca e tinha cheiro de folhas de pinheiro, como uma árvore recém-cortada.

Sob a árvore, havia presentes, embrulhados em papel de Natal vermelho e verde, com pontos dourados e estrelas prateadas. Um presente? Um presente de Natal? Por que haveria um para ele? Foi uma surpresa incrível e Olly olhou para todos eles, sem saber exatamente o que fazer. Ele não podia simplesmente pegar um presente. Ele tinha de recebê-lo de alguém. Como ele saberia qual deles deveria pegar? Eram todos muito diferentes em tamanhos e formas.

Ele ficou parado olhando para os presentes, sentindo-se tolo.

— Bem, pegue — disse Nonny Dreever da entrada da porta. — Já está na hora de voltarem.

— Eu... eu não sei qual devo pegar.

— Então você não sabe ler?

— É claro que sei ler — disse Olly. — Eu tenho 10 anos.

— Então leia as etiquetas. A que tem o seu nome é a do seu presente, certo?

Olly se curvou. Cada um dos presentes tinha uma etiqueta amarrada de forma caprichosa, mas só uma delas tinha algo escrito. Ele pegou o pequeno embrulho. *Oliver Mackenzie*

Brown, ele leu. A letra era estranha, curvilínea e muito fina, escrita em tinta violeta.

— Obrigado — disse Olly. O embrulho era estranhamente pesado. — Quando devo abri-lo?

— Quando quiser. Agora... vá! Tenho coisas importantes a fazer.

Olly se retirou da sala, desceu os degraus de madeira, passou pela trilha estreita, onde KK e Jinx continuavam esperando pacientemente.

CAPÍTULO 10

Uma pequena tartaruga de bronze

As coisas estavam bem diferentes em Gullywith quando Olly voltou. KK fez com que ele voltasse direto para casa, pois haviam passado muito tempo na casa de Nonny Dreever, e ela foi sozinha buscar a vassoura. Quando Olly perguntou se não se preocupariam com ela também, ela lhe lançou um olhar de pena.

Primeiramente, enquanto descia a colina, ele pôde ver que havia fumaça saindo das chaminés de Gullywith, o que provavelmente significava que tinham conseguido acender o fogão. E, quando entrou, de algum jeito o cheiro estava melhor, como se a umidade e a escuridão tivessem recuado para dentro das paredes e as pessoas estivessem se instalando. Havia até uma chama na lareira da sala da frente — um pouco preta e estranha, e queimando muito pouco, mas, ainda assim, era fogo, e imprimia um tom alegre ao ambiente.

Muitas das caixas com os objetos da mudança estavam empilhadas no jardim dos fundos, e a mesa e as cadeiras estavam no meio da cozinha. Mas não pareciam se encaixar, pensou Olly. Ficavam pequenas demais naquele espaço enorme, e pareciam pertencer a uma cozinha de cidade grande. O que, aliás, era o caso.

— Seu quarto é no sótão — disse Helen Brown. — Achei que você fosse gostar de ficar no alto, perto das nuvens e fora do caminho, e você tem uma bela vista da colina. E estou contente por você ter arrumado uma amiga, mas qual é o verdadeiro nome dela? Você foi até a casa dela? Onde ela mora? Como eles...

Olly saiu de lá. As perguntas de sua mãe o perseguiram enquanto ele correu pelas escadas, como uma longa cauda que se tornava cada vez mais fina, e foram desaparecendo até que não pudesse mais escutá-las.

A fumaça da madeira também havia subido as escadas e estava circulando pelos andares e pelo corredor, delicada e com um cheiro adocicado.

Em frente à porta do quarto do sótão, que agora era seu quarto, Olly parou. Ele sabia exatamente o que não podia fazer, nem agora, nem nunca. Ele não podia olhar para suas coisas, a cama, a cadeira, o baú pintado de azul e se lembrar de como elas eram no número 58 da Avenida Wigwell. Ele não podia tentar colocá-las de volta em seus velhos lugares e nem pensar em como estavam diferentes. Estariam diferentes, pois tudo estava diferente e não havia nada que ele pudesse fazer quanto a isso.

Ele abriu a porta.

A primeira coisa que viu foi a colina que se erguia à frente, clara como a luz do sol, em frente à janela. Era um azul-violeta em tom escuro, contra o azul-celeste, e a trilha era pálida como um osso. À sua frente, ficava o vasto campo que atravessara com KK. Não havia ninguém ali agora. As ovelhas eram pequenos pontos brancos, com as cabeças curvadas, pastando.

A visão da colina fez com que Olly se sentisse bem. Parecia se alojar em seu coração — já era uma coisa que conhecia e amava. Ele sentia como se a colina estivesse cuidando dele.

Seu quarto era maior do que havia imaginado e sua cama parecia muito pequena encostada à parede, mas sua velha colcha estava dobrada do lado e o baú estava seguro ao pé dela. Seus brinquedos, livros e roupas ainda estavam nas caixas de mudança empilhadas no chão e não havia prateleira para guardar as coisas, mas ele concluiu que seu pai logo arrumaria alguma para colocar na parede. Eles encontraram seu abajur e o ligaram na tomada, o velho abajur que havia ganho aos 3 anos, com girafas que rodavam nas extremidades. Na época, ele gostava muito de girafas e sua mãe as desenhou no quebra-luz. Olly o acendeu. Funcionou. As girafas brilhavam suavemente, marrons, em contraste com a cor clara da superfície na qual foram desenhadas. Ele se sentiu ainda melhor. A noite havia deixado o quarto muito escuro, mas a lâmpada acesa deixava o ambiente melhor. Olly sentou na cama. Parecia a mesma. Era a mesma. Sua cama. Ele se balançou um pouco sobre ela, que continuava macia.

A situação estava melhorando e melhorou ainda mais quando ele se lembrou de que ainda não havia aberto o presente de Natal da árvore de Nonny Dreever. Ele retirou o pacote do bolso. Olly virou o embrulho de um lado para o outro. Era pequeno e pesado. Parecia uma pedra.

Ele desembrulhou rapidamente e retirou um objeto pequeno, frio, duro e brilhante. Era pesado porque era feito de bronze maciço.

Seu presente era uma pequena tartaruga de bronze com olhos brilhantes. Olly a segurou em sua mão. Parecia amigável. Ele a colocou ao lado do abajur e guardou o embrulho e a etiqueta na gaveta. Em seguida, balançou-se na cama outra vez.

Sua cama. A tartaruga o observou. Sua tartaruga. Sua cama. Sua cama em Gullywith.

— Gullywith — disse Olly, em voz alta.

Ouviu-se um estrondo, a luz se apagou e o quarto se afogou na escuridão.

CAPÍTULO 11

Fiddleup

Na manhã seguinte, Olly acordou com o sol brilhando em seu rosto. Sua mãe estava abrindo as cortinas, e da cama ele podia enxergar a colina, clara e brilhante, e com ovelhas que pareciam bolas de algodão e combinavam com as nuvens brancas do céu. Na cozinha, seu pai fritava bacon e ovos no fogão, Lula batucava alegremente na mesa com a colher e a porta dos fundos estava aberta, para que a manhã entrasse na casa.

— Muito bem, Olly Brown, tome um bom café da manhã. Nós vamos a Fiddleup.

A escola nova de Olly ficava em Fiddleup, uma cidade comercial a 20 km de distância. Ele achava o nome engraçado.

— Eu prometi à sua mãe que encontraria um eletricista profissional que ajeitasse as coisas por aqui. Acho melhor nunca mais fazer o que fiz ontem à noite.

Eles ficaram na escuridão até depois das 23h, com a mamãe parada com uma lanterna iluminando a velha caixa de fusíveis enquanto papai tentava e fracassava na tentativa de consertar as luzes.

— E outras coisas. — Ele fez uma cara engraçada. — Sua mãe me deu uma lista.

— Eu tenho que ir junto?

— Tem.

— Nós podemos tomar sorvete em alguma lanchonete?

— Se tiver uma lanchonete.

— É claro que tem uma — disse Helen Brown, colocando um prato de ovos cortados na frente de Lula. — Nós fomos lá quando viemos aqui pela primeira vez. Você não lembra? Cuco, ou Pássaro, ou coisa parecida.

Olly apontou a garrafa de ketchup para baixo e apertou. Nada aconteceu.

— Pode ser que KK apareça novamente

— Se ela vier, ficarei feliz em vê-la. Essa menina tem os pés no chão e a cabeça no lugar.

Olly riu, imaginando as duas coisas. Enquanto fazia isso, o ketchup jorrou em seu prato, formando uma piscina.

— Oliver!

Através da porta aberta, lá longe, na colina, Olly ouvia as ovelhas balindo umas para as outras.

— Vaquinha — disse Lula.

Fiddleup ficava em uma colina. As ruas eram íngremes e levavam à praça comercial e, mais abaixo, ao rio. Até que andassem para cima e para baixo para encontrar um eletricista que marcasse uma visita para ajeitar as coisas em Gullywith, e fizessem todas as coisas na lista de sua mãe, Olly estava com dor nas pernas. O sol estava quente, a cidade estava ficando movimentada e Olly mencionou a lanchonete, uma bebida gelada e o sorvete diversas vezes até que seu pai percebesse.

— Certo... vamos procurar por ali. Parece-me familiar. Acho que talvez aquela lanchonete ficasse do lado esquerdo.

Mas não era. Eles subiram as próximas ruas íngremes. Nada de lanchonete.

— Então tem que ter uma na praça. Talvez aquela a que fomos tenha fechado.

— Não fechou, veja.

A lanchonete Bluebird estava logo à frente. Havia bolos expostos na vitrine, mesas atrás e uma placa sinalizando e existência de sorvete.

— Pai...

— Ótimo — respondeu o pai. — Mas, antes de entrarmos, eu gostaria de dar uma olhada naquela livraria de livros usados ao lado. Tem um manual dos anos 1950 da Triumph Road que estou procurando...

Olly resmungou. Seu pai estava sempre procurando velhos manuais de carros antigos e, quando começava a explorar as prateleiras em sebos e livrarias, podia passar horas remexendo. Olly viu seu sorvete desaparecer no horizonte.

— Cinco minutos — disse seu pai. — Bem, dez minutos no máximo.

Eles atravessaram a rua e abriram a porta da pequena loja. O sino tocou. Sempre iam a velhas livrarias, pensou Olly. Ele já havia visitado muitas delas com seu pai. Sempre que estavam de férias, em Gales ou Jersey, na Cornualha, na Ilha de Wight ou na Ilha de Skye, seu pai sempre conseguia achar alguma velha livraria que talvez, apenas talvez, tivesse o manual dos anos 1950 da Triumph Road, ou o Austin 7 dos anos 1930, ou o Jaguar de 1953, que ele estava procurando.

A livraria tinha exatamente o mesmo cheiro de todos os outros sebos em que já havia entrado: cediço, seco e curtido. Em um dos cantos, havia um balcão alto e, no topo do balção, um pequeno sino. *Favor toque a campainha para ser atendido*, dizia o aviso ao lado do sino.

Pete Brown olhou à sua volta, procurando a prateleira de livros automobilísticos. Não parecia haver ninguém atrás do balcão.

— Ah rá! — disse Pete Brown, e foi para trás de uma estante de livros no canto. Olly suspirou. Se seu pai encontrasse a seção de automóveis, ficaria lá a tarde inteira. Ele foi olhar a estante ao lado. Biografias. História. Antiguidade. Clássicos. Olly passou o dedo pelas prateleiras. Sorvetes formavam belas imagens em sua mente, amarelo-creme, rosa-morango, chocolate...

Poesia. Teatro. História Natural. *A batalha por Gullywith.*

Olly olhou fixamente. Fechou os olhos, abriu-os novamente e olhou outra vez.

O livro estava entre um sobre cotovias e outro chamado *Cercas-vivas e sua história*. Ambos tinham capas moles — mas esse não. Tinha uma capa escura de tecido azul, ou talvez verde, e a fonte pequena do título na lombada era dourada, mas, de algum modo, aquele dourado brilhava sobre a capa escura. *A batalha por Gullywith.*

Olly aproximou a cabeça da prateleira de livros, mas, ao fazê-lo, este pareceu se encolher, escondendo-se entre os outros dois. A cor dourada do título continuava brilhando.

Nesse instante, Olly ouviu o ruído de uma porta abrindo em algum lugar no fundo da loja, e depois a voz de seu pai. Ele se escondeu atrás da estante. Ele não queria que o encontrassem ainda. Queria examinar o livro. Seu coração batia acelerado.

— ...automóveis — disse o vendedor, com a voz de um homem idoso, frágil e trêmulo.

Seu pai começou a falar.

A batalha por Gullywith. O livro parecia ter voltado para frente outra vez, de modo que estava na posição original, com o livro sobre as cotovias à esquerda e o outro, sobre cercas-vivas, à direita. Olly esticou a mão. Ao fazê-lo, o sino tocou e a porta da loja se abriu. Mas havia mais alguma coisa. Até então, o dia estivera lindo, quente, ensolarado e calmo, mas, quando a porta se abriu, uma corrente de vento entrou e circulou pelo recinto. A porta bateu, o sino tocou violentamente, e um livro caiu da prateleira em cima do pé de Olly. Foi como se um tijolo grande e pesado tivesse caído nele, machucando seus dedos, tanto que ele gritou.

— Ai!

— Olly? O que você está fazendo?

A cabeça de seu pai apareceu no final da estante de livros.

— Cuidado com os livros. Não derrube nada no chão, você pode causar um estrago e tanto.

— Eu não derrubei nada, juro! Foi o vento, fez a porta bater e o livro cair no meu pé. Está doendo muito.

— Do que você está falando? Você já está bem crescidinho para ficar inventando histórias quando está encrencado, Olly.

— Eu não estou inventando. Eu disse, o vento fez a porta bater.

— Que vento? Está fazendo um dia lindo lá fora, não há sequer uma brisa.

— Ventou sim, empurrou a porta e...

— A porta fechou porque alguém entrou, só isso.

— E fez o livro cair no meu pé.

— Oliver...

Oliver olhou para baixo O livro no chão ao lado do seu pé tinha um desenho colorido na capa, nas cores verde, branco e marrom. *Cercas-vivas e sua história*.

— Engraçado...

— O que houve agora?

Olly se curvou e pegou o livro.

— Não foi esse o livro que caiu no meu pé, foi outro. Foi...

Ele devolveu o livro sobre as cercas-vivas para o lugar, mas alguma coisa estava errada. Cabia direitinho no espaço ao lado do livro sobre cotovias, mas não havia espaço para nenhum outro livro entre eles. O livro intitulado *A batalha por Gullywith* havia desaparecido.

— Ah... isso, eu achei que tinha. É esse o manual da Triumph Roadster?

Pete Brown desapareceu.

Olly retirou o livro das cercas-vivas, passou a mão no espaço vazio e apalpou a prateleira. *A batalha por Gullywith* certamente estava no fundo.

Não tinha nada. Ele retirou o livro sobre as cotovias e procurou novamente. Ele esticou o braço o máximo possível, para ambos os lados, mas não havia nada além de espaço e da prateleira de trás. Nada do livro.

Talvez ainda estivesse no chão. Talvez o tivesse chutado para baixo de alguma prateleira quando seu pé estava doendo.

Ele se ajoelhou.

Nada. Não havia livro algum no chão. Nenhum livro escondido atrás dos outros da prateleira. E nenhum espaço entre o livro das cercas-vivas e o das cotovias.

O livro chamado *A batalha por Gullywith* havia desaparecido.

— Olly... VAMOS. Você quer o sorvete ou não?

O pai estava no final da estante, segurando um embrulho em forma de livro. Ele estava com um largo sorriso estampado no rosto.

— Achei! Não é incrível? Há anos que vinha procurando por ele. Você vem ou não?

Olly olhou para o chão. Depois para a prateleira de livros. Depois para seu pai. Depois para a prateleira de novo. Continuava desaparecido.

Ele seguiu seu pai para fora da loja. Ele precisava pensar.

Quando entraram na livraria, a porta fechou — ele se lembrava do toque do sino. Outra pessoa havia entrado na loja, fazendo com que o sino tocasse, mas, nas duas vezes, a porta fora fechada. Ele tinha certeza disso. Ele se lembrava do toque do sino.

Agora, contudo, a porta estava aberta. Olly puxou-a para fechá-la, mas ela estava presa por um peso de porta. O peso de porta parecia uma pedra enorme, mas tinha marcas enigmáticas em sua superfície quadriculada, e tinha a forma de tartaruga.

Favor fechar a porta, dizia a placa. A caligrafia parecia estranhamente familiar.

Olly empurrou a tartaruga-peso-de-porta e a porta se soltou.

Mas, enquanto fechava, ele olhou para baixo.

A tartaruga tinha pequenos olhos brilhantes em forma de contas, com um brilho dourado no centro de cada um e, enquanto Olly observava, um dos olhos piscou para ele.

CAPÍTULO 12

Um visitante noturno

Na lanchonete Bluebird, o pai estava sentado analisando seu manual automobilístico de 1952 e Olly pensava a respeito do livro que havia encontrado. O livro que definitivamente havia encontrado. Os dois tomavam sorvete, que possivelmente era o melhor que Olly já havia experimentado, e, como o pai estava com o humor maravilhoso por ter encontrado o manual, cada um tomou três bolas, de chocolate, framboesa e caramelo. O de chocolate tinha pedacinhos de chocolate ao leite, o de framboesa tinha pedacinhos verdadeiros da fruta, e o de caramelo tinha pedaços macios de caramelo dourado que brilhava através do sorvete.

— O que a mamãe vai achar de você ter comprado outro livro de carros?

— Ah, ela não vai se importar — disse Pete Brown alegremente. — Vai ser tudo um mar de rosas agora. Ela adorou a casa, está arrumando tudo e, em pouco tempo, vou terminar o estúdio dela. O sol está brilhando. Ela não vai se importar com mais um livro. Vamos comprar alguns pães para comer com chá. Sua mãe vai adorar.

Mas, quando voltaram a Gullywith, tiveram outras preocupações. Ao entrarem no quintal, mamãe saiu pela porta da frente, carregando Lula. Ambas pareciam quentes e sujas, Lula estava gritando e o rosto da mamãe parecia um trovão.

— Faltou luz outra vez, e o fogão parou, mas não antes de soltar uma fumaça preta e malcheirosa, e não sai água de nenhuma das pias. Por que vocês demoraram tanto?

— Umaça — dizia Lula —, umaça, umaça.

O cheiro e a fumaça pareciam ter penetrado não só em todos os quartos, como também em todas as fissuras e rachaduras.

— Por que vocês demoraram tanto? — Mamãe continuou perguntando. — E o que é isso? Ah, Pete, por favor, não me diga que comprou outro livro! E quando o eletricista vem?

— Bem... na sexta-feira à tarde. Não se preocupe, vou consertar o fogão. Deve ser um pouco de sujeira, como ontem. Eu dou um jeito.

— Sexta-feira à tarde? Não podemos esperar até sexta-feira à tarde, hoje ainda é terça-feira... Você precisa ligar para ele, é sério, Pete, por que... Olly, aonde você vai? Vem cá, pegue Lula um instante.

Ela estava suada, grudenta e suja. Além disso, seu nariz estava escorrendo.

— Por acaso KK veio?

— Quem? Ah, aquela menina? Não, ela não veio.

— É uma pena! — lamentou papai. — Ela parecia saber lidar com fogões. Talvez também entenda de eletricidade.

— É claro que não, ela é uma criança. Olly, leve Lula lá para fora um pouco, e fique de olho, você sabe como ela é.

Lá fora, Lula empurrou as mãos de Olly e escorregou em um montinho de sujeira. Depois disso, o dia continuou igual, em termos de sujeira e amolação.

Papai passou horas lutando contra o fogão, mas, toda vez que achava que tinha conseguido limpar tudo, a fumaça voltava. E ele se esquecera de anotar o número de telefone do eletricista, então teve de voltar a Fiddleup para tentar fazer com que o eletricista fizesse uma visita de emergência.

— Olly, dê uma olhada pela casa, veja se consegue encontrar alguma vela.

— Por que haveria alguma vela aqui?

— Bem, é o tipo de coisa que as pessoas deixam para trás, não é? Vá procurar, Oliver, não discuta.

"Por que alguém teria deixado velas nesta casa, cem anos atrás?", pensou Olly, subindo as escadas, e, mesmo que tivessem deixado, para que serviriam agora? Para nada. Estariam molhadas, ou gastas, ou simplesmente velhas. Algo do tipo.

Ele procurou por todos os cômodos, e é claro que não encontrou vela alguma. E sabia muito bem que não encontraria.

Ele chegou ao último quarto no final do corredor, o pequeno quarto horroroso, com cheiro úmido e frio, e inicialmente pensou em não entrar. Ele não havia gostado deste cômodo, nem KK. Mas depois ouviu sua mãe gritar lá de baixo, provavelmente mandando que continuasse a procurar.

Ele abriu a porta lentamente e entrou.

O quarto continuava igual. Tinha o mesmo cheiro, úmido e mofado, e ele sentiu os mesmos pontos frios ao se mover.

Mas duas coisas estavam diferentes. O buraco no canto do rodapé estava maior, e saindo dele havia uma fileira de pequenas pedras, as pedras com as marcações estranhas, e a fileira passava por todo o quarto, e ia quase até a porta, onde acabava em um pequeno monte. Não havia sido assim na última vez em que Olly estivera ali. Antes havia duas ou três ao lado do buraco, só isso.

Agora havia vinte ou trinta que formavam uma linha que definitivamente ia em direção à porta.

Olly olhou em volta. Nada mais. Ele se curvou e hesitou. Então, rapidamente, pegou uma das pedras e a colocou no bolso.

Passou um bom tempo antes de Olly ir para a cama. Seu pai já tinha voltado de Fiddleup com velas, lanternas e a promessa do eletricista de que viria no dia seguinte. O pai havia batido bastante no fogão, como KK ensinara, mas, apesar de muito pó e muitos escombros saírem do cano, continuava não acendendo. Eles comeram carne fria, salada e os pães que haviam trazido mais cedo, e pouco antes de Olly ir para a cama, seu pai colocou quatro velas em garrafas velhas e ajeitou-as sobre a mesa. As luzes oscilantes desenharam diversas sombras na parede e produziram brilho ao refletirem na janela.

— Aconchegante — disse a mãe de Olly.

Olly sentiu como se toda a sala fosse curvilínea.

— Vamos, você não tem nada para fazer além de ir para a cama.

Ele tropeçou ao subir as escadas, pois suas pernas estavam pesadas e cansadas. Seu quarto estava muito escuro.

— Vou deixar a lanterna aqui. Você pode acender se estiver preocupado — disse ela.

— Eu não sou Lula — retrucou Olly. — Eu tenho 10 anos. Eu não me importo com o escuro. Eu gosto do escuro.

Além disso, depois de passar um tempo deitado com os olhos abertos, Olly percebeu que não estava tão escuro quanto parecia, pois a lua estava alta e seu brilho suave iluminava o quarto. Em algum lugar lá fora, uma coruja estava piando. Ele sempre achara as corujas assustadoras, mas, após ter visto uma na casa de Nonny Dreever, sua opinião havia mudado. Agora o som da ave parecia confortável e amigável.

Pela primeira vez, ele começou a se sentir em casa em Gullywith.

Ele acordou subitamente de um sonho suave e confortável. Algo estava batendo na janela. Olly sentou na cama. O brilho da lua não estava mais na parede, e seu quarto estava escuro. O barulho no vidro soou outra vez.

Olly esticou a mão para pegar a lanterna na mesinha de cabeceira, mas o que ele apalpou não tinha forma de lanterna; era plano, quadrado e tinha pontas.

Ele sabia que não havia deixado livro algum ali. Todos os seus livros ainda estavam empacotados nas caixas de mudança.

Ele continuou apalpando em busca da lanterna e a acendeu. Ao mesmo tempo, ele continuou ouvindo o barulho na janela, mais alto e irritadiço, como se alguém tivesse atirando pedras no vidro.

Olly levantou da cama.

Lá fora, no gramado, sob a luz da lua, estava KK.

CAPÍTULO 13

Lago Withern

Olly nunca se sentira tão feliz por ver alguém. Ele vestiu seus jeans e sua camiseta e desceu com os sapatos na mão, para não fazer barulho.

Estava quente lá fora, mais parecia um dia de verão, e não o meio da noite; a lua deixava tudo sedoso e prateado. Ele começou a contar a história da livraria e do livro que havia desparecido, mas foi interrompido por KK.

— Precisamos ir agora — ela disse. — Não temos muito tempo. Nonny Dreever mandou um recado. Ele disse que ouviu, e que precisávamos correr para pegar as pedras de volta. Precisamos ir ao Lago Withern esta noite.

— Mas como vamos conseguir carregar tantas pedras? Há muitas outras. Elas saíram daquele buraco na parede e várias caíram do cano no fundo do fogão. Nós precisaríamos de um carrinho.

— Não. Levaremos apenas algumas... as outras vão atrás.

— Qual é a distância?

KK deu de ombros.

— Basta passar a colina e andar mais um pouco.

— Eu preciso avisar ao papai e à mamãe.

— Você não pode, eles não deixariam você ir. E, de qualquer forma, não temos tempo para isso. Quantas pedras você tem?

Olly apalpou o bolso e sentiu a pedra que pegara do chão do quarto dos fundos mais cedo. Ela estava gelada.

— Só uma.

— Eu tenho duas. Elas estavam no caminho. Eu também joguei algumas pela janela... há várias por aqui agora, temos que recuperá-las.

Olly olhou para o chão e viu que todo o quintal da frente estava cheio de pedras, muito mais do que durante a tarde, e, enquanto olhava, ele percebeu que as pedras se moviam lentamente, agitadas e comunicando-se entre si. Elas pareciam irritadas.

A pedra em seu bolso estava tão gelada agora que parecia estar queimando.

— Tudo bem.

Jinx, que estava deitado no chão entre as sombras, se levantou e correu pelo quintal em direção à trilha. A luz da lua fazia com que as manchas brancas em suas costas brilhassem.

Eles o seguiram, caminhando firmemente e em silêncio, e a pedra no bolso de Olly congelava, o frio ultrapassando seu bolso e atingindo a perna. Depois de atravessarem a trilha e subirem a colina, passando por entre as ovelhas, quietas e confusas, que brilhavam sob a lua, eles reduziram o ritmo da caminhada e Olly pôde contar a KK a respeito da livraria e do livro que desaparecera.

— E bem na hora que você estava tentando me acordar, senti um livro na minha mesinha de cabeceira. Mas então você começou a jogar mais pedras e não pude olhar direito.

— Provavelmente era o mesmo livro — observou KK, como se livros desaparecendo de um lugar e reaparecendo em outro fossem a coisa mais normal do mundo. — Eu não gosto nada disso. É tudo parte da mesma coisa.

— Sim, mas que coisa?

— As pedras, é claro.

Olly sentiu sua cabeça girar. Livros que desaparecem. Pedras que se movem. Atravessando uma trilha brilhante no meio da noite, ele tinha a sensação de que já se havia passado um milhão de anos desde que fora o Olly Brown do número 58 da Avenida Wigwell em Londres.

Quando chegaram ao topo da colina, Jinx correu para a esquerda, onde outra trilha levava em direção a um pequeno bosque. Olly não estava com medo, nem surpreso por estar andando pelo campo no meio da noite com uma garota e um cachorro. Parecia normal. Também parecia importante que chegassem ao Lago Withern.

Olly não usava relógio, mas parecia que estavam andando há muito tempo. Então, de repente, Jinx parou e deitou, como um cão pastor que esperava a hora de organizar um rebanho.

KK assobiou de modo baixo e calmo. Jinx rosnou e começou a correr em círculos.

Eles estavam no limite do bosque.

Então Olly olhou à sua volta. Esticando-se atrás deles, da direção de onde vieram, havia uma longa fileira de pedras, brilhando com uma luz cinzenta sob o luar. As pedras se moviam.

— Elas estão nos seguindo — disse KK.

— Você acha que isso significa que elas estão deixando Gullywith?

— Provavelmente.

Jinx voltou a rosnar.

— Ele não gosta delas.

As pedras estavam se movendo, mas Olly não conseguia ver como. Eram pedras. Elas não tinham pés, e não estavam rolando. Elas apenas se moviam, firme, contínua e silenciosamente, na direção deles.

— Vamos — ordenou KK.

Jinx correu em círculo mais algumas vezes e depois partiu em direção ao bosque. A trilha passava por uma clareira, e era fácil segui-la. De vez em quando, eles ouviam um barulho ou uma agitação vindo da mata. Uma vez ouviram uma coruja piar e, ao ouvirem, Olly se sentiu melhor, como se alguém estivesse tomando conta deles. Em outro momento, ele achou ter visto olhos o observando, irradiando um brilho dourado como um topázio. Por outras vezes, ele teve a certeza de ter visto mais olhos, escondidos nos buracos dos troncos das árvores. Mas a coruja continuava a piar, então ele não se preocupava. Jinx liderava o caminho através dos montes de folhas secas. Atrás deles, a poucos metros de distância, mas movendo-se uniformemente, vinham as pedras.

— Ainda falta muito para chegarmos?

— Atravessaremos o bosque, do outro lado da próxima colina. Ela se chama Withern Hill. Ela leva ao Lago Withern. É muito íngreme, você precisa ter cuidado.

KK tinha razão. Do topo da colina, Olly olhou para baixo e a descida parecia a queda de um penhasco. Então notou que Jinx descera com facilidade, pois havia tufos de grama, muitas plantas e arbusto e grandes pedras que deixavam a descida menos íngreme e ofereciam apoio. A própria trilha fazia curvas durante a descida, então a locomoção foi mais fácil do que Olly imaginara. Ele estava tão ocupado prestando atenção aos locais em que apoiava os pés e as mãos, cuidando para não escorregar e cair, que nem sequer percebeu que o ar em volta se tornara mais frio e parecia pegajoso, como teias de aranha em sua pele. Eles desciam em direção a uma névoa cinzenta que os atingiu quando chegaram lá embaixo, tão intensa que mal enxergavam um ao outro. E fazia um silêncio que se fechava em torno deles. Jinx se aproximara deles e se esfregava nas pernas de KK, ganindo.

— Precisamos ter muito cuidado. A água não fica muito longe daqui.

"Vá aonde quiser, desde que ainda consiga enxergar a casa e não seja perto da água", Pete Brown dissera naquela primeira manhã em que Olly saiu para explorar Gullywith. O que diria agora?

Mas, enquanto estavam ali, a noite começava a dar lugar a um ligeiro amanhecer e, de algum lugar no alto, um ou dois passarinhos começavam a cantar. A névoa estava diminuindo e, enquanto a luz a penetrava, se tornou uma bruma com alguns buracos crescentes, e começou a sumir.

O sol não havia nascido e a manhã estava cinzenta e fria, mas, ao observarem, podiam ver a água logo à frente, e os últimos resquícios de névoa circulando sobre a superfície.

— Lago Withern — disse KK.

Era enorme, uma superfície reta de água que se espalhava infinitamente. Parada, cinzenta, escura e certamente proibida. O caminho para chegar a ela, inicialmente, era feito de grama dura e forte, que no final dava lugar a pedras. Toda a costa do lago parecia uma praia de pedras. Olly olhou em volta. A fileira de pedras que os seguira havia parado e se organizado em linhas horizontais de combate, cinco ou seis delas. Havia centenas, talvez milhares de pedras, e, enquanto observava, mais chegavam por trás e se alinhavam. Ainda eram apenas pequenas pedras cinzas. Ele sabia que poderia chutá-las, mas havia algo tão ameaçador no silêncio e na quietude daquelas fileiras, tão retas e organizadas, que as pedras pareciam um exército assustador.

— Olhe!

— Eu sei — disse KK. — Eu não gosto disso. Precisamos nos livrar das nossas pedras o mais rápido possível, antes que aconteça alguma coisa.

— O que vamos fazer?

— Jogá-las no lago, o mais longe possível. Quando elas caírem na água, as outras vão querer segui-las. Foi daqui que vieram. É aqui o lugar a que pertencem. Elas não ficarão conosco.

Olly pegou sua pedra do bolso. Estava ainda mais gelada, como uma pedra de gelo em sua mão, tentando grudar em sua pele. KK tinha duas pedrinhas menores.

— Vamos, para o limite.

Eles começaram a caminhar para frente lentamente, mas, ao fazê-lo, Olly olhou para baixo e notou que havia certa agitação nas pedras sob seus pés, e à sua frente. Nem todas as pedras tinham as pequenas marcas em sua superfície, mas as que tinham estavam se movendo, resmungando, girando e se agitando, como um vulcão dormente, acordando e começando a despertar.

Ele olhou em volta. As pedras em linhas de combate estavam marchando silenciosamente para frente, mas, quando ele parou, elas pararam. Agora elas estavam bem perto dele.

— Depressa — disse KK.

Ela estava próxima ao limite da água. Olly foi atrás dela, por cima das pedras agitadas que se moviam. KK levantou a mão.

— Quando eu disser "arremessar", nós dois arremessamos juntos. Jogue com toda a força que tiver. Elas precisam cair lá dentro, onde a água é funda.

— Tome cuidado, não caia, KK.

Em torno deles, as pedras marcadas estavam agitadas e girando. A névoa continuava sobre a água, como laços emaranhados. Olly tremeu. Estava muito frio ali, e o frio vinha do lago.

— Agora!

Eles levantaram o braço e arremessaram. As pedras de KK se separaram e voaram alto, e depois começaram a cair em direção à água, mas a de Olly fez algo estranho. Ela girou no ar, deu várias voltas, e em seguida voltou em sua direção, como um bumerangue.

As pedras de KK atingiram a água e afundaram. De repente, houve um tremendo rebuliço, um pequeno e forte redemoinho apareceu, girando cada vez mais rápido, e as pedras começaram a entrar. Ao mesmo tempo, a pedra de Olly voltava pelos ares, em direção à costa. Sob seus pés, ele podia sentir as pedras se levantarem perigosamente.

— Acho que seremos sugados — disse KK. — Depressa, vamos para o outro lado.

Mas, enquanto tentavam correr, sentiram as pedras afundarem em alguns buracos e tiveram de pular e saltar para sair do caminho, caso afundassem.

Mais perto da água, o chão era molhado, porém mais firme. O redemoinho no meio do lago estava trazendo cada vez mais água para si e o buraco produzido se alastrava sem parar.

Jinx começou a latir furiosamente.

O lago agora tinha um grande buraco em seu centro, que era escuro e girava com fúria.

— Oliver, olhe.

Foi o fato de KK tê-lo chamado de Oliver que tornou a situação tanto estranha quanto assustadora. Ela estava apontando para o buraco no meio do lago.

Algo se erguia muito lentamente do centro do redemoinho. Olly agarrou o braço de KK. Estavam todos parados como estátuas — eles dois, Jinx, e todas as pedras, que pareciam estar batendo continência. Aquelas que compunham a fileira a seus pés pararam de se mover e ficaram congeladas onde estavam.

A figura que emergia era de um tom cinza-claro como as nuvens, como pó, como nevoeiro. Tinha uma coroa pontuda, longos cabelos encaracolados que não brilhavam, nem se mexiam como cabelos de verdade, e uma longa barba com curvas firmes e armadas. Um braço estava levantado e, enquanto a figura emergia aos poucos, erguendo-se do redemoinho, sua forma tornou-se visível, uma túnica de mangas compridas, amarrada com um cinto de corda em torno da cintura. A face não tinha expressão, tão rígida e cinzenta quanto o resto. Só os olhos brilhavam.

Olly se sentiu impressionado, assustado e animado ao mesmo tempo. Quem era essa figura? Por que ele estava aqui, e o que iria fazer?

Eles encararam, perplexos.

— Um homem de pedra — sussurrou KK.

— É um rei. Um rei de pedra.

O rei de pedra agora estava enorme, erguendo-se pelo vórtice da água.

— Ele não pode nos machucar se for de pedra. Se virarmos e ignorá-lo, talvez desapareça para dentro do lago — disse KK.

— Temos que tentar correr e subir a colina depressa.

— Certo. Vire-se de costas. Finja que não está aí. Ele não pode sair da água.

— Como você sabe?

— Porque ele é enraizado no fundo. O Lago Withern costumava ser a Pedreira Withern há milhares de anos, antes de inundar, e o Rei de Pedra pertencia a este lugar.

Olly imaginou se ela estaria inventando esta história para acalmá-lo.

— Vamos!

Foi quando tentou levantar o pé para obedecer que Olly percebeu que se sentia estranho, pesado e frio, e notou que não conseguia levantar a perna ou o pé. Ele olhou para KK. Ela estava pálida. Olly percebeu que KK também tentava erguer o pé desesperadamente.

— Olly.

— Eu sei. Eu sei.

Instintivamente, ambos olharam para Jinx, mas o cachorro conseguia se mexer, e agora estava sobre as quatro patas, latindo furiosamente, os pelos em sua nuca arrepiados, e seu latido parecia mais alto do que todos os latidos de todos os cachorros que Olly já ouvira. Quebrava o silêncio, ecoava e parecia atravessar a colina e chegar ao outro lado.

— Vá, Jinx, vá!

Jinx começou a correr velozmente pela margem, sobre as fileiras de pedras. Olly imaginou se o cachorro seria capaz de buscar ajuda antes que ele e KK estivessem completamente petrificados, e como Jinx poderia fazer com que alguém entendesse onde estavam, e o que estava acontecendo. A pele de KK estava acinzentada, e seus lábios, duros e rígidos. Ele se sentia como se suas sobrancelhas também estivessem cimentadas, e suas orelhas estavam dormentes.

Ele estava com frio demais, e petrificado demais, para sentir medo, e seus pensamentos pareciam desacelerar, como se estivesse caindo no sono e tudo estivesse se tornando nublado e embaçado.

Olly viu os olhos desesperados de KK procurando-o, lutando para permanecerem acordados.

Em seguida, da colina atrás, veio um barulho. Era como se algo estivesse rangendo e se abrindo, como uma velha porta que precisava de óleo nas dobradiças. A essa altura, Olly só conseguia mover os olhos, mas podia enxergar a base da colina atrás, onde se juntava ao grupo de pedras. O som parecia vir de lá. Ele viu os olhos de KK se arregalarem em espanto.

Depois disso, tudo aconteceu muito depressa. Então, só mais tarde ele conseguiu compreender como havia sido socorrido. O barulho se tornou mais alto e Olly viu que uma fresta se abria na colina e se alargava, como se ela se dividisse em dois. Ouviu-se um barulho intenso vindo de dentro e, em seguida, como uma tempestade saindo da abertura, vieram morcegos, grandes e pequenos, e pássaros de diferentes tipos — corvos, gaivotas, corujas e gaios. Eles giravam e mergulhavam em bandos, e alguns voavam para o centro do lago e começavam a atacar o Rei de Pedra, batendo as asas e avançando de forma ameaçadora para baixo, com os bicos para frente. Outros voavam em direção à água e o atingiam antes de emergirem e mergulharem novamente. Em meio ao turbilhão de asas batendo e pássaros piando, Olly e KK sentiram-se envolvidos em uma corrente de ar morno e, em seguida, foram levantados e carregados nas asas de dezenas de pássaros, em direção à abertura da colina. A essa altura, as pedras pareciam ter acordado, todas ao mesmo tempo, e as linhas de combate começaram a se mover poderosamente para frente. O chão começou a estremecer e se mover com muita força. Enquanto se mexiam, cada pedra emitia um ruído sibilado, e o som de centenas delas era misterioso e ameaçador.

Em meio ao barulho, à agitação da água, aos pássaros mergulhando, às asas batendo, às pedras sibilantes e ao lago oscilante, Olly e KK foram carregados para o que parecia uma escuridão intensa dentro da colina e, em seguida, Jinx estava atrás deles, correndo em círculos e latindo, mas com um latido entusiasmado agora. O barulho lá de fora diminuiu e enfraqueceu na medida em que a rachadura pela qual entraram na colina se fechava lentamente, como um par de portas. Além da entrada, eles podiam ouvir o grito abafado e furioso, e o ruído sibilante das pedras martelando.

Olly se sentiu sendo colocado gentilmente no chão, que era frio e macio. Jinx estava lambendo suas pernas, que pareciam ferver por dentro ao voltarem à vida, como se o menino tivesse passado um longo tempo sentado sobre elas.

Ao redor deles, em cada canto das paredes terrosas, os pássaros se assentaram e limpavam suas penas, ou preparavam-se para se recolher. Seus olhos luminosos brilhavam através da escuridão ao focalizarem Olly e KK.

— Pois então, meninos. Eu falei para serem cuidadosos, mas nem mesmo eu esperava que as coisas pudessem tomar esse rumo — disse Nonny Dreever.

CAPÍTULO 14

Túneis escuros e olhos brilhantes

A parede dos fundos da caverna levava a um corredor cheio de curvas, que se alastrava por cerca de 5 km através do interior da colina. Nonny Dreever foi na frente. Não estava tão escuro pois, nos rebordos e fendas, havia olhos dourados que reluziam o bastante para que eles conseguissem enxergar o caminho. Olly olhou para cima, tentando descobrir a origem da luz, mas ele não conseguia enxergar longe o suficiente para identificar nada além de formas vagas e às vezes cobertas por penas.

O corredor tinha cheiro de terra, mas, apesar de estar frio e úmido, não apresentava aquele aroma horrível, azedo e mofado do quarto de Gullywith, aquele com pontos frios e infiltrações nas paredes. O cheiro era fresco e agradável, como se alguém tivesse cavado e remexido o solo durante a primavera. Eles pararam uma vez para descansar e Olly olhou para trás, com medo de ver o exército de pedras, ou até mesmo a figura de pedra do lago marchando para alcançá-los. Por um instante, de fato pensou que as pedras os tivessem seguido, e cutucou KK para que ela olhasse também.

— Ah, sim, elas estão cuidando da retaguarda. Elas sempre vão tomar conta de nós aqui dentro, e em qualquer outro lugar — disse Nonny Dreever, percebendo-as.

A linha de pedras avançando lentamente pela passagem entre as paredes de terra se revelou uma fileira de tartarugas, com olhos dourados brilhantes.

Jinx estava sentado aos pés de KK, com a boca entreaberta e a língua pendurada, ofegando alegremente.

Demorou um bom tempo até que chegassem ao final da passagem, quando encontraram uma escada artesanal escavada na parede. Jinx cambaleou para cima com dificuldade, mas as tartarugas se reuniram embaixo, formando uma base de apoio, e fecharam os olhos. No topo da escada, havia uma pequena porta de madeira sem qualquer maçaneta ou alavanca, mas Jinx, que era o primeiro da fila, simplesmente a empurrou com o focinho, abrindo-a com facilidade, e entrando em um lugar que Olly achou estranhamente familiar.

E era. A porta se revelou um painel na parede dos fundos da casa de Nonny Dreever e, quando Olly entrou na sala, piscando os olhos, percebeu que estava ao lado da árvore de Natal, com suas luzes brilhando quietas para si mesmas, e as bolas e ornamentos balançando levemente com a brisa que vinha da passagem abaixo.

Olly olhou em volta, novamente percebendo tudo, mas, enquanto o fazia, viu que havia muito mais coisas que não só ele não tinha visto em sua primeira visita, como também não tinha certeza de que realmente estivessem lá. Sobre uma prateleira próxima a seu ombro esquerdo, havia um circo em miniatura completo com pequenos leões e tigres, elefantes e ursos dançantes, um adestrador, palhaços, trapezistas e acrobatas, e ao lado dele havia uma tropa de bonecas russas dançarinas, vestidas com chapéus de pelo e botas altas, que giravam silenciosamente, como se alguém tivesse dado corda nelas há poucos segundos. Havia uma igreja acesa por dentro, e um papagaio com penas vívidas e opalescentes mexendo o bico, e que definitivamente era um pássaro de verdade, assim como os canários que brincavam no teto. Quanto à cobra, Olly não tinha certeza. Ela estava deitada, enrolada e preguiçosa, na ponta da prateleira, com a cabeça pendurada e os olhos fechados. Não fazia qualquer movimento. E certamente não parecia estar respirando, e não se via qualquer ondulação em sua pele marrom, preta e esverdeada.

Abaixo da prateleira, também dormindo em um velho cobertor, estava uma raposa, com seu rabo vermelho curvado de modo que a ponta encostava em seu nariz, mas o animal com certeza estava respirando.

Vinte minutos depois todos estavam sentados à mesa comendo ovos mexidos com torrada, tomates fritos e os cogumelos mais gostosos que Olly já provara, enormes e achatados, com buracos escuros que vazavam sumo. Havia uma velha chaleira esmaltada, uma pilha de torradas, uma manteigueira, um pote de mel, e nenhum barulho além dos sons de mastigação, corte, e de comida sendo engolida. Olly jamais havia sentido tanta fome. Parecia que não comia há semanas e, só após dois pratos de ovos e cogumelos, quatro fatias de torrada, duas delas com mel, uma xícara de chá e uma maçã, ele se sentiu satisfeito e acordado.

Enquanto bebia as últimas gotas de sua segunda xícara de chá, um relógio cuco pendurado acima da pia por um gancho se agitou quando o passarinho entrou e saiu da portinha cinco vezes.

— Eu imagino — disse Nonny Dreever — que, até digerir seu café da manhã e voltar para casa, você ainda consiga dormir durante uma hora antes que seus pais acordem.

— Mas... nós saímos há horas. Caminhamos por vários quilômetros... Não podem ser só cinco horas.

— Por que não?

— Porque... simplesmente não pode.

Nonny Dreever riu.

— Este é o pior argumento que ouvi nos últimos dias, Oliver Mackenzie Brown. Tente outra vez.

— Porque já eram três e meia quando KK chegou e jogou pedrinhas na minha janela, e então levamos no mínimo uma hora para chegar ao Lago Withern... Não faz o menor sentido.

— O tempo quase nunca faz sentido. — Nonny Dreever se levantou e começou a arrumar a mesa. — Pelo menos é o que eu acho.

Olly se sentiu confuso. Ele também se sentiu, subitamente, muito sonolento. Nonny Dreever lançou-lhe um olhar afiado.

— Certo — ele disse —, venha até aqui e sente-se no degrau. O ar da manhã é sempre fresco e vai despertar você para a sua caminhada de volta para casa. Precisamos conversar sobre algumas coisas.

A paisagem do lado de fora era linda. O dia amanhecia com uma leve brisa, e estava fresco, como Nonny dissera, mas não chegava a ser desagradavelmente frio, como o vento sobre o lago. Os pássaros cantavam, as ovelhas pastavam e era difícil acreditar no que havia acabado de acontecer há poucos minutos. Aliás, era difícil acreditar que o Lago Withern sequer existia.

— Mas existe — disse Nonny, sentando-se na velha cadeira triangular de lona, acendendo um pequeno cachimbo, como se tivesse lido os pensamentos de Olly. Era algo perturbador que ele parecia capaz de fazer com maestria. — Isso não é uma brincadeira, meninos. Eles não fazem brincadeiras. Eu me sinto responsável por ter dito a vocês para irem ao Lago Withern. Eu deveria ter ido junto. Deveria ter adivinhado que algo assim poderia acontecer. Tive uma sensação estranha na perna ontem à noite.

— Na perna?

— Na perna. — Nonny não deu maiores explicações.

— Bem, graças a Deus está tudo bem agora — disse KK. — Você chegou bem a tempo e nos salvou, e imagino que elas tenham ficado muito assustadas.

Nonny não disse nada por um instante, enquanto acendia seu cachimbo. O fino rastro de fumaça azulada viajou até o nariz de Olly. O cheiro era doce, como cascas de maçã e nozes queimando juntas.

— Assustadas? Não sei. Não sei exatamente o que as assusta. Elas parecem muito determinadas quando querem recuperar alguma coisa.

— Mas o que elas querem?

— O que você acha? Gullywith, é claro. Gullywith pertence a elas. Começou com elas há centenas de anos e recentemente devem ter começado a achar que voltaria a lhes pertencer, pois permaneceu vazia por muito tempo. Elas não gostaram nem um pouco da sua chegada e não acho que uma visita nossa vá conter nada agora. Elas recuaram por enquanto. Provavelmente voltaram para dentro do lago e estão juntas no fundo. Mas não estão quietas. Certamente estão tramando. Tramando seu próximo passo.

— O que foi aquilo que saiu da água, aquele homem de pedra?

— O Rei de Pedra? Sim, devo confessar que fiquei surpreso por ele ter aparecido. Há tanto tempo ninguém o vê de modo que ele até estava esquecido. Permanece nos livros e nas histórias, é claro, e você pode encontrar algumas pessoas mais velhas que acreditam na sua existência, mas, em geral, ele é visto como uma espécie de monstro do Lago Ness.

— Alguma dessas pessoas mais velhas já o viu?

— Ora, Oliver Mackenzie Brown, já faz mais de dez mil anos que ninguém vê o Rei de Pedra. Talvez até mais.

Eles ficaram em silêncio, pensando, lembrando. Olly ainda podia sentir a rigidez que tomou conta de suas pernas, e a agonia de não poder mexer as sobrancelhas nem o nariz.

— Agora, um conselho. Suponho que nenhum dos dois vá voltar ao lago tão cedo, mas mantenham os olhos atentos para qualquer pedra, e, principalmente, se mais alguma coisa acontecer, me avisem. É melhor que eu saiba de todos os acontecimentos de agora em diante. Não quero mais nenhuma surpresa.

Ele se levantou.

— O sol vai nascer em breve. É hora de voltarem.

— Espero que Lula não tenha acordado cedo. Quando ela acorda, às vezes a mamãe a leva para o meu quarto, para brincar um pouco — comentou Olly se levantando.

— Ela ainda vai demorar um pouquinho para acordar. Mas vá. Saia.

Ele bateu as mãos.

— O papai diz "chispa" — disse Olly, indo em direção aos degraus.

— Então faça isso também. E tome cuidado.

— Obrigado, Nonny. Obrigado pelo café da manhã, estava delicioso.

Jinx estava à frente, correndo depressa, e eles o seguiram, com tanta energia que sentiam como se pudessem sobrevoar o chão.

Nonny Dreever observou enquanto os três desapareciam, fumando seu cachimbo. Em frente à sua cadeira triangular, havia um enorme banco para os pés e ele o cutucou levemente. O banco se ajeitou confortavelmente, abriu os olhos uma vez e voltou a fechá-los.

— Eu não sei quanto a você — disse Nonny Dreever à tartaruga —, mas eu estou preocupado.

CAPÍTULO 15

A chegada de uma carta

O sol estava surgindo através na neblina matinal quando Olly voltou a Gullywith, e todos ainda estavam dormindo. KK o deixara no cruzamento das trilhas para seguir o próprio caminho de volta. A casa estava calma. Olly olhou para a cozinha. O sol reluzia no pote de marmelada e, quando Olly tocou no vidro, estava quente. Ele se lembrou dos ovos mexidos e dos cogumelos, que tinham um gosto acre e defumado, e dos montes de mel que caíam da colher em sua torrada, e parecia que ele havia tomado café da manhã na casa de Nonny em um sonho. Mas havia farelos de torrada ao redor de sua boca e, quando ele lambeu o dedo, sentiu um leve gosto de tomate.

Ele subiu cautelosamente, temendo que as escadas rangessem, o que, em geral, acontecia, pois estava exatamente naquela hora da manhã em que Lula poderia ser acordada pelo mais singelo barulho, e gritaria para que alguém fosse tirá-la da cama para começar o dia. Olly foi até seu quarto. Não havia nada diferente.

Ele sentiu uma estranha mistura entre estar extremamente cansado e extremamente acordado, agitado, intrigado, perturbado e incrédulo. Ele deitou na cama e se escondeu sob as cobertas para que não pudesse ouvir o canto dos pássaros ou enxergar a luz, para que, assim, pudesse pensar. Ele precisava pensar. Tantas coisas aconteceram, ele precisava analisá-las uma a uma, avaliando-as e examinando-as, tentando entender o que podiam significar. KK jogando pedras em sua janela, a caminhada sob o luar na colina, a descida íngreme até a costa do Lago Withern, a... Olly sentiu que estava caindo em uma nuvem profunda de sono que o envolvia e acalentava gentilmente.

Os dias que seguiram foram marcados pelo excesso de normalidade. Nada aconteceu. KK não apareceu. O sol brilhou. Eles desempacotaram o resto das caixas e guardaram as coisas. Olly foi ao supermercado com a mãe, e duas vezes a Fiddleup com o pai para comprar tinta e uma furadeira nova. Eles tomaram um sorvete na Bluebird na primeira vez, mas, na segunda, estavam com pressa de voltar, e não foram à livraria nenhuma vez, em parte porque Helen Brown dissera "Chega de livros", mas principalmente porque, em cada uma das entradas, as portas estavam trancadas e com um sinal que dizia "FECHADO". Seu pai havia começado a transformar um dos celeiros em seu escritório, pois agora iria realizar seu trabalho de designer de softwares em casa. Portanto, havia ruídos de furadeira e de marteladas desde cedo todas as manhãs.

E, acima de tudo, Gullywith parecia um lugar normal, calmo, alegre e pacífico, e não havia nenhuma pedra em lugar algum. Quando Olly foi até a sala no sótão, o buraco no rodapé havia sido tapado com massa, e até as remendas pareciam ter desaparecido.

As coisas só mudaram com a chegada da carta. Olly havia encontrado o caminhão do correio perto do portão e notou o envelope digitado com um emblema azul no verso, mas, como estava endereçado ao senhor e a senhora Peter Brown, é claro que ele não pensou que pudesse ter algo a ver com ele.

— Ah, ouça. Olly, é sobre a sua nova escola. É do diretor.

Escola. Alguma coisa pareceu cair no estômago de Olly como uma moeda pesada em uma máquina de refrigerantes. Ele havia mantido sua mente deliberadamente afastada até da palavra "escola", não porque não gostasse — a escola era a escola, às vezes boa, às vezes não, mas você tinha de frequentá-la e fim de papo. Mas "escola" agora não significava o que significava antes. Antes significava a Escola Primária Peter Road. Agora...

— Escola Primária e Secundária de Fiddleup — leu Helen Brown. — Mole Hill, Fiddleup. Prezados senhor e senhora Brown...

Olly virou-se de costas e começou a brincar com Lula, para que ela comesse o último pedaço de sua banana, mas principalmente para não ter de ouvir, mas ainda assim captou palavras estranhas como "bem-vindo" e "senhora Waller" e "uniforme".

Nada disso seria importante até o começo do próximo ano escolar e, como isso não aconteceria até setembro e ainda era julho, ele preferiu não prestar atenção.

Então sua mãe disse:

— Preste atenção nisso, Olly, é uma boa ideia. "Para que os novos alunos se adaptem bem, tentamos arranjar para que eles encontrem alguém que já esteja na escola e tenha disponibilidade antes do início das aulas. Por isso, solicitei que a família Crust entrasse em contato com vocês. Os Crust têm dois filhos em nossa escola. Eles moram em Pithersett, uma vila a poucos quilômetros de Gullywith. Mervyn Crust tem a idade de Oliver e eles farão parte da mesma turma, da senhora Waller. Eles também pegarão o mesmo ônibus escolar." Mas que ótima ideia, Olly! Não será tão estranho assim ir para uma escola nova se você já tiver um amigo antes.

— Como eu posso saber que ele vai ser meu amigo?

— É claro que vai ser.

— KK é minha amiga.

— E ela estuda na Escola Primária e Secundária de Fiddleup?

Olly percebeu que não fazia a menor ideia. O assunto "escola" nunca havia surgido entre ambos. Ele e KK tinham outros assuntos muito mais interessantes para discutir.

— Quando eles entrarem em contato, vou convidá-lo para vir até aqui. Você já vai estar entediado aqui sozinho, e você sabe que a vinda para Gullywith significa que não viajaremos nas férias deste ano.

— Eu gosto de ficar sozinho.

— Mesmo assim.

Oliver suspirou, tirou Lula da cadeira e limpou seu rosto com um pano molhado. Ele sabia que não adiantaria dizer nada.

Mas, por ora, não se ouviu falar nada a respeito do menino chamado Mervyn Crust, o que provavelmente foi uma boa coisa, pois, a partir daquele dia, Gullywith foi atingida por crises sucessivas. O velho celeiro que o pai de Olly estava transformando em escritório tinha infiltrações, as madeiras estava quebradiças, e as bases, danificadas. O velho estábulo, que seria o estúdio de sua mãe, tinha perdido o teto, que desabara durante a noite em que caíra a tempestade mais forte que Olly já vira. Além disso, choveu durante muitos dias, o que fez com que tudo se transformasse em um mar de lama, Pete Brown ficasse em constante estado de mau humor e Helen Brown chorasse ou se aborrecesse.

Foi durante uma das manhãs mais negras de todas, quando Olly estava com vontade de chutar as paredes e Lula estava com uma gripe horrível, que as coisas chegaram ao cúmulo.

— Se você não contratar uma equipe de construtores, de uma empresa séria, que possa começar agora e terminar o mais rápido possível, eu vou para Aberdeen, e vou levar as crianças comigo, até que este lugar esteja consertado — disse Helen Brown. Pelo tom calmo e doce de sua voz, Olly pôde perceber que ela estava falando sério. Seus avós moravam em Aberdeen, em um pequeno apartamento no topo de uma casa horrível no meio da cidade. Era o último lugar do mundo para o qual Olly queria ir.

Pete Brown também entendeu que ela falava sério, e em dez minutos estava no carro, saindo pelo portão. Ele voltou algumas horas mais tarde e disse que havia encontrado uma firma de construtores poloneses que começariam o serviço no dia seguinte. Ele também havia trazido três pares de galochas verdes com flores cor-de-rosa, um par pequeno com desenhos de patos para Lula e um buquê de flores, que Olly sabia que vinham do posto de gasolina.

Os construtores poloneses, cinco deles, chegaram na manhã seguinte, às sete. A partir daquele instante, apesar das botas com flores cor-de-rosa, Olly sentiu que as coisas começaram a melhorar.

Naquela noite, a luz se apagou, não porque alguém tivesse mexido em um fusível, mas porque houve uma terrível tempestade com trovões. Olly estava deitado, observando a luz azul — às vezes, até meio avermelhada — dos raios, por cima da colina, e ouvindo o eco dos trovões. Olly adorava tempestades. Ele imaginou que seria melhor ainda estar na casa dos pilares de Nonny Dreever. Também imaginou como seria o Lago Withern coberto pelo vento e pela chuva de uma tempestade. O Lago Withern. Era estranho lembrar. Era como se nunca tivesse existido. Mas existia. Disso, ele tinha certeza.

O raio caiu e fez com que seu quarto ficasse todo azul. Mas, ao contrário do que sempre acontecia, as luzes voltaram. O abajur de girafa começou a brilhar daquele jeito pacífico e dourado, um pouco ofuscado pelo azul e branco produzido pelos raios lá fora, e, através dessa luz acolhedora, Olly percebeu algo em sua mesinha de cabeceira, algo que definitivamente não estivera lá mais cedo, ou antes que as luzes se apagassem.

Era um livro, com a capa azul-marinho, e com o título estampado em dourado na frente: *A batalha por Gullywith.*

CAPÍTULO 16

O livro que desaparece

Olly esticou a mão, mas não tocou o livro. Algo que desaparecia e reaparecia poderia fazer outras coisas, e ele não confiava no volume, por mais sério e sólido que parecesse agora. Considerando tudo o que acontecera, continuou deitado, só olhando para o livro durante um bom tempo. Não era um livro que teria notado se não tivesse um título tão interessante. Parecia meio sem-graça. Tinha um título simples em dourado e uma capa escura, e isso era tudo.

Outro fator era que, pelo que Olly sabia, todos os livros tinham o nome de um autor impresso, mas esse não. Como um livro poderia existir se ninguém o havia escrito?

Os trovões continuaram.

Olly passou a mão sobre o livro, ainda sem tocá-lo. Ele queria olhá-lo por dentro, ler a história, descobrir tudo o que fosse possível sobre a casa, e por que havia uma batalha por ela, mas achou que seria melhor explorá-lo na segurança do dia.

Ele adormeceu com a mão esticada, ainda sem tocar o livro.

Na manhã seguinte, o pai de Olly teve de ir a Fiddleup, e sua mãe pediu que Olly e Lula fossem também, para que ela pudesse começar a organizar seus materiais de costura e arrumar um escritório temporário de trabalho em um dos quartos do sótão, até que seu estúdio estivesse pronto. Os construtores poloneses chegaram novamente às sete e estavam trabalhando tão depressa que Pete Brown se alegrou ao pensar em tudo pronto, inclusive o telhado de ambos os escritórios, antes da volta às aulas.

Quando chegaram a Fiddleup, havia parado de chover e papai levou Lula ao sapateiro, ao correio e ao farmacêutico, deixando Olly com as funções de comprar o jornal, tinta para a impressora e um novo esfregão. A ideia era se encontrar na lanchonete Bluebird.

As tarefas foram executadas mais rápido do que Olly esperava e, ao voltar à colina, viu que o sinal na livraria dizia "ABERTO".

Ele entrou, fazendo com que o sino da porta tocasse, e ao entrar olhou para baixo, mas não havia qualquer peso de porta, em forma de tartaruga nem nada.

Também não havia ninguém na loja. Olly passeou rapidamente pelas prateleiras onde vira *A batalha por Gullywith* pela primeira vez. Lá estava o livro sobre cotovias, mas agora, a seu lado, estava o *Papagaios do mar e outros pássaros da costa*, e o *Cercas-vivas e sua história* havia sumido. *A batalha por Gullywith* também não estava lá.

Mas, ao se virar, Olly avistou outra coisa. Escondido entre o livro das cotovias e o dos papagaios do mar, havia um grande livro com a lombada vermelha. Ele virou a cabeça de lado para ler o título: *Lendas do Lago Withern*.

Assim como *A batalha por Gullywith*, este também parecia não ter sido escrito por ninguém.

Olly esticou a mão.

— Posso ajudá-lo, meu jovem?

Olly deu um salto no ar. A voz veio do teto.

— Você está procurando algo específico? Nós não recebemos muitas crianças.

Olly se sentiu ofendido.

— Minhas mãos estão limpas e, para falar a verdade, estou interessado em uma coisa sim. Eu gostaria de saber o preço deste livro, por favor.

Ele se virou de costas para a prateleira e retirou o livro vermelho. O homem, que estava pendurado perigosamente no topo da escada trocando uma lâmpada, desceu.

Ele era um homem pequeno e redondo com os óculos no topo da cabeça e um espanador amarelo preso em sua camisa, e, enquanto tomava o livro das mãos de Olly, lançou-lhe um olhar intenso.

— Doze xelins — ele disse. — Ou pelo menos era esse o preço na última vez em que o vendi. Aparentemente.

Olly ficou imaginando se o sujeito estaria agindo de forma confusa propositalmente.

— Por que você o quer?

Olly quase respondeu "para ler", mas desistiu e simplesmente disse:

— Parece interessante.

— Só isso? — perguntou o homem. Olly não sabia. — Sou muito cuidadoso com alguns compradores de alguns dos meus livros, e esse é um deles. Não é bom deixar certos livros caírem em mãos erradas.

Ele puxou os óculos, que repousavam na testa, colocando-os em seu devido lugar e observou Olly novamente. O menino se sentiu desconfortável. Ele também imaginou que estivesse atrasado para encontrar o pai, e com isso, prestes a se encrencar.

— Se você pudesse me dizer o preço, por favor... Eu preciso ir. Tenho que encontrar meu pai.

— Quanto você tem?

Olly pôs as mãos em ambos os bolsos. Em um deles, encontrou 35 centavos e, no outro, 50. Também encontrou a pequena tartaruga de bronze, seu presente de Natal da árvore de Nonny Dreever, o que foi surpreendente, considerando que ele não se lembrava de tê-la posto ali.

— Eu só tenho 85 centavos, mas posso perguntar se meu pai pode comprar para mim, desde que não seja muito caro. Ele sempre me dá dinheiro para livros.

O homem estava colocando o livro em um pacote de papel marrom.

— Tudo bem. São 85 centavos, por favor. E foi um prazer fazer negócios com você.

— Você tem certeza? Quero dizer... é tão pouco.

— Absoluta.

— Obrigado. Muito obrigado.

Olly entregou o dinheiro. Ao fazê-lo, derrubou a tartaruga de bronze no chão e, antes que pudesse pará-la, ela já havia rolado e desaparecido entre as pilhas de livros no chão escuro da loja.

Olly sentiu uma dor aguda na perna.

— Eu... ai. Eu derrubei uma coisa. Acho que rolou para lá.

— Sim — disse o homem —, rolou. Ela foi procurar a sua sorte junto com as outras.

— Outras o quê?

— Outras tartarugas, é claro.

A perna de Olly doía tanto, e ele estava tão confuso e chateado, que só quando saiu da livraria, empurrando a porta com tanta força que o sino tocou violentamente, e entrou na lanchonete Bluebird, percebeu que fizera três coisas ao mesmo tempo: entregara seu dinheiro, perdera a tartaruga de bronze e esquecera o livro.

Sua chance de voltar foi interrompida por uma ligação urgente de sua mãe enquanto o pai limpava Lula, que estava toda suja de sorvete, e tentava afastá-la de sua xícara de café. Olly atendeu.

— Onde está seu pai?

— Ah... foi ao banheiro.

— Onde está Lula?

— Aqui. Está tudo bem, mamãe.

— Certo, você quer primeiro a notícia boa ou a ruim?

— Bem...

Seu pai lhe entregou o pano molhado e pegou o telefone. Muitos clientes estavam olhando para ele. Olly não conseguia identificar se suas expressões eram de solidariedade ou de irritação.

— Certo, já estamos a caminho. Só preciso ajeitar as coisas no carro.

Foi assim que se arrumaram e saíram correndo de Fiddleup antes que Olly se lembrasse de voltar à livraria.

— A notícia ruim — disse papai — é que o telhado do celeiro desabou, uma das paredes também, e, pelo que pude entender, viraram praticamente um monte de pedras e escombros.

— E a notícia boa?

— E tem alguma?

— Ela disse.

— Ah, certo, um menino chegou. Aparentemente, ele é seu novo amigo.

Ao virarem no portão na frente da estrada, puderam ver o celeiro, que já não era mais um celeiro. A poeira voava sobre os escombros, mas a chuva estava encharcando tudo.

Papai resmungou.

— Às vezes — ele disse a Olly —, o número 58 da Avenida Wigwell parece uma linda lembrança.

Os construtores poloneses já tinham ido embora, para concluir algum trabalho em outro lugar. Olly olhou para os montes de pedras, alguma enormes partes da parede, pedaços acinzentados e desiguais, junto com azulejos e pedaços de madeira dos caibros. Pete Brown levou Lula para dentro e ele foi atrás, carregando as compras.

Ele sabia o que havia acontecido, evidentemente, e não tinha nada a ver com o tempo. A calmaria na batalha por Gullywith não tinha passado disso, uma calmaria, e agora as coisas haviam voltado a se agitar e as pedras estavam começando a atacar.

Ele precisava falar com Nonny Dreever urgentemente.

— Olly, o que você está fazendo aí fora? Venha conhecer seu novo amigo.

O coração de Olly parou. Ele disse a si mesmo que um novo amigo seria ótimo, alguém com quem ter o que fazer, como tinha Jamie na Avenida Wigwell, mas ele tinha a sensação de que não seria a mesma coisa. Ele virou as costas para o celeiro, e, ao fazê-lo, chutou uma pequena pedra com o dedo do pé. Ela foi rolando para frente através do quintal, com a aparência odiosa, e o menino percebeu que ela tinha marcas na superfície. Ele não se surpreendeu.

— Ah, aí está você, finalmente. Olly, este é o amigo a respeito do qual o diretor falou. A mãe dele o trouxe mais cedo, então eu o convidei para almoçar.

Olly olhou para o menino que estava ali parado.

— Ora, diga "oi" de uma vez por todas! Este é Mervyn. Mervyn Crust.

— Olá.

— Oi.

Helen Brown suspirou.

— Ora, não fiquem aí parados. Bem... — Ela olhou para Pete Brown, que estava enchendo a chaleira, sempre a primeira coisa que fazia quando estava perturbado. — Este celeiro...

O menino era um pouco mais alto que Olly. Seus cabelos eram pretos e emaranhados em alguns pontos, tinha olhos verdes extremamente claros, e quase não tinha cílios.

Ele usava bermuda e uma blusa xadrez tão feia que Olly só podia sentir pena de alguém chamado Mervyn Crust, cuja mãe o vestia com uma blusa daquelas.

Os pais de Olly foram lá para fora e Lula estava dormindo em seu cercadinho. A cozinha estava quieta, apesar da chuva que batia contra as janelas.

— Que lugar estranho! — exclamou o menino. — Por que vocês vieram para cá?

— Não é estranho. É um ótimo lugar.

— É estranho. Cheio de buracos, coisas caindo, e o banheiro tem cheiro de cogumelos.

— Só o lá de baixo. Precisa de muitos reparos, só isso. Há muitos anos ninguém mora aqui. Você quer ver meu quarto?

Mervyn Crust deu de ombros.

Foi uma longa manhã. Mervyn Crust contou a Olly algumas coisas sobre a escola, que ele mesmo poderia ter adivinhado, pois eram as mesmas coisas de sua antiga escola. Ele enxergava defeitos em tudo, dentro e fora de Gullywith, não gostava de nada que lhe ofereciam para comer ou para beber, e ficou reclamando do frio. Depois do almoço, enquanto a chuva continuava caindo, eles voltaram para o quarto de Olly.

— Para que serve isso? — Mervyn Crust pegou algo da mesinha de cabeceira. Olly virou para ver o que era. Era a tartaruga de bronze, sentada, quieta, no topo do livro vermelho que ele havia esquecido na livraria.

— O que houve? Do que você está com medo? — perguntou Mervyn Crust.

Foi um daqueles momentos em que as coisas mudam. Em uma fração de segundo, Olly mudou sua ideia original de manter a boca fechada e não contar nada a respeito de nada a Mervyn Crust e acabou respondendo.

— É a tartaruga que perdi no chão de uma livraria, e este é o livro que esqueci lá, e eu não sei como eles chegaram até aqui, mas coisas estranhas assim vêm acontecendo, desde que chegamos a Gullywith, não, mesmo antes de nossa chegada, e desde que conheci KK e Nonny Dreever e fomos ao Lago Withern e...

Se pudesse ter sugado e engolido todas essas palavras logo depois de tê-las ditos, ele o faria. O que deu nele para contar tudo a Mervyn Crust?

O menino estava sentado na ponta da cama de Olly. Ele exibia um sorriso discreto e satisfeito em seus lábios carnudos.

— Essa é outra — ele disse.

— Outra o quê?

— KK. É outra esquisita. Esse é exatamente o tipo de coisa que ela inventaria. Espere até contar isso a eles. Tartarugas voadoras, livros que se mexem sozinhos, passagens subterrâneas em colinas, pedras raivosas. Mas você precisa tomar cuidado. Sempre existiram histórias sobre esse lugar e, se você sair por aí inventando, alguma coisa pode acabar acontecendo. Nunca se sabe. A verdade é mais estranha que a ficção, minha mãe sempre diz e, depois que começar, você pode descobrir que não consegue parar. E vai fazer o que depois?

Olly respirou.

— Eu não sei do que você está falando.

— Não finja que não disse nada. Eu ouvi.

— Ah, aquilo — Olly se levantou e foi até a janela. — Eu estava brincando. Você não consegue perceber quando alguém está brincando?

Ele olhou em direção à colina. A chuva caía inclinada através do horizonte, e as ovelhas estavam todas agrupadas na base. Ele prendeu a respiração e cruzou os dedos. Ele tinha agido muito mal ao começar a contar a Mervyn Crust sobre o que estava acontecendo, e sua última esperança seria convencê-lo de que fora brincadeira. Mervyn distraía-se com uma velha miniatura de garça na prateleira, movendo a manivela para que o animal subisse e descesse.

Olly imaginou por quanto tempo Mervyn teria de ficar.

Então ele viu uma coisa. Através da chuva, bem no topo da montanha, algo brilhou, mas não era um raio, com aquele brilho branco-azulado. Era uma luz dourada, poderosa e brilhante. Acendeu duas vezes e, em seguida, nada aconteceu.

Brilhou novamente. Brilhou-brilhou. Brilhou-brilhou. Nada.

— O que você está olhando?

— Nada. A chuva.

— Isso é muito legal.

Mervyn ainda estava brincando com a garça.

— Posso ficar com ela?

Ele deu uma olhada casual para a janela enquanto continuava mexendo na garça, para cima e para baixo.

— Cuidado, ou você vai quebrar se fizer isso o tempo todo. É um brinquedo muito antigo. Era do meu pai.

— Posso ficar com ela? — Era como se Olly pudesse ler a mente de Mervyn Crust, as palavras, as frases e seus significados. — Muitas pessoas se interessariam por isso tudo. Tartarugas, homens de pedras e livros que aparecem e desaparecem. Posso até imaginar o que diriam quando eu contasse. Você sabia que a polícia está interessada neste Nonny Dreever?

— Por quê? Ele não fez nada.

— Você não sabe de muita coisa.

— Deixe Nonny Dreever em paz. E essa garça também. Pare com isso, você vai quebrá-la.

Mervyn Crust girou a manivela da garça com muita força, para um lado e depois para o outro. Olly correu pelo quarto para agarrar seu braço e fazê-lo parar.

O cabo da garça arrebentou em dois e ela caiu sobre a própria base com um som alto.

Olly soltou um grito de raiva, mas Mervyn Crust simplesmente se levantou e saiu do quarto, deixando-o com uma sensação de fúria e impotência. E a pessoa com quem mais se irritou foi consigo mesmo.

— Mervyn... sua mãe está aqui — Helen Brown gritou lá de baixo.

— Ótimo. Ótimo, ótimo, ótimo. Vá pela sombra e não precisa voltar — resmungou Olly.

Ele foi para o banheiro e trancou a porta. Olly não queria ter que ir lá para baixo e encontrar a mãe de Mervyn Crust, que, sem dúvida, era uma chata, ou ter de levá-los até a porta.

— Oliver, desça até aqui, por favor.

— Eu não posso. Estou no banheiro.

— Oh, céus. Tudo bem, tudo bem.

Ele, então, ouviu o barulho distante de um carro se afastando e, após esperar mais alguns instantes, para se certificar de que os Crusts tinham ido embora, Olly desceu e deslizou pelo primeiro andar.

A primeira coisa que notou foi que a chuva havia parado e que o céu estava começando a brilhar sobre a colina.

A segunda coisa que notou foi que a luz dourada estava acendendo novamente. Brilhou-brilhou. Parou. Brilhou. Parou. Brilhou-brilhou. Parou. Nada.

A terceira coisa foi que a pequena tartaruga de bronze havia desaparecido de onde estava, sobre o livro vermelho.

CAPÍTULO 17

Withernoussauro

— Afinal de contas, por que viemos para cá? É só o que eu quero saber. Quero dizer, o que havia de errado com a Avenida Wigwell?

Pete Brown estava com a cabeça abaixada sobre o jornal, que era sua maneira de deixar o mar de reclamações de Helen Brown passar. Olly ficou impressionado pela maneira como seu pai nunca, ou quase nunca, respondia ou ressaltava o fato de que fora ela quem insistira para que deixassem a Avenida Wigwell e viessem para Gullywith; ela que, durante as visitas, o leilão e a mudança, usara óculos mágicos através dos quais enxergava um mundo cor-de-rosa; ela, que imaginara as crianças correndo pelos campos de feno iluminados pelo sol enquanto fazia suas colchas e tapeçarias de parede em um estúdio branco, e Pete fazia seus designs de softwares; ela, que sonhara com a horta orgânica cheia de vegetais e um pomar cheio de frutas. Possivelmente, teriam até um bode. Certamente, havia um cachorrinho e um gato que dormiria ao lado da cerca quando não estivesse expulsando algum rato que resolvesse se aventurar pela casa.

Pete Brown sabia que ela estava enxergando as coisas através dessas lentes mágicas, mas não teve coragem de livrá-la dos óculos, pois sabia que ela tentaria mantê-los intactos no lugar, e também porque tinha a certeza de que o tempo e a realidade consertariam sua visão.

— Este lugar é úmido e cheira mal, é cheio de mofo. Não é a toa que Lula está gripada e não para de tossir, a eletricidade cai e a cerca é fraca, o telhado é cheio de buracos e o celeiro se transformou em uma pilha de escombros. E há pedras por todos os lados.

Pete Brown se levantou silenciosamente, atravessou a cozinha e pôs a chaleira no fogão.

— Não temos vizinhos, levamos meia hora de carro para comprar uma garrafa de leite ou um jornal, e não gostei da senhora Crust. Ela fez comentários a respeito do estado da casa, o que foi extremamente grosseiro. Ela sabe que acabamos de nos mudar.

Ela se sentou à mesa da cozinha e começou a chorar. Pete serviu uma xícara de chá, colocou duas colheres de açúcar e a pousou na frente da esposa. Ele também lhe deu um lenço de papel para enxugar as lágrimas.

Olly circulou a mesa e deu um abraço apertado na mãe.

— Isso mesmo — ele disse. — Isso mesmo, mamãe. Os Crust são muito esquisitos — comentou, e saiu da cozinha.

— Também não precisa falar assim. Obrigada, Oliver.

Hã, pensou Olly. Há um minuto ela estava dizendo que não tinha gostado deles.

Continuava chovendo. Olly acendeu seu abajur de girafa e pegou o livro vermelho.

Lendas do Lago Withern.
Capítulo Um. O Withernossauro.

Duas horas depois, Olly estava deitado na cama, mas agora estava dormindo, com o livro a seu lado, tendo um sonho estranho com o Withernossauro, que estava sentado à mesa na cozinha de Gullywith, sendo alimentado por Helen Brown, que lhe dava sanduíches com mel.

Olly acordou e ficou parado por um instante, sorrindo por causa do sonho. Era muito improvável que o Withernossauro pudesse ser alimentado com algo da mesa daquela cozinha. O livro contava a história de uma fera monstruosa que, segundo a lenda, fora acidentalmente derrubada no fundo do lago enquanto ainda era um ovo, após ter caído das garras de seu pai, que sobrevoava a água, chocara nas águas turvas sob algumas pedras e passara os sete mil anos seguintes crescendo antes de emergir pela primeira vez e ser visto por uns caçadores que vestiam pele de cervo e utilizavam machados de pedra. O Withernossauro tinha centenas de metros de comprimento e barbatanas afiadas que surgiram na superfície da água, formando uma longa linha. Seu corpo escamoso era verde, seus olhos eram amarelos e brilhavam, e, quando sua cabeça apareceu, ele abriu a boca para rugir e revelar milhares de dentes que pareciam tesouras. Tudo isso foi relatado porque os homens fugiram, temendo por suas vidas, e se esconderam nas cavernas sob a colina, e lá dentro um deles desenhou algumas figuras da fera na parede, utilizando pedras afiadas.

O Withernossauro não voltou a ser visto por milhares de anos, apesar de muitas histórias a seu respeito serem contadas em torno de fogueiras noturnas com o intuito de assustar crianças levadas. Muitos não acreditavam na existência da fera, e diversas histórias eram inventadas por simples diversão.

Olly não gostava de qualquer livro, mas, quando encontrava algum que o interessava, lia da mesma maneira que uma pessoa faminta comia um banquete, com vontade, com pressa e sem se preocupar com etiqueta, e foi assim que ele devorou o primeiro capítulo de *Lendas do Lago Withern*, e por isso que, ao terminar, ele estava tão exausto que caiu dormindo. Era como se tivesse lido o capítulo sobre o Withernossauro com os ouvidos, o nariz, a boca e o estômago, assim como com seus olhos e sua mente, bebendo até a última gota, e com sede de ler mais. Era como se tivesse estado com os homens que estavam caçando quando a fera emergiu do lago pela primeira vez, como se tivesse sentido seu horror e seu medo, corrido para casa com eles e contado a história, desenhando as figuras nas paredes da caverna e, ao mesmo tempo, era como se ele fosse o monstro, enorme e poderoso, submerso no fundo daquela água escura e fria, planejando quando subir e sentindo o ar e a luz atingindo sua pele. Ele começou a respirar mais depressa, suas mãos agarraram o livro, e por algum motivo a chuva batendo na janela só aumentou sua empolgação.

A chuva continuava, mas, fora isso, a casa estava bastante quieta. Ele sorriu e rolou para pegar o livro novamente. O Capítulo Dois poderia ser ainda melhor.

Mas não havia um segundo capítulo. Ele virou as páginas, depois voltou para o início do livro, mas, embora a página com o título — sem nome de autor — ainda estivesse lá, e o índice começasse com *O Withernossauro*, não havia outros capítulos, só algumas páginas em branco, e isso era tudo.

Mas, quando vira o livro na livraria pela primeira vez, poderia ter jurado que havia capítulos intitulados *O rei de pedra*, *As águas que se erguem*, *O castelo afogado*, *Os sinos Fantasmas* e outros mais. O livro era bem grosso e pesado, mas agora estava fino.

Talvez este fosse um livro diferente, talvez tivesse deixado o livro grosso com todos os capítulos na loja e voltado para casa com este?

Não, definitivamente não. Ele não havia voltado para casa com livro nenhum. Ele derrubara a tartaruga no chão e...

Olly deitou com a barriga para cima. Sua mente estava trabalhando outra vez, com pensamentos estranhos emergindo, e outros pensamentos estranhos afundando, e ele precisava organizar alguns deles de alguma maneira.

Muito bem, a tartaruga foi o presente, embrulhada com papel natalino e com uma etiqueta com seu nome escrito em tinta violeta quando...

A escrita! Era isso. A caligrafia fina e violeta era a mesma do sinal da livraria, só que menor. ABERTO. FECHADO.

Ele sabia que já vira aquela letra antes.

Então, a próxima coisa a acontecer foi...

Fez-se um barulho estrondoso. Dava a impressão de vir de dentro das paredes e de que tinha começado a alguma distância, parecendo aumentar à medida que se aproximava. Olly saltou da cama e correu para a janela. Nada. Chuva. Cinza.

O barulho aumentou ainda mais e parecia estranhamente familiar. Então, as paredes começaram a sacudir e balançar, e o chão tremeu levemente sob os pés de Olly.

Só podia ser um terremoto. Eles existiam, Olly sabia, até neste país.

Mas ele jamais ouvira um terremoto, e por mais estranho que parecesse, Oliver sabia que já tinha ouvido este som antes.

Ele estava pensando se deveria ficar onde estava ou correr lá para baixo quando o barulho começou a diminuir, e de um jeito muito estranho. Era como se tivesse chegado por um dos lados da parede e estivesse indo embora pelo outro.

Então, ele percebeu que se tratava de um trem. Era como a casa de um amigo no norte de Londres, onde os trens do metrô passavam no subterrâneo e podiam ser ouvidos de um lado e depois do outro. Esse estrondo tinha sido o barulho de alguma espécie de trem. Olly correu lá para baixo.

A paz reinava na cozinha. Lula estava em seu cercadinho jogando peças de Lego em balde, papai estava passando uma calça jeans e mamãe estava recortando algo de uma revista.

— Vocês ouviram?

— Meu Deus, você estava quieto.

— O trem.

— Que trem?

— Agorinha... há poucos minutos. Eu nunca tinha ouvido trens por aqui, talvez tenha sido por causa do vento, parecia tão próximo.

— E que vento! — exclamou papai. — O trem mais próximo daqui fica a uns 32 km de distância.

— Não fica, não. Quer dizer, não pode, eu ouvi.

— Você estava dormindo lá em cima? — perguntou mamãe, guardando a tesoura.

— Bem, eu estava lendo, e depois acho que dormi sim. Mas só um pouco.

— As pessoas não precisam de mais do que dois minutos para sonhar. Estava chovendo e ventando, e no seu sonho você achou que fosse um trem. Você quer linguiça com purê de batatas para o jantar?

Olly sentou-se à mesa. Ele sabia que não havia sonhado. Sonhos eram muito diferentes. O Withernossauro comendo torradas com mel, isso tinha sido um sonho, mas o trem não. Olly sabia a diferença.

Ele também sabia que não adiantava discutir.

— Você decidiu alguma coisa sobre a Avenida Wigwell? — ele perguntou.

— A Avenida Wigwell? Decidir o quê?

— Se você quer voltar.

— Mas do que você está falando, Oliver? É claro que não queremos voltar. De onde você tirou essa ideia?

— Você é que estava dizendo isso. Antes. Sobre desejar nunca ter vindo para cá.

— Eu não disse que não queria ter vindo. Por que eu diria uma coisa assim? Sinceramente, garoto, as coisas com que você sonha. Por que teríamos tido todo o trabalho de comprar esta casa? Não sei o que se passa na sua cabecinha.

— Mas...

Olly olhou para cima e encontrou o olhar de seu pai.

— Então tá — ele disse.

— Ótimo. Muito bem. Pete, se você levar Lula para o banho, posso começar a preparar as linguiças.

— Certo. Suba e prepare as coisas para mim, Olly. Ligue a água e pegue algumas toalhas secas.

Olly se levantou. Ao sair da cozinha, ele encontrou o olhar de seu pai novamente.

Pete Brown deu uma piscadela.

Fez com que Olly se lembrasse da tartaruga.

Quando seu pai subiu alguns minutos depois, ele estava carregando Lula e um grande envelope branco.

— Esqueci de te entregar isso, Olly. Ótimo, obrigado por ter pego as toalhas.

Olly olhou para o envelope. Estava endereçado a OLIVER MACKENZIE BROWN em tinta violeta.

— De onde veio isso? — ele perguntou, colocando a cabeça na abertura do banheiro.

Lula já estava no banho, enchendo as mãos de espuma e as esfregando no cabelo. Ela acenou para Olly.

— Não sei. Estava no chão em frente à caixa de correio quando entrei no hall em algum momento. Alguém deve ter deixado aqui. — Ele passou sabão na esponja de Lula. — Seu novo melhor amigo, Mervyn Crust, provavelmente.

Olly fez uma careta.

Ele levou a carta para seu quarto. Parecia interessante. Dura, como um cartão de aniversário. Não estava selada.

Ele virou o envelope. Primeiro, achou que não havia nada no verso, mas, quando observou mais de perto, viu uma marca d'água no papel. Ele o segurou contra a luz, mas era impossível identificar as letras ou o símbolo.

Ele pesou o envelope com a mão, o cheirou, o balançou. Olly sabia que estava adiando a abertura, não tinha certeza quanto ao motivo, mas, depois de ler novamente o seu nome na frente, colocou-o cuidadosamente, ainda fechado, embaixo de seu travesseiro. Em seguida, foi atrás do cheiro de linguiça e purê de batatas na cozinha.

CAPÍTULO 18

O convite

Só mais tarde Olly abriu o envelope. Os construtores poloneses queriam que todos vissem o progresso que estavam fazendo na limpeza dos escombros do que um dia fora um celeiro, e na reconstrução. Eles estavam indo tão bem e todos haviam ficado tão felizes que acabaram improvisando uma comemoração de última hora com cidra, mais linguiças e purê de batatas, e, por algum motivo, com os construtores ensinando danças polonesas de casamento. A chuva havia parado e a noite estava bonita, com o céu estrelado e uma lua enorme, então ficaram lá fora comendo, bebendo, rindo, dançando e ouvindo os poloneses contarem histórias de seu país até depois das 22h. Então, os construtores se despediram da família Brown, depois uns dos outros, e partiram em seus caminhões, acenando enquanto passavam pelo caminho de pedras e iam embora.

— Para a cama — disse Helen Brown, empurrando Olly para dentro da casa. — Há muito tempo você não fica acordado até tão tarde.

Ela estava de bom humor novamente, graças aos construtores poloneses. Se eles mantivessem o ritmo, o celeiro ficaria pronto para o papai, assim como o novo estúdio da mamãe, muito antes do final do verão. Isso era bom. Olly subiu os últimos degraus e foi para o quarto.

O envelope estava apoiado no abajur de girafa, o que era surpreendente, pois ele o havia guardado embaixo do travesseiro, mas Olly já estava acostumado a coisas que se moviam de acordo com a própria vontade em Gullywith — sem falar nas coisas que desapareciam e reapareciam.

Olly vestiu o pijama e foi para a cama, mas continuou segurando o envelope por alguns instantes antes de abri-lo. Ele estava empolgado com a carta e tinha a sensação de que era algo importante e de que, depois que a abrisse, as coisas iriam mudar, apesar de não entender direito o que isso significava.

Lenta e cuidadosamente, Olly abriu o envelope e retirou o cartão de dentro.

Ele pôs o envelope sobre sua cama, virou o cartão e leu:

O prazer da companhia de
OLIVER MACKENZIE BROWN
é requisitado no
BAILE DE INVERNO
nas cavernas geladas de Withern Hill.
Sexta-feira, 5 de agosto,
a partir da meia-noite.
Use sapatos antiderrapantes e roupas de inverno

A mensagem no cartão era gravada em prateado, mas seu nome estava escrito com a tinta violeta familiar.

Olly deitou sobre os travesseiros. A lua estava enorme, e o iluminou com sua luz fria e misteriosa.

De onde viera o convite? De quem era a festa? Como poderia haver um baile de inverno no meio do verão? E onde ficavam as cavernas geladas de Withern Hill?

Sua cabeça zumbia com perguntas e, após um tempo, ele guardou o cartão no envelope, levantou-se e o guardou no armário, atrás de uma mala. Olly tinha a impressão de que seria melhor se ninguém encontrasse o convite. Pelo menos por ora.

Havia duas pessoas com as quais ele precisava falar urgentemente a respeito disso. Uma delas era Nonny Dreever. A outra era KK.

Ele não fazia a menor ideia de onde KK morava e duvidava que pudesse encontrar o caminho para a casa de Nonny Dreever sozinho. Ele teria de esperar até que KK voltasse a Gullywith. Mas o Baile de Inverno seria na sexta-feira e hoje já era quarta. Se não tivesse notícia de nenhum dos dois, não poderia ir. Ele sabia que a Colina Withern Hill era aquela íngreme que levava ao lago, mas jamais conseguiria encontrá-la sozinho e no escuro. Era muito frustrante.

CAPÍTULO 19

A adega

— Olly! Olly! — sua mãe gritava, e ele sentiu o cheiro de bacon fritando. O sol estava brilhando.

Ao entrar na cozinha, seu pai passou apressado pela porta da frente.

— Nós temos algum esparadrapo? Um dos pedreiros cortou a mão.

Helen Brown pegou o esparadrapo e Pete saiu correndo outra vez. Olly foi atrás para o caso de sua mãe querer que ele servisse o café da manhã de Lula, o que significaria mais ovo em cima dele do que na boca da irmã.

Ao cruzarem o jardim, ouviu-se um grito de dentro do celeiro e três dos construtores correram lá de dentro. Fez-se um barulho, escutou-se uma colisão e uma nuvem de poeira se ergueu no ar.

A parede de pedras que os construtores poloneses haviam acabado de construir estava em ruínas no chão.

Ao chegarem lá, o último pedreiro apareceu, pulando em um pé só e segurando o dedo do pé, com o rosto vermelho e contorcido de dor.

Demorou um pouco até que fizessem o curativo na mão cortada e o construtor com o pé machucado tirasse a bota e a meia para poderem cuidar dele.

Pete Brown ficou parado olhando desesperado para a parede em escombros.

— Azar — dizia Maciek, o líder da equipe, balançando os braços em direção ao celeiro. — É tudo muito azar. Nós construímos, a parede cai, nós construímos outra vez, ela cai de novo, nós consertamos, ela quebra. As pedras não estão se encaixando, nada dá certo. Azar.

Azar. Olly se aproximou do celeiro. A poeira estava abaixando. As pedras estavam amontoadas juntas, mas, ao ver mais de perto, ele pôde perceber que, conforme esperava, algumas das menores na base tinham estranhas marcas em sua superfície.

— Olly, não chegue perto. Já tivemos dois acidentes, não precisamos de mais um.

O menino encarou as pedras.

— Saiam daqui — sussurrou ele. — Parem de tentar fazer isso. Vocês não podem ganhar. Nós estamos aqui e vamos ficar, e não há nada que possam fazer a respeito, então, saiam daqui.

— Oliver!

Meia hora depois, toda a equipe de construtores havia se retirado. Não existia mais nada que pudessem fazer até que um inspetor viesse e verificasse a construção. Eles não pareciam felizes.

Helen Brown também não estava feliz. A manhã que começara bem estava em ruínas, assim como os planos de ter um estúdio, um escritório e uma casa aconchegante, iluminada e arrumada antes do fim do verão.

Olly subiu as escadas, sem querer escutar a discussão a respeito do "Por que viemos para cá?" outra vez.

Em sua mesinha de cabeceira, em cima do livro vermelho, havia um envelope. O último fora grande e duro, mas este era pequeno e mole. A escrita de seu nome, no entanto, era a mesma de sempre, fina e em tinta violeta.

Olly fechou a porta do quarto.

Dentro do envelope, havia uma passagem com a data de 5 de agosto.

RETORNO. GULLYWITH A WITHERN HILL. UMA PESSOA. 11 DA NOITE. SAÍDA. 7 DA MANHÃ. VOLTA.

Olly pôs o papel de volta no envelope e o guardou no fundo de seu armário, junto com o convite. A passagem parecia resolver o problema do transporte para o Baile de Inverno, mas qual era o tipo de transporte e onde seria o embarque não estava óbvio. Mas uma coisa estava clara: sua mente. Ele estava decidido. Ele ia ao baile. As coisas em Gullywith não estavam muito divertidas, com paredes desabando, brigas, esperanças arruinadas e chuva. Ele não via KK há algum tempo e certamente não queria outra visita de Mervyn Crust. Havia ocorrido uma conversa apavorante sobre Olly ir até a casa dos Crust e ele não podia nem pensar nisso.

De alguma maneira, teria de sair da casa às 11, levando a passagem e o convite, encontrar o meio de transporte e ir ao baile.

Seus olhos se voltaram para o livro vermelho e ele o pegou.

Lendas do Lago Withern.

Ele poderia passar o tempo lendo sobre o Withernossauro novamente.

Mas, quando abriu o livro, este capítulo não estava mais lá. Em vez disso, a primeira página dizia:

CAPÍTULO DOIS
O CASTELO AFOGADO

Milhares de anos atrás, havia um castelo no topo de Withern Hill. Ele tinha torres, baluartes, fortalezas e ameias, uma ponte levadiça e uma enorme praça interna, ao redor da qual enormes paredes de pedra foram construídas. Era enorme e inexpugnável. Exércitos e mais exércitos atacaram e tentaram invadir, mas sempre foram repelidos. Ninguém jamais encontrara uma falha nas defesas do castelo. Toda a cidade era governada e protegida pelo palácio e por seus exércitos.

A situação permaneceu assim por centenas de anos, até a metade de um certo inverno, quando caiu uma tempestade com ventos tão fortes que fizeram o que nenhum exército conseguira até então. Não danificaram ou demoliram o castelo, mas o sopraram para longe. Todo o castelo e seus habitantes foram erguidos e levados de Withern Hill para o lago. O castelo afundou muitos metros. Ninguém jamais voltou a ver uma única pedra do palácio novamente, mas, de vez em quando, as pessoas ouviam sons que vinham do lago — sons de batalha, de um exército sendo organizado, da ponte levadiça levantando e abaixando.

Olly continuou lendo, imaginando a terrível cena da tempestade, do castelo voando pelos ares, e sendo derrubado no lago, ouvindo os estranhos barulhos vindos do fundo da água. Ele imaginou qual teria sido a última vez em que alguém ouvira aqueles ruídos, e como seriam. O lugar estava se tornando cada vez mais extraordinário e empolgante.

Ele estava louco para descobrir o que viria pela frente, mas, assim como da outra vez, quando chegou ao fim do capítulo sobre o castelo afogado, não havia mais nada no livro. O capítulo que falava do Withernossauro desaparecera e fora substituído por este. Qual seria o próximo? Só restava esperar até que o Capítulo Três resolvesse aparecer no livro vermelho.

— Olly! Eu preciso que você desça e me ajude, por favor.

Pete Brown estava no hall de entrada.

— Tem uma rachadura em um dos azulejos da cozinha, e o chão está um pouco molhado. Eu não quero que fique ainda mais molhado, pois alguém pode acabar se machucando. Preciso investigar as adegas.

— E o que posso fazer?

— Segurar a lanterna. Entregar-me coisas. Assobiar. Contar piadas. Carregar materiais. Você vai ser o meu assistente.

— O que é isso?

— Você não sabe o que é um assistente? Um assistente é muito importante. Eu digo "faça" e você "faz".

Chegava-se aos degraus que levavam à adega através de uma passagem no fundo do hall, uma porta baixa de madeira. Pete Brown tinha de se curvar completamente para conseguir passar. As escadas eram estreitas e íngremes, e tinham uma curva no caminho, com um ressalto estranho na frente.

— Como em uma igreja — disse o pai de Olly.

— Por que fica aí?

— Não sei. Cuidado aqui, Olly. É escorregadio.

Os degraus eram úmidos e desiguais e não havia onde se segurar, e, ao chegarem à base, o cheiro da adega parecia subir a seu encontro.

— Aponte a lanterna para cá.

Olly fez o que seu pai pediu. Eles estavam perto da base. O chão era feito de cimento e do que pareciam pedras em alguns cantos. Estavam gastas e úmidas, e o cheiro era terrível, de mofo e umidade.

—Você está bem?

— É claro.

— Bem, eu não consigo ver como poderei fazer algo aqui embaixo. Aponte a lanterna para aquele lado do teto, Olly.

O teto era feito de velhas vigas bem escuras, o que fazia com que tudo ficasse um breu.

— Parece até que pegou fogo. Será que tem alguma lareira aqui embaixo? Talvez até houvesse pessoas morando aqui. Estranho, não?

Olly balançou a lanterna. Havia um pequeno painel de vidro, imundo, no alto da parede, mas não entrava luz alguma. Não havia nada na adega.

— Teríamos que lavar tudo e reformar para usar como depósito. Ainda bem que temos muito espaço no resto da casa. Muito bem, essa foi uma viagem desperdiçada.

Eles começaram a subir a escada cuidadosamente. Mas, enquanto subiam, o brilho da lanterna de Olly iluminou um pedacinho da parede ao lado do primeiro degrau.

— Veja!

Havia marcas fracas na superfície de diversas pedras.

— Parecem escrituras — Pete pegou a lanterna e olhou mais de perto. — Parecem enigmas antigos. Estranho. Acho que utilizaram algumas pedras antigas na construção. Escrevia-se nas pedras muito antes de terem outros materiais, muito antes da argila, dos papéis ou pergaminhos.

— Será que alguém consegue entender o que está escrito?

— Talvez algum professor de simbologia ou línguas antigas em algum lugar saiba. Mas provavelmente não é nada interessante. Pode ser que diga "Smith e Smith, mercadores de pedras. Esculturas e entalhes. Tumbas são nossa especialidade". Propagandas pré-históricas. Vamos.

Olly gostaria de poder copiar o que estava escrito nas pedras. Tinha de significar alguma coisa. Talvez houvesse alguma informação em algum livro que pudesse ajudar.

Pete chegou ao topo da escada e atravessou o hall de entrada. Olly iluminou novamente a adega com a lanterna por um instante e, ao fazê-lo, algo chamou sua atenção, uma movimentação no canto.

Isso mesmo. Lá, na parede do fundo. Algumas pedras, que estavam em uma pequena pilha, dividiam-se em uma fila, que, por sua vez, estava se movimentando pelo chão da adega.

Olly desligou a lanterna, subiu os últimos degraus e, ao chegar ao topo, bateu a porta.

CAPÍTULO 20

Viagem no trem de trenó

Por diversas vezes durante a sexta-feira, Olly fora até o quarto e verificara se o convite e a passagem ainda estavam no fundo de seu armário. Sempre estavam, mas ele não tinha mais qualquer convicção de que as coisas não fossem desaparecer. Não que ele tivesse qualquer esperança de ir ao Baile de Inverno. Talvez o baile nem fosse verdadeiro, podia ser uma brincadeira de alguém. Mas de quem? Quem faria um convite tão bonito, com tinta prateada impressa em um cartão? E quem fabricaria uma passagem?

Pete Brown passara os dois últimos dias tentando arrumar um inspetor que viesse e providenciasse uma análise adequada do celeiro, para que os construtores poloneses pudessem voltar. Helen havia pintado de branco a parede de seu estúdio temporário no sótão. Por causa da decoração, Olly teve de passar boa parte do tempo cuidando de Lula. KK não aparecera, mas a senhora Crust ligara três vezes tentando marcar um dia para Olly e Mervyn "brincarem juntos", como ela mesma disse. A ideia de ter de brincar com Mervyn Crust não era nem um pouco atraente.

Mais tarde naquele dia, ele colocou Lula em seu carrinho e saiu para caminhar pela trilha que levava ao campo. Estava quente e o céu estava azul, Lula estava quietinha, cantando, pronta para dormir. Tudo parecia pacífico, normal e iluminado. Atrás deles, o sol tocava as paredes de pedra e os telhados de Gullywith, o que fazia com que o lugar parecesse seguro e aconchegante. Até o monte de escombros do celeiro destruído parecia cor de mel, e não cinza, que era sua verdadeira cor. Olly seguiu empurrando o carrinho suavemente, para frente e para trás. Não era possível que algumas das coisas que aconteceram tivessem... bem, acontecido. Certamente não era possível que algumas pedrinhas maléficas estivessem fazendo o possível para acabar com um belo verão e destruir o lar de uma família feliz. Pois, naquele instante, foi o que Olly sentiu que aquele lugar seria.

Ele riu. Talvez Nonny Dreever tivesse inventado o Baile de Inverno e, de algum jeito, tivesse conseguido imprimir o convite e a passagem — entre todas as coisas que tinha em casa, ele certamente também teria uma impressora profissional.

As andorinhas entravam e saíam do estábulo para alimentar seus filhotes nos ninhos, e os passarinhos voavam alto no céu, por cima das chaminés de Gullywith. O céu tinha a cor azul-perolada e o tempo estava ótimo. Havia margaridas brancas espalhadas pela grama verde.

Lula já estava dormindo quando Olly começou a empurrá-la de volta para casa, onde sua mãe estava na porta olhando para o jardim.

— Não é maravilhoso? — ela perguntou a Olly. — Tudo é tão pacífico e calmo. Imagine Londres agora, calorenta e barulhenta em uma noite como esta. O canal do tempo disse que amanhã será ainda mais quente. Talvez, se encontrarmos sua barraca, você possa dormir acampado aqui fora, acho que sei em qual das caixas ela está. Podíamos convidar Mervyn Crust para acampar com você.

— Mamãe!

A noite parecia caminhar lentamente rumo à escuridão, e os pais de Olly ficaram sentados do lado de fora, conversando durante horas. Olly sabia que nada iria acontecer. Ele simplesmente sabia. Mas, mesmo assim, ele queria que anoitecesse e escurecesse. Queria que chegasse a meia-noite. Por via das dúvidas. Ele pensou se deveria tirar as roupas ou não. Se algo acontecesse, ele não queria ter de se arrumar com pressa. No fim das contas, ele esperou até que sua mãe subisse para desejar boa noite, em seguida vestiu uma camiseta e uma calça, e deixou seu jeans na cadeira. Então ele se lembrou.

— Calce sapatos antiderrapantes e vista roupas de inverno.

Ele pegou uma jaqueta na gaveta. Suas roupas para o frio ainda estavam empacotadas, mas, após muito remexer nas caixas, ele encontrou seu velho casaco com capuz e o separou também, junto com duas meias de lã, que não formavam um par, e suas botas.

Durante todo o tempo em que andou pelo quarto, cheio de cuidado, para não deixar os tacos rangerem, ele disse a si mesmo que estava sendo ridículo. Nada aconteceria e de manhã ele teria de guardar tudo outra vez.

Mesmo assim, ele pegou os dois envelopes no fundo de seu armário e os colocou em cima do livro vermelho.

Então se deitou por cima da colcha e tentou dormir. A luz da lua entrava pela janela e duas corujas piavam nas árvores lá fora. Olly sentiu a empolgação crescer em seu estômago, como se fosse a noite de Natal.

— Tolo — ele disse a si mesmo. — Você está sendo tolo.

Olly rodou, rodou, deitou de bruços, deitou de costas, virou para o lado esquerdo, virou para o lado direito, as corujas piavam, a lua iluminava seu quarto, e ele não conseguia dormir, ele não conseguia dormir, ele não conseguia dormir.

Ele acabou dormindo.

Pode ter sido qualquer uma das muitas razões que o acordou. A luz das chamas. O barulho do trem. Ou o som das pedras batendo na janela do quarto. Ele se sentou na cama.

O trem soava em algum lugar e parecia se aproximar. Por mais que tivessem dito que a velha linha estava fechada e que não havia qualquer estação em pelo menos 32 km, definitivamente havia trens passando perto de Gullywith. Era a segunda vez que Olly o ouvia. Mas, enquanto escutava o barulho, este se transformava. Foi se aproximando cada vez mais, só que depois desacelerou, e se tornou um som mais quieto, que mais se assemelhava a leves batidas, e não a um rugido. Ele esperou. Tornou-se mais devagar e depois parou. Lá fora. Então, através da escuridão, veio o leve barulho de cavalos relinchando.

Quando Olly foi dormir, seu quarto estava tomado por um brilho prateado vindo da lua, mas agora estava sendo iluminado por alguma coisa bastante diferente. Uma luz dourada passeava pelas paredes. E o barulho de pedras batendo na janela voltou.

Olly saltou da cama e foi ver o que era. Lá embaixo, ele enxergou KK parada no jardim, segurando um monte de pedras. Ela o viu na janela e acenou para que ele descesse.

Mas não era só KK que estava lá fora. Olly olhou, olhou, e então se lembrou. *Estava* acontecendo, afinal!

Ele vestiu as roupas rapidamente, pegou o casaco, as botas e os dois envelopes, com o convite e a passagem, e desceu as escadas com toda a cautela do mundo. Atravessou o hall de entrada e saiu da casa, fechando a porta da frente sem emitir qualquer som.

Então ele parou e ficou olhando.

Além do jardim, próximo ao portão e à entrada do campo, havia algo que ele jamais havia visto e nunca poderia ter imaginado.

Diversos trenós enormes, feitos de madeira entalhada e unidos por correntes de prata, o esperavam. Cada trenó tinha uma curva alta na parte de trás e um assento. Na frente, havia seis cavalos e, ao lado de cada trenó, dispostas em alças de prata, havia tochas enormes. Foi a luz das tochas que provocou aquele brilho vermelho e dourado nas paredes do seu quarto.

— Vamos — KK sussurrava alto. — Vamos, Olly, não podemos nos atrasar.

Olly foi atrás dela. KK subiu no primeiro trenó. Tinha uma pequena porta de madeira, como se fosse uma carruagem. Ela a abriu, entrou e esperou por Olly. Então os dois sentaram no banco de madeira sob a curva da traseira do trenó. Ele olhara para trás e vira silhuetas nos outros trenós, embrulhadas em colchas e casacos de pele, e notou que havia uma colcha de pelos no banco, além de pantufas e luvas. Mas a noite estava quente e o céu, estrelado. Ele nem precisava do casaco, quanto mais de uma colcha de pelos.

— Mas o que...

Ele mal começara a falar quando os cavalos relincharam outra vez e o trem de trenós começou a ir para frente, inicialmente devagar, e instável ao passar pelo solo desigual do jardim de Gullywith, mas logo atravessaram o portão e o campo, e começaram a ganhar velocidade. O vento soprava contra eles, fresco nas bochechas de Olly, e fazendo com que seus cabelos voassem. As chamas das tochas voavam para trás e, de vez em quando, um rastro de faíscas douradas brilhava pela noite.

Olly não conseguia falar, em parte por causa da empolgação, mas também por causa da velocidade do trem, que estava tão rápido que deixava o menino sem fôlego. Ele olhou para KK, que tinha um enorme sorriso estampado no rosto. Ela gritou alguma coisa para ele, mas as palavras se perderam no ar.

O campo, que não parecia particularmente grande na última vez em que Olly o atravessara, agora se estendia por vários quilômetros e, enquanto o trenó o cruzava, a noite se tornava cada vez mais fria, e eles logo se descobriram gratos pela colcha, pelas pantufas e pelos chapéus. O céu sobre eles estava gelado e as estrelas brilhavam. Depois de um tempo, abandonaram o campo e, ao começarem a subir a colina, Olly percebeu que não estavam atravessando um solo de grama e terra, mas sim de neve, uma neve que brilhava com a luz das tochas. Eles subiram cada vez mais alto e Olly pôde ver as outras colinas ao redor, também cobertas por neve. Aceleraram na descida e, em seguida, começaram a subir novamente, e dessa vez havia barreiras em ambos os lados, densas barreiras de árvores. A neve repousava sobre os galhos, e grossos pedaços de gelo se penduravam deles. O tronco da árvore brilhava com o gelo. Logo estavam lá embaixo outra vez, correndo e correndo, e à frente do trem de trenós, algo brilhava. Eles estavam na trilha para o Lago Withern, mas era um lago de gelo. Por um instante, pareceu que o trem fosse passar por cima dele, mas, no último segundo, ele virou e seguiu a trilha que passava em torno do lago. Olly olhou para baixo. Ele podia ouvir o assobio do trenó e sentir o frio que vinha do lago congelado — escuro, frio, bem diferente do gelo brilhante do ar noturno. Ele estremeceu.

Então Olly viu a colina, Withern Hill, aquela na qual se haviam refugiado quando escaparam do Rei de Pedra, e o trem de trenós seguia em sua direção — aliás, por um instante, parecia que iam frear ao lado da colina, e sofreriam uma parada súbita, mas, enquanto os cavalos continuavam correndo, Olly viu duas enormes portas se abrirem. Os trenós correram na direção delas e as tochas iluminaram o túnel de escuridão à frente deles.

CAPÍTULO 21

O Baile de Inverno

Por alguns instantes, o trem de trenós correu pelo túnel escuro, mas Olly logo viu uma luz à frente, clara, brilhante e alegre, e em seguida estavam entrando no lugar mais impressionante que Olly poderia imaginar, correndo suavemente até frear ao lado de uma plataforma. KK ria do amigo enquanto ele olhava deslumbrado, sem conseguir falar.

Eles estavam em uma vasta caverna cujas paredes eram puro gelo. Era iluminada por dezenas de tochas presas às paredes e dispostas ao redor de uma enorme arena de gelo, que ficava no centro da caverna e tinha fileiras de bancos ao redor, como em um estádio de futebol. Além das tochas, havia milhares de olhos brilhando como joias em saliências nas paredes de gelo e no telhado congelado no alto. Mas panelas de metal com pedaços vermelhos de carvão flamejante faziam com que a caverna não estivesse fria.

— Vamos — disse KK. — Já chegamos e os outros trens de trenó já estão a caminho. Todos virão. Já vai começar.

— Oliver Mackenzie Brown — estrondou uma voz. Olly olhou para a figura, que tinha a voz de Nonny Dreever, mas era um Nonny Dreever diferente que estava ali. Ele parecia muitos centímetros mais alto e estava com botas brancas de pelo e meias da mesma cor, um gibão prateado com as barras de pelos brancos e um incrível chapéu branco e peludo. Mas o rosto era de Nonny Dreever, o rosto e os olhos cor de topázio.

— Bem-vindo ao Baile de Inverno, Oliver Mackenzie Brown.

Fez-se mais barulho enquanto vários trens de trenós surgiam e paravam, trazendo diversas criaturas e pessoas estranhas com vestidos chiques, máscaras e chapéus revestidos de joias, botas altas e fantasias brilhantes. Olly olhou para sua roupa, jeans e uma camisa simples, mas então KK o puxou na direção das bancadas ao redor da caverna, bancadas com comida e bebida, nozes tostadas e copos estranhos onde as bebidas eram servidas.

— O que é isso?

— Taça de Inverno. Pode provar. É a melhor bebida do mundo.

O copo era fino e prateado, e sua base era pontuda, de modo que não podia ser apoiado sobre uma mesa. O líquido era esfumaçado, com uma fumaça azul-esbranquiçada que passeava sobre sua superfície. Olly segurou a bebida longe da boca.

— Não, não é tão quente... Veja só — KK encostou a ponta do copo nos lábios, tomou um gole e sorriu. — Delicioso.

Olly hesitou, mas fez o mesmo em seguida e a fumaça pareceu se transformar em um sabor adocicado em sua boca. A bebida era morna e gasosa, e tinha gosto de... Ele olhou para KK, que disse:

— Mel, lavanda e salsaparrilha.

As outras bancadas tinham caldeirões borbulhantes do que pareciam calda, cubos de queijo derretido, massa cremosa, sopa quente, batatinhas e chocolate borbulhante. Eles comeram um pouco disso e daquilo, lamberam os dedos e foram até a bancada seguinte, e a essa altura a caverna estava se enchendo e as pessoas entravam no rinque de gelo para patinar e deslizar. Mas depois um som de bateria ecoou e uma agitação que parecia vir de dentro das paredes de gelo fez com que todos corressem para os bancos de madeira. As chamas das tochas mudaram de cor, de branco para roxo, depois vermelho, depois dourado, depois azul, depois prateado, depois roxo novamente. KK o puxou em direção aos bancos. As chamas mudaram de cor outra vez e pareciam ter dobrado de tamanho, acendendo toda a caverna de forma que as paredes brilhassem.

— O que vai acontecer? — sussurrou Olly.

— Os acrobatas. Veja!

Houve uma estranha cantoria aguda e o ar se encheu de figuras que balançavam e davam cambalhotas sobre o grande círculo de gelo em arames finos e brilhantes. Segundos mais tarde, receberam a companhia de borboletas e pássaros, que flutuavam, voavam e mergulhavam com os acrobatas. O gelo abaixo era cheio de luzes que se transformavam e, entre os feixes luminosos, havia patinadores dançando e passeando com leveza.

Olly já tinha ido a um circo uma vez em Londres, onde vira acrobatas e outros artistas, e também já tinha ido a uma apresentação no gelo, mas jamais havia visto algo assim. O gelo brilhava e as lâminas marcavam a pista de patinação, deixando rastros de faíscas prateadas e estrelas.

O show acabou com uma explosão de fogos e luzes, em seguida as pessoas correram para o gelo e, em um minuto, Olly, que nunca havia patinado, estava rodopiando com KK, equilibrando-se no gelo com imensa facilidade, como em um passe de mágica, rindo e se divertindo com os outros. Ele prendeu a respiração e fechou os olhos, depois os abriu depressa, esperando acordar em seu próprio quarto, como se isso fosse um sonho. Mas continuava, nas cavernas de gelo, entre dançarinos e foliões, patinando tão depressa que as tochas e os olhos brilhantes giravam a seu redor como um caleidoscópio.

— Venha, vamos encontrar o carrossel.

Eles deixaram o gelo por uma pequena rampa e chegaram a uma segunda caverna, menor do que a principal. No centro, havia um carrossel gigantesco, com barcos vikings, carrinhos de bate-bate no gelo e uma grande algazarra em volta.

— Sorvete! — disse Olly. — Quem quer tomar sorvete em um baile de inverno?

— Tome um pouco, você vai ver. — As barracas de sorvete tinham filas e, enquanto esperavam em uma delas, Olly observou as pessoas à sua frente. Era difícil dizer se eram humanos ou animais; alguns podiam ser pessoas fantasiadas de animais, mas outros pareciam muito reais. Então viu alguém olhando para ele, alguém que ele tinha certeza que reconhecia. O único problema era que a pessoa se parecia mais com uma raposa do que com qualquer outra coisa, e Olly tinha certeza de que não conhecia raposa alguma.

Ele olhou para as centenas de luzes pequenas nos rebordos das paredes de gelo e viu que cada par de olhos pertencia a uma tartaruga que estava quieta no canto, piscando de vez em quando, o que fazia com que toda a caverna brilhasse.

Havia também enormes esculturas de gelo, pessoas e animais entalhados em grandes blocos e luzes em tons néon de roxo, verde e azul. Tochas de gelo com chamas flamejantes se acendiam esporadicamente, liberando fumaças que formavam arco-íris. Uma das paredes de gelo tinha uma cachoeira congelada que caía em uma piscina de gelo, derramando pequenas faíscas brancas e prateadas enquanto escorria. Para todos os cantos que olhava, Olly via algo novo e maravilhoso, feito de neve e gelo, algo bonito e incrível.

Eles chegaram à frente da fila e pegaram seus sorvetes. As bolas eram retiradas de potes feitos de gelo e postas em casquinhas prateadas, e, novamente, luzes azuis passeavam sobre eles como chamas em um pudim de Natal. A casquinha na mão de Oliver era gelada, mas o sorvete que tocava seus lábios era quente. KK o observou, rindo novamente.

— Eu disse! Olhe, lá estão Zed e Xylo.

— O que são Zed e Xylo?

— Meus irmãos, é claro. Vamos.

Zed e Xylo estavam fantasiados de esquilo e urso, mas olhos exatamente iguais aos de KK encaravam Olly através das máscaras peludas.

— Eu não sabia que você tinha dois irmãos.

— Eu não tenho.

— Mas você acabou de dizer...

— Eles são meus irmãos. Eu tenho outros quatro.

Todos riram, mas ninguém podia conversar porque a banda estava tocando novamente na caverna principal, e o som estava muito alto. Quando atravessaram a pista, viram que estavam todos dançando, e que uma tropa de cossacos em túnicas vermelhas e peles de urso se mexia em uma longa fileira no gelo, gritando uma música em russo e dançando com os joelhos dobrados, cada perna se erguendo e recuando alternadamente. A música ficou mais alta e rápida, até que todos estivessem girando, e então o lugar foi tomado por ciganos com longas saias coloridas que se seguravam enquanto rodopiavam. Olly se viu envolvido por um deles e saiu dançando pelo gelo, risonho e sem fôlego. Mas, enquanto dançavam e ele se divertia imensamente, Olly enxergou a raposa, e sabia que de algum jeito, em algum lugar, já tinha visto aquele rosto. Mas não em uma raposa.

Mas, antes que pudesse descobrir quem era, já tinham saído e ele estava dançando com um dos irmãos de KK, e depois com ela, cada vez mais depressa. Ele deveria ter caído e se esborrachado no chão, mas seus pés estavam firmes e seguros, e ele sequer derrapou, só dançou, pulou e saltou animadamente. Os irmãos o encorajavam com palmas e ele agora estava na fileira de cossacos, apoiado na cintura do russo da frente, e sendo puxado ao ritmo da música.

— Isso, Olly, isso, isso, isso! — gritou KK, aplaudindo das arquibancadas, e agora todos batiam palmas no ritmo da música. Ele enxergou Nonny Dreever, o mais alto de todos com seu chapéu branco, batendo as mãos, e os dançarinos ciganos, os vendedores de sorvete, os acrobatas, ratos brancos, marmotas, furões e outros roedores, todos de pé aplaudindo enquanto Olly passeava pelo gelo, rindo e cantando ao som da banda, até que seus ouvidos apitassem.

— Dá-lhe! — ele gritou para todos eles. — Dá-lhe o Baile de Inverno!

Então, naquele instante, toda a caverna ficou escura.

CAPÍTULO 22

Tudo escurece

Não só estava tudo escuro, como também se fez um silêncio súbito e completo. Olly não tinha certeza quanto ao tempo que passara ali parado, tentando entender o que havia acontecido, ou o que estava acontecendo e fazendo o possível para se acalmar. A escuridão era diferente de qualquer outra que tivesse visto na vida, espessa, pesada, e sem qualquer feixe de luz. Ele começou a apalpar em volta. Esticou as mãos lentamente para ver se conseguia encontrar alguma coisa ou alguém, estendendo-as gradualmente, de modo a sentir o círculo à sua volta. Mas não havia nada. Ele deu um passo à frente, depois outro, em seguida virou-se de costas, e começou a tentar sentir alguma coisa com as mãos. Para onde as coisas tinham ido? Onde estavam KK, Zed, Xylo e todos os outros? As tochas e as luzes?

Ele caminhou para frente, com o braço direito esticado, e, após ter feito isso pelo que pareceram vários quilômetros, seus dedos tocaram algo duro e escorregadio, frio e molhado, como uma parede de pedras com água escorrendo. Ele apalpou um pouco mais para cima, e um pouco mais para o lado, e estava tudo igual. Agora ele estava assustado, pois não sabia para onde deveria virar para encontrar alguma outra coisa. Então, ele sentiu algo pegar sua outra mão.

— Quem está aí?

— Oliver Brown — respondeu com firmeza.

— Aqui é o Zed. KK e Xylo estão atrás de mim. Você está bem?

— Estou. O que... para onde foram as coisas?

— Nós...

— Veja!

Olly agarrou as mãos de Zed ao ver um par de olhos amarelos brilhando sobre ele.

— O que é aquilo?

— Não sei.

Os olhos encararam.

— Há outros.

Havia diversos pares de olhos espalhados pela escuridão, todos iguais, pequenos, ovais, amarelos e brilhantes.

— Olly... Vá um pouco para frente. Mantenha a mão na parede, não se afaste. Se fizermos assim, podemos encontrar a abertura. Se nos mantivermos juntos dessa maneira.

Olly esperou, e em seguida deslizou as mãos para frente. A pedra fria e molhada seguia em frente. Ele sentiu os outros se aproximarem por trás dele. Uma vez ou outra, Olly olhou para cima. Os olhos continuavam lá.

— Ah... aqui está. Eu acho... que a parede acabou. Tem uma abertura.

— Vá para frente lentamente. Quando der um passo à frente, encoste o calcanhar de um pé, no dedão do outro. Mantenha a mão esticada, para o caso de encontrar uma porta ou a parede outra vez.

— Onde está Nonny Dreever?

— Eu não sei onde ninguém está, Olly. Apenas continue andando. Está tudo bem.

Mantendo os pés próximos, só avançando poucos centímetros por vez, com extrema cautela, e com a mão ainda esticada, Olly prosseguiu. A escuridão estava começando a fazer com que ele se sentisse estranho, era como se o fizesse girar e rodar. À sua frente, só havia espaço e escuridão. Nenhuma parede. E agora os olhos brilhantes também estavam desaparecendo. Não havia mais nenhum à frente. Ele parou.

— O que houve?

— Estou ficando tonto. Não sei para onde estou indo.

— Espere um pouco, então. Fique parado e feche os olhos.

Ele obedeceu. A princípio, a escuridão continuou rodando à sua frente, mas gradualmente se acalmou e ele se sentiu mais firme. Ele abriu os olhos mais uma vez e deu um passo.

No instante seguinte, fez-se um barulho agitado logo atrás deles.

— O que está acontecendo?

— Parece um monte de pedras caindo. Como uma espécie de avalanche.

— Vamos, vamos, nós não...

Mas, enquanto se apressavam, o barulho se tornou um ronco estranho que parecia ir de um lado para o outro, então ouviu-se um ruído estalado e uma enorme porta pesada se fechou logo atrás deles, deixando-os presos onde estavam.

Eles congelaram, aproximando-se uns dos outros. Não havia olhos brilhantes. Só escuridão outra vez.

— Não estou gostando nada disso — disse Olly em voz baixa.

Estava frio, mas não era o frio maravilhoso da caverna de gelo, que, de algum jeito, não era frio, e de qualquer forma havia sido alegre. Agora o frio era úmido, melancólico e escuro. Eles estavam em um espaço pequeno, podiam sentir isso. As paredes pareciam enclausurá-los.

Então, Olly ouviu alguma coisa. Ele não disse nada, caso seus ouvidos estivessem brincando com ele. Mas, após alguns segundos, KK exclamou:

— Ouçam!

Era um som estranho, que vinha de baixo, perto da parede e do chão à frente deles; um barulho fraco e distante de arranhões e raspagens. Começou e parou, começou e permaneceu por alguns minutos, e depois parou outra vez.

— Queria que pudéssemos enxergar.

— Eu estou... estou vendo uma coisa — disse um dos meninos. — Vejam... vejam, está ficando cada vez mais brilhante.

Eles observaram. Logo à frente, de onde o barulho estava vindo, viram primeiro uma, depois outra luz brilhante. As luzes acendiam em pares e tinham um brilho dourado. Primeiramente, não conseguiram enxergar nada, mas, uma a uma, mais luzes se acenderam, até que houvesse um anel delas, depois um anel dentro do anel, e outro anel dentro do anel, e todas as luzes brilhavam e iluminavam o espaço no chão em volta. Por trás dos círculos, surgiram outros pares de luzes, andando lentamente em direção a eles, e se juntando para formar mais um círculo.

Em seguida, o barulho começou outra vez, os arranhões e as raspagens.

Olly hesitou, então se soltou de Zed e se abaixou. Ele foi para frente, suavemente, e esticou a mão com toda cautela.

Um dos pares de luz piscou lentamente enquanto Olly tocou o casco duro e frio de uma tartaruga.

— O que elas estão fazendo? Olly, você consegue ver?

— Eu vou tentar, mas não quero machucá-las nem quebrar os círculos. Espere um pouco.

Ele se apoiou sobre as mãos e os joelhos e cautelosamente avançou. O chão era de pedras e, além de frio, era desigual, com pontas afiadas em alguns setores. Ele se sentiu um gigante em meio às tartarugas, pequenas e ocupadas, mas, depois de um tempo, a luz que irradiavam tornou-se mais brilhante, como se meia dúzia de velas tivessem sido acesas. O barulho, que havia cessado, começou outra vez e ele se inclinou em sua direção.

As luzes dos olhos das tartarugas eram suficientes para que ele enxergasse que, na base da parede de pedras, havia um pequeno buraco, em frente ao qual havia um vazio no chão. Seis ou sete tartarugas cavavam incessantemente com as patas dianteiras e o buraco estava se tornando maior. Elas não tinham o poder de escavação de um cachorro ou de uma toupeira, mas eram firmes, organizadas e perseverantes. Olly observou impressionado por alguns instantes. As tartarugas da fileira frontal começaram a se cansar e a cavar mais devagar, e nessa hora recuaram e outro grupo assumiu seus lugares e a atividade foi retomada. Era uma visão extraordinária.

— Mas por que elas estão cavando? — perguntou Zed.

— Para abrir um túnel, é claro — respondeu KK. — Elas estão cavando para que possamos escapar.

— Mas isso pode levar dias, provavelmente semanas.

— Não no ritmo que estão indo — disse Olly. — Ai!

Ele gritou de dor porque alguma coisa dura e pontuda o atingira como um ferrão no nariz. Um segundo mais tarde, ele sentiu novamente, dessa vez no topo da mão, em seguida nos braços. Cada vez mais coisas pequenas, duras e pontiagudas o atingiam.

— Ai! — gritou Zed. — Uma delas me acertou. Machucam muito.

— Pedras — disse Olly. — Deveríamos saber.

— De onde elas estão vindo?

— Que diferença faz? De algum lugar no telhado. E elas têm mira boa o suficiente para nos acertar mesmo no escuro.

— Eu estou com fome. E com sede. E cansado. Poderia deitar no chão e dormir.

— Eu não faria isso, Zed — disse KK. — Se você dormir, tudo pode acontecer.

— Já aconteceu — disse Olly.

A essa altura as pedras os atingiam violentamente, cada uma caindo sobre eles e então no chão, produzindo um leve ruído. Em seguida viu-se um flash azul-esbranquiçado e eles ouviram um barulho longo e estrondoso.

— Tempestade — disse Xylo.

— Nós não escutaríamos dentro da colina.

Outro flash acendeu. Olly olhou para cima. O trovão veio outra vez. Ele esperou. Outro flash e, dessa vez, na fração de segundo em que o relâmpago acendeu, ele conseguiu ver um buraco denticulado no telhado.

— É o céu — falou. — Eu vi. Então, se o céu está lá, nós podemos escalar.

— Como?

— Eu não sei. Um de nós poderia subir no ombro de outro?

— Não. Nós vamos ficar juntos. Nós vamos ficar aqui — disse KK.

— Eu acho uma péssima ideia. Se ficarmos aqui podemos...

— Vejam! — Sob a fraca luz produzida pelas tartarugas, eles puderam perceber que o buraco que elas cavavam estava bem maior. — Acho que já podemos passar por aí.

— Mas é só um buraco. De que adiantaria?

— Deixe-me dar uma olhada.

KK se ajoelhou e observou entre as tartarugas, que abriram caminho para que ela passasse. Os meninos permaneceram olhando para baixo. O relâmpago o iluminou em cima uma ou duas vezes, mas o trovão soava cada vez mais distante. As pedrinhas formaram uma barreira no chão, e KK soltou um grito agudo de dor ao se ajoelhar.

— O que foi? — sussurrou Zed.

— Só um minuto...

Olly imaginou que horas seriam. Parecia que havia passado muito tempo desde que acordara e subira no trem de trenós em Gullywith, e imaginou por que a luz do dia ainda não estava aparecendo através do buraco no telhado de pedra sobre eles.

— Elas fizeram um trabalho muito inteligente — disse KK, levantando-se ao lado deles. — Cavaram um buraco largo o suficiente para que conseguíssemos passar, um de cada vez, e o buraco leva a alguns degraus que descem. Não dá para enxergar além dos dois primeiros, parecem ter sido talhados na terra, e são estreitos como um túnel. Mas podemos descer.

— Mas não vamos conseguir ver para onde vamos.

— Nós teríamos que apalpar as paredes para nos guiarmos.

— Não — disse Olly —, vamos levar uma tartaruga. Algumas tartarugas. Elas nos trariam luz o suficiente.

— Nós não levaremos as tartarugas — disse KK. — Elas nos levarão. Vejam.

As tartarugas estavam se movendo. Uma a uma, elas caminhavam em direção ao buraco que cavaram e desciam por ele. Os círculos se desfizeram. Elas formaram uma fileira organizada e os olhos brilhantes foram sumindo na escuridão.

— O que devemos fazer?

— Esperar.

Quando cerca de três quartos das tartarugas já haviam passado pelo buraco, fez-se uma pausa.

— Elas estão esperando que passemos — disse KK. — As outras virão atrás. Você primeiro, Zed.

— Por quê?

— Porque você é o maior. Se você conseguir passar pelo buraco, todos nós conseguiremos. Vá em frente. — Enquanto falava, ouviu-se um ruído baixo na escuridão atrás deles e dessa vez não era o trovão vindo de fora, era alguma coisa atrás das portas que haviam sido fechadas mais cedo. — Depressa!

Zed estava de quatro, engatinhando em direção ao buraco. Os outros o observaram em silêncio. As tartarugas remanescentes estavam recuadas e agrupadas.

Zed passou a cabeça pelo buraco e, em seguida, verificou se os ombros atravessavam.

— Tudo certo — ele disse. — Tem espaço o suficiente. E posso me levantar o bastante para descer o primeiro degrau. Não dá para ver muita coisa. Pronto, estou indo.

E, no instante seguinte, Zed foi completamente engolido pela escuridão do buraco.

CAPÍTULO 23

Morcegos azuis e brilhantes

No instante em que Zed desapareceu, enquanto os outros se movimentavam para segui-lo, Xylo, que praticamente não dissera nada a noite inteira, falou suavemente:

— São eles.

Não precisou dizer mais nada, pois, um segundo depois, Olly e KK entenderam o que Xylo estava dizendo. Do alto, veio o ruído daquilo que Olly inicialmente pensou serem ratos. Mas não eram. Os morcegos azuis e brilhantes, que estavam pendurados de cabeça para baixo no telhado, começaram a voar em círculos sobre as crianças, cada vez mais rapidamente, e, à medida que aceleravam, voavam mais baixo. Então, sozinhos ou em pares, começaram a mergulhar.

Olly se lembrou do que sua avó dissera uma vez, sobre morcegos gostarem de se emaranhar nos cabelos das pessoas. Apesar de não saber se morcegos azuis eram como os pretos, ele abaixou a cabeça subitamente quando um dos animais se aproximou demais. Olly escutou o chiado em seu ouvido e sentiu uma asa tocar sua pele.

— Vá para o buraco, depressa, atrás de Zed. Você primeiro — disse Olly, empurrando KK para frente. Ele estava com a sensação de que ela poderia gritar, pois garotas gritam por causa de coisas como morcegos, e qualquer grito o enlouquecia.

— Por quê? — sussurrou KK. — Você acha que tenho medo de morcegos?

Não. É claro que não. Olly conhecia KK o suficiente, apesar do pouco tempo, para perceber que ela obviamente não tinha medo de morcegos.

Ele se abaixou e, com os morcegos mergulhando em sua direção, engatinhou para o buraco cavado pelas tartarugas, observando. Abaixo do primeiro degrau, Olly podia ver o brilho da fileira de olhos de tartaruga, o que proporcionava luz o bastante para enxergar, avançou cautelosamente e começou a sentir o chão, à procura do segundo degrau. Estava coberto por terra solta, e era bastante escorregadio, mas, com um passo de cada vez, Olly passou entre as paredes de terra, que o pressionavam de ambos os lados. Atrás dele, podia ouvir os outros e o chiado irritado dos morcegos.

Alguns minutos mais tarde, estavam todos no túnel, que era muito estreito, fazendo-os passar enfileirados, mas o teto era alto o suficiente para que ficassem de pé. Também conseguiam enxergar bem, graças ao brilho dos olhos das tartarugas.

— Para onde vai esse túnel?

— Para baixo da colina — respondeu KK, atrás dele. — Mas não sei ao certo para que lado estamos indo. Diga a Zed para continuar. Vamos confiar nas tartarugas.

Eles caminharam por um longo tempo, não ouvindo nada além do som dos passos e da respiração uns dos outros. Estava úmido e frio no túnel, que tinha cheiro de terra.

Então Zed disse:

— Ah.

No instante seguinte, ele não estava mais imediatamente à frente de Olly.

Eles chegaram a um lugar em que o túnel alargava e desembocava em uma área que parecia uma sala. As tartarugas estavam posicionadas em torno das extremidades, algumas se ajeitando em reentrâncias nas paredes, e quando todas chegaram eles puderam perceber que, na verdade, estavam em uma espécie de sala subterrânea. Havia uma velha mesinha com algumas cadeiras, um sofá coberto por uma colcha desbotada, e outra colcha no chão. Em uma das paredes havia um conjunto de prateleiras, com alguns copos de estanho, velhas latas de biscoito e algumas fileiras de livros. No lado oposto, via-se o que parecia um grande retrato em uma moldura.

Olly foi até lá, e, de perto, conseguiu identificar um mapa muito antigo. A escrita não estava em inglês, aliás, sequer utilizava o nosso alfabeto. Por todos os lados, os nomes dos campos, colinas e rios estavam escritos com a letra fina, mas não em uma língua que Olly entendesse. No meio do mapa, havia uma grande área azul que parecia um mar na terra.

— O Lago Withern — disse KK.

Todos olharam para o mapa.

— Pode ser.

— E é aqui que nós estamos; aqui embaixo. É Withern Hill.

Olly tentou entender as marcações, mas logo desistiu e voltou-se para a estranha sala subterrânea.

Xylo estava abrindo os armários e olhando dentro das canecas. Zed estava sentado à mesa com a cabeça apoiada nas mãos e os olhos fechados. Olly se sentiu subitamente exausto, com as pernas pesadas e os olhos ardendo, como se não dormisse há muitos dias. O sofá e a colcha pareciam extremamente convidativos e as tartarugas, que estavam posicionadas ao redor da sala e em um dos rebordos, começaram a fechar os olhos, umas atrás das outras. O efeito era o mesmo de lâmpadas sendo diminuídas. Olly se sentou no sofá. Era surpreendentemente macio. As almofadas e a colcha eram velhas, e espetavam um pouco, mas eram secas e quentes. Ele se deitou sobre uma delas e bocejou.

Em seu sonho, Olly estava envolvido por uma série de morcegos que formavam um cobertor sobre ele, e o protegiam contra tartarugas gigantes, da altura de casas, que tentavam afastar os morcegos e prender um casco em Olly, que ficaria em seu corpo para o resto da vida. Uma delas trazia diversos rebites de ferro que o prenderiam ao casco, e outra trazia uma espécie de capacete com pequenos buracos através dos quais ele poderia olhar.

Os morcegos se agarravam a ele, chiando, apavorados...

— Saiam daqui, saiam daqui, não façam isso!

Olly acordou com um grito. KK e Zed estavam sentados à mesa com um pote pequeno e duas canecas; e Xylo estava no chão, aparentemente tentando ensinar algumas tartarugas a dançarem sobre duas patas.

— Por quanto tempo eu dormi?

— Horas, e você devia estar tendo um sonho e tanto, pois estava sacudindo os braços, chiando e resmungando. Você quer um pouco dessa bebida?

Olly se levantou e quase caiu.

— Minhas pernas estão bambas. O que tem aí?

— Parece a Taça de Inverno... só que um pouco sem gás.

— Você acha que deve beber isso? Você não sabe há quanto tempo isso está aí. Pode acabar passando mal.

KK gargalhou.

— Você parece até o Mervyn Crust — disse Zed.

Olly o encarou.

— Ele é da nossa escola.

— Eu sei. Mervyn foi recrutado para ser meu amigo. Teve que ir a Gullywith para me apresentar às coisas.

Xylo, que tivera sucesso na missão de fazer duas tartarugas dançar juntas, disse:

— Eca. — Olly começou a perceber que essa era uma longa frase para ele.

Ele pegou o copo de Taça de Inverno que KK serviu para ele, inclinou a cabeça para trás e bebeu tudo em dois ou três goles.

— Ah — disse ele, limpando a boca. — Quero ver Mervyn Crust fazer isso.

— O problema é — disse Zed — que você precisa tomar muito cuidado com o que diz. Mervyn Crust tem ouvidos afiados e é muito intrometido. Uma vez ele descobriu uma coisa particular que tinha a ver com Nonny Dreever, o Baile de Inverno e o lago e contou para a mãe, que acabou indo até a escola, e houve alguns momentos de muita tensão até que o assunto finalmente morresse. Mervyn sabe de tudo. Ele e seus amigos.

— Eca — disse Xylo novamente. Ele agora já tinha conseguido fazer três tartarugas dançarem em uma roda, mas, toda vez que começavam a rodar, uma delas caía de quatro e ele tinha de começar tudo outra vez.

— Quem são os amigos dele?

— Errol Bingly e Georgina Yurt — KK e Zed responderam juntos. Todos olharam para Xylo, mas ele estava envolvido demais em uma manobra complicada com dois trios de tartarugas para dizer "Eca".

Olly olhou em volta. A sala era aconchegante, e a bebida, apesar de estar sem gás, havia levantado seu espírito. KK e Zed pareciam ter inventado uma espécie de jogo com clipes de papel que haviam encontrado no chão, e Xylo cantarolava uma melodia estranha para si mesmo.

— Alô? — disse Olly. — O que está acontecendo? Achei que estivéssemos caminhando à procura de um caminho de volta para casa, ou um caminho para fora daqui, ou para qualquer lugar.

— Eu gosto daqui — respondeu KK, jogando um dos clipes de Zed de volta para o chão com um peteleco. — Por que a pressa?

Foi Xylo que resolveu a situação. Ele se levantou, pegou os clipes em suas mãos e os devolveu à prateleira onde ficavam as canecas, ajeitou a colcha e as almofadas no sofá, tudo isso sem dizer uma palavra sequer. Em seguida, estalou os dedos. As tartarugas que estavam aprendendo a dançar voltaram para junto das outras, então todas abriram os olhos, irradiando fortes traços de luz dourada.

— Certo — disse Xylo.

KK e Zed pareciam levemente envergonhados.

O túnel que os levara até a sala não os levaria de volta ao lado de fora, mas havia um arco baixo no outro lado, para onde as tartarugas estavam apontadas e caminhando uniformemente.

— Sua vez — disse KK, cutucando Olly nas costas.

Olly abaixou a cabeça e passou sob o arco. Imediatamente à sua frente, havia uma parede de pedra, e entrando na parede havia uma escada de ferro. As tartarugas agora se agrupavam na base da escada e Olly percebeu de uma vez por todas que, apesar de terem conseguido descer e chegar até a sala, jamais conseguiriam subir uma escada de ferro inteiramente vertical.

— O que vamos fazer? — sussurrou para os outros que vinham atrás dele.

Fez-se um silêncio assustador. Todas as tartarugas pareciam olhar para eles.

Então, Olly percebeu algo.

— Está ficando frio — ele disse. — Cada vez mais frio.

Ele percebeu que suas mãos estavam enrijecendo com o frio, e seu rosto também, como se estivesse congelando. Suas pernas estavam estranhamente pesadas.

Ele olhou para KK. Ela estava com o rosto extremamente pálido, e parecia tentar sorrir, sem conseguir mover os lábios.

— As tartarugas! — exclamou Zed.

Eles olharam para baixo. Os olhos das tartarugas, que até então brilhavam e piscavam lentamente, agora estavam fixos, e as luzes que emitiam se tornaram congeladas e inanimadas.

— Depressa — KK conseguiu dizer, apesar de sua voz soar como se ela estivesse no dentista tratando de dezenas de cáries. — Suba, Olly, suba!

Olly se esforçou muito para levantar uma de suas pernas pesadas, e depois a outra, pensando em como poderia levantá-las o suficiente para alcançar o primeiro degrau da escada e, se fazer isso era difícil, como poderia chegar ao topo? Suas pernas pesavam uma tonelada e agora sua cabeça não virava de um lado para o outro, e o ar estava tão gelado que chegava a machucar.

Ele mexeu a perna direita com tremendo esforço, e depois a esquerda. Ao fazê-lo, escutou um barulho vindo de cima, do topo da escada, em seguida um feixe de luz se expandiu na medida em que a escotilha foi aberta. Luz e calor recaíram sobre eles e logo Olly sentiu seu rosto começar a descongelar e a rigidez de suas pernas começou a diminuir.

— Suba — disse KK, com sua voz normal. — Depressa, Olly. Suba o mais rápido possível.

Olly subiu a escadaria de ferro e passou pela escotilha aberta, com os outros três logo atrás.

Só voltaram a se entreolhar, apavorados, quando todos chegaram ao topo, com a escotilha seguramente fechada outra vez sobre o frio e a escuridão logo abaixo.

Ficaram parados, sem dizer nada, mas pensando no que haviam deixado para trás há poucos minutos: Xylo cantarolando uma estranha melodia e algumas tartarugas dançando solenemente sobre duas patas, enquanto o restante observava com olhos dourados brilhantes.

CAPÍTULO 24

Cogumelos

Olly caminhou cuidadosamente entre os montes de pedras e azulejos que antes formavam boa parte da parede e do telhado do celeiro. A escotilha pela qual vieram dava ali e, do lugar onde estavam agora, podiam ver Gullywith e o jardim da frente sob a luz perolada do amanhecer.

— Certo, é melhor você entrar, Olly. Nós não deveríamos estar aqui.

— Para onde vocês vão?

— Para casa, é claro. Não é muito longe.

— Mas... não podemos deixá-las. As tartarugas. Elas estavam petrificando. Não podemos...

— Também não podemos voltar para lá, ou a mesma coisa vai acontecer conosco. Você não percebe que é isso que elas querem? Elas só têm poder sobre nós se formos como elas.

— Mas...

— Preste atenção. Você é novo, mas as tartarugas são antiquíssimas e já lutaram essa batalha antes. Elas têm séculos de experiência se defendendo das pedras. Elas terão que fazer isso sozinhas. Nós não podemos ajudá-las agora.

Olly ficou em dúvida.

— Por que você não vai visitar Nonny Dreever mais tarde? — disse Zed, colocando uma mão solidária no ombro de Olly. — Ele vai lhe dizer a mesma coisa, e vai saber o que você precisa aprender para defender este lugar.

— Vocês também vão?

— Se pudermos. Você sabe o caminho?

— Acho que sim.

— Leve a sua tartaruga de bronze no bolso. Ela é como um ímã para a casa de Nonny Dreever.

Ele sentiu um frio na barriga.

— O quê? Olly, você perdeu a tartaruga?

— Não. Pelo menos... — Olly pensou por um instante, e de repente tudo ficou claro. — Eu não perdi — continuou. — Ela foi roubada. E sei muito bem quem roubou.

A manhã estava linda, com orvalho brilhando na grama. Olly ficou parado, observando enquanto KK e Zed caminhavam pela trilha, com a mente vagando por tudo o que havia acontecido. Mas ele se sentia mais confuso e sem conseguir entender nada além do cansaço que o invadia.

Mais uma vez, não havia qualquer agitação em Gullywith, então ele entrou pela porta dos fundos e subiu ao quarto.

Em sua mesinha de cabeceira, estava o livro *Lendas do Lago Withern* e, dessa vez, o livro tinha dois capítulos, e não um, como sempre acontecia. O primeiro era intitulado "A Era do Gelo" e o segundo, "Os morcegos de Withern". O problema era que, sem contar os títulos, os capítulos eram escritos em um inglês estranho e antiquado.

— Olly? Você está acordado? — chamou Pete Brown suavemente enquanto subia as escadas. — Eu vou procurar cogumelos. Você quer ir comigo?

— Aonde?

— Não sei. Aos campos, eu acho. Não é lá que se procuram cogumelos? Só se você quiser, mas se apresse e fique quieto, ou teremos que levar Lula, e acho que isso atrapalharia nossa busca.

Eles saíram discretamente e desceram as escadas, tentando não emitir qualquer ruído, e se esforçando para não rir. Logo estavam do lado de fora, saltando a grade para dentro de um cerco nos fundos da casa, enquanto Gullywith, assim como seus outros habitantes, continuava dormindo pacificamente.

Eles passearam pela grama no campo de trás durante um longo tempo, sem encontrar sequer um único cogumelozinho, mas Pete Brown estava muito contente e Olly gostava de ficar com seu pai. Ele estava eufórico com tudo — os campos, o céu, os pássaros, a grama molhada, até a ausência de cogumelos —, e dizia a Olly como era bom morarem em um lugar tão bonito, como para eles era melhor do que morar em Londres, o quanto estava gostando dessa vida relaxante, como... Olly imaginou o que sua mãe andara dizendo para fazê-lo falar desse jeito.

— Você gosta daqui, não gosta, Olly?

— Gosto.

— Não quer voltar para a boa e velha Avenida Wigwell?

— Não.

— Tem certeza?

— Tenho.

— Certeza absoluta?

— Pai.

— Veja, aqui... ah. Não. Não é um cogumelo. Ora!

— O que é?

— Uma pedra em forma de cogumelo.

Olly se curvou. A pedra repousava inocentemente no gramado. Olly tocou nela. As marcas rústicas eram bem claras.

— Te peguei — sussurrou Olly, e colocou a pedra em seu bolso. Pedras com marcas eram mais seguras em seu bolso do que passeando livremente, prontas para arrumar confusão.

Enquanto cruzavam o cerco, sem cogumelo algum, mas bastante felizes, ouviram Helen Brown chamar de dentro da casa.

— O que vocês estavam fazendo?

— Dando um passeio matutino. Por que não?

— Eu pensei que seria uma boa ideia tomarmos café da manhã aqui fora. O calor vai aumentar mais tarde. Você pode trocar a roupa de Lula, e, Olly, você pode me ajudar a trazer a louça de barro. Vai ser ótimo comermos no ar fresco. Isso nos fará um bem danado.

Olly resmungou.

E resmungou ainda mais depois de comer metade de seu prato de ovos.

— Oh, céus, eu quase esqueci. Olly, Beryl Crust ligou. Ela vem buscar você às nove e meia.

— O quê? Como assim ela vem me buscar? Eu não quero ser buscado.

— Você vai passar o dia com Mervyn. Ela achou que seria bom para vocês.

— Eu preciso ir?

— Precisa. Se você não consegue fazer amigos sozinho, outras pessoas farão por você.

— Eu sei fazer amigos. Eu tenho uma amiga.

— KK? Ela me pareceu ótima. Eu gosto de meninas independentes daquele jeito. Por que será que ela nunca mais apareceu?

Olly abriu a boca para dizer "Ela estava no Baile de Inverno...", mas se calou depressa.

— Ovo — disse Lula, segurando uma colher cheia para o irmão. — Ovo, ovo, ovo. Olly. Olly, ovo.

— Obrigado — disse Olly com a voz desanimada.

CAPÍTULO 25

Um dia com Mervyn Crust

— Por favor, ponha os pés no jornal, Oliver — disse a senhora Crust. Olly olhou para baixo. Havia uma folha de jornal no chão do carro. — É só para garantir que não caia lama de seus sapatos no tapete.

Olly se conteve para não dizer que não havia lama alguma em seus sapatos e pisou no jornal.

— Espero que você não se importe em sentar atrás, querido, mas Mervyn tem que sentar na frente, senão ele fica enjoado.

Claro, pensou Olly. Claro que fica.

— Não, não tem problema, eu estou bem.

— Ponha o cinto antes que eu dê a partida.

Olly pôs o cinto. Tinha cheiro de produto de limpeza. Todo o carro tinha cheiro de produto de limpeza. Não havia nada ali dentro, a não ser um mapa guardado no bolso traseiro do banco do motorista. Ele pensou no carro de sua família. O que Mervyn diria se tivesse de viajar nele?

Os Crust viviam em um sobrado em uma pequena colina nos arredores de Fiddleup. A rua parecia monótona e o sobrado também, e seu interior era tão igual às expectativas de Olly que ele começou a sorrir assim que passou pela porta.

— Os sapatos, Oliver. Deixe-os naquele tapete.

— Você quer dizer para limpá-los?

— Não, querido, quero dizer tirá-los. Nós não permitimos sapatos de rua dentro de casa. Você gostaria de pegar um par de chinelos de Mervyn emprestado?

— Não!

A senhora Crust olhou contrariada.

— Não, obrigado. Eu posso ficar descalço, não me incomodo.

— Ah, Oliver, querido, vai ficar descalço mesmo, não é? Sua mãe esqueceu de separar meias para você esta manhã? Pobrezinho.

Separar meias? Provavelmente havia meias limpas na gaveta, ou no cesto em cima da secadora, no máximo dentro da secadora. Ele imaginou o que significaria separar meias.

— Estou bem, obrigado.

— Bem, venham pegar suas bebidas e seus biscoitos na cozinha, depois vocês podem brincar onde quiserem. Mervyn precisa de uma bebida e um biscoito antes das 11 da manhã, ou ele passa mal.

A cozinha parecia vir de uma exposição. Tudo brilhava. As superfícies, em tons pastéis e claros, o chão, feito de azulejos bege-claros, o fogão, as janelas, a madeira polida da mesa e das cadeiras. A senhora Crust foi encher a chaleira elétrica, mas, antes de enchê-la, esfregou-a vigorosamente, e fez o mesmo depois. A lata bege-clara de biscoitos estava cheia de biscoitos bege-claros. Puros. Olly levou a mão até o fundo, na esperança de que os de chocolate recheados estivessem no fundo, mas eram todos iguais. Bege. Puros.

— Oliver! Outras pessoas também vão comer estes biscoitos, querido, e você não lavou as mãos.

Do outro lado da mesa, Mervyn sorriu.

Comer e beber na casa dos Crust era muito estressante, e Olly imaginou como seria ter de aturar um almoço inteiro. A senhora Crust limpara a mesa, as bancadas, e as cadeiras quando eles chegaram, lavara a chaleira duas vezes e também as canecas e os pratos cuidadosamente antes de colocá-los na máquina de lavar louças.

Eles foram para o jardim dos fundos. Havia um longo pedaço de grama, muito bem aparado, com fileiras impecavelmente cuidadas de arbustos em cada um dos lados.

— Podemos jogar futebol? — sugeriu Olly, após olhar para o gramado por um instante.

— Eu não posso brincar com bolas no jardim.

Dã, pensou Olly. Mas que tolice a minha! É claro que não pode.

— Então onde você joga?

— Na verdade, eu não jogo.

— Certo, então o que vamos fazer?

— Eu tenho algumas coisas para te contar. Vamos, podemos ir para o meu quarto.

O dia estava claro e quente, e mesmo que o jardim fosse perfeito e monótono, sem uma única folha sequer fora do lugar, Olly achou que seria melhor ficar ali do que preso no quarto de Mervyn, mas percebeu, assim que Mervyn passou pela porta da cozinha, que não teria escolha.

Mervyn Crust colecionava coisas. Ele colecionava dinossauros de borracha, miniaturas de tratores, conchas, lápis, personagens dos Space Invaders, livros de adivinhação e bolas de cricket. Suas coleções eram imaculadamente organizadas em prateleiras e os tratores eram etiquetados. Todo o resto, como sapatos e roupas, ficava longe da vista, nas gavetas e armários.

— Pode contar — disse Olly.

— Tudo bem, mas você precisa prometer segredo. Segredo de Estado.

Não era exatamente o tipo de coisa que Mervyn Crust diria?

— Segredo de Estado — repetiu Olly.

— Você jura pela...

— Ora, diga logo o que é.

— Tudo bem. — Mervyn Crust pôs os pés na cadeira onde estava sentado e abraçou os joelhos. — É sobre sua casa.

— Gullywith?

— Gullywith — disse Mervyn, com uma voz assustadora.

— Vocês estão bem aí? — perguntou a senhora Crust, colocando a cabeça para dentro do quarto através da porta, e seu nariz ocupava um longo espaço, pois era aquele tipo de nariz comprido e pontudo. — Não fiquem tanto tempo aí dentro em um dia tão bonito. Eu vou ao supermercado depois do almoço, vocês podem ir comigo. Agora divirtam-se.

Olly teria protestado se Helen Brown tivesse entrado em seu quarto desse jeito, mas, pensando bem, ela jamais faria isso. Ela simplesmente não fazia isso. Mas Mervyn não disse nada.

— É o seguinte: se eu fosse você, tomaria muito, muito cuidado em Gullywith. Quer dizer, ninguém daqui sequer iria até lá. Ninguém daqui jamais teria comprado a casa.

— Obviamente, considerando que ficou tanto tempo vazia. Por quê?

— É por causa de... — A voz de Mervyn abaixou, transformando-se em um sussurro rouco, e seus olhos se moveram de forma dramática. — Fantasmas.

— Ah.

— Eu disse F.A.N.T.A.S.M.A.S.

— Eu sei, eu ouvi.

— Gullywith é mal-assombrada.

— Certo.

— Gullywith é uma casa mal-assombrada. É por isso que ninguém da região...

— ... compraria. Certo.

— É verdade. Eu juro pela...

— Certo, certo.

— Todo mundo sabe a respeito dos fantasmas de Gullywith.

— Tudo bem.

— Você já viu algum?

— Não.

— Já ouviu algum?

— Não. Podemos ir lá para fora?

— É só uma questão de tempo. Eles estão lá, e você vai descobrir isso em breve. E quando descobrir vai desejar jamais ter posto seus pés naquela casa. Seus pais vão se arrepender de a terem comprado. Vocês irão embora. Vocês irão embora correndo. Todos fogem correndo de Gullywith. Você vai ver.

Olly foi até a janela e olhou para a rua. Havia alguns carros. E muitos outros sobrados. Uma mulher em uma cadeira de rodas. Um homem passeando com um cachorro. Ele passou um bom tempo pensando. E, enquanto pensava, não disse nada. Mervyn andou de um lado pro outro e depois disse:

— Você não está com medo? Você sabe o que isso significa, não sabe? Morar em uma casa mal-assombrada? É horrível, muito assustador. Você...

Olly virou-se para Mervyn.

— Por que você está me dizendo essas coisas?

— É verdade. Todos aqui sabem. Gullywith é cheia de fantasmas.

— Mesmo que isso fosse verdade, o que provavelmente não é, eu não entendo. Não sei por que você está falando isso tudo.

Mervyn deu de ombros. Ele parecia um pouco surpreso com o fato de sua historinha de terror não ter feito com que Olly gritasse de medo.

— Eu morreria de medo — ele disse.

— Bem, eu não tenho medo algum. Seja como for, que espécie de fantasmas seriam? Eles atravessam paredes? Eles carregam suas cabeças embaixo dos braços? Eles respingam sangue? Eles...

— Cale a boca! — Mervyn se levantou apressado. — Eu não sei, por acaso sei? É só o que todos dizem, eu nunca fui até lá.

— Foi sim. Você foi a Gullywith, Mervyn Crust. Só que não viu fantasma algum.

— Não. Tudo bem, tudo bem, foi só uma brincadeira, tudo bem? Vamos perguntar se podemos ir até a loja da esquina comprar alguma coisa.

E correu para fora do quarto.

Olly sorriu, satisfeito. Este provavelmente seria o fim desta história.

Mas ao caminhar até a porta depois de Mervyn, algo chamou sua atenção, algo com um brilho fraco. Ele olhou em volta, depois foi até as prateleiras onde as coleções estavam dispostas. Entre as conchas e os lápis, semiescondida atrás de um dos tratores, havia uma pequena tartaruga de bronze. A *sua* tartaruga de bronze, ele tinha certeza absoluta, a pequena tartaruga de bronze que fora seu presente de Natal retirado da árvore da casa de Nonny Dreever.

Ele pegou a tartaruguinha e guardou no bolso da calça.

— Imagino que você esteja muito ansioso para ir para sua nova escola — disse a senhora Crust, pegando um pano para limpar uma gota de molho que Olly derrubara na mesa.

Felizmente, Olly não teve de responder, pois estava com a boca cheia de empada de peixe.

— É uma escola muito boa. Você fará muitos amigos novos, e Mervyn vai se certificar de que você não se misture às pessoas erradas, não vai, Mervyn?

Mervyn sorriu.

— Quem são as pessoas erradas? — perguntou Olly, após engolir a comida.

— As crianças com as quais é melhor você não cultivar amizade.

— Errol Bingly — disse Mervyn.

— Bem, Errol não tem culpa pelo que aconteceu à família dele, Mervyn. Você precisa abrir exceções.

— O que aconteceu à família dele?

— Bem, só alguns problemas, querido, não precisamos falar a esse respeito.

Olly percebeu de onde Mervyn havia herdado sua maneira de insinuar segredos sombrios. Era extremamente irritante.

— KK e Zed — continuou Mervyn.

A senhora Crust emitiu um ruído enquanto limpava alguma sujeira invisível na maçaneta da geladeira.

— Bem, certamente você ficará muito melhor se mantiver distância desses dois, mas imagino que você tenha bom senso o suficiente para sequer se aproximar deles.

Mervyn o observava com os olhos franzidos.

— Por que não deveria ser amigo deles? — perguntou Olly.

— São uns ciganos. Não que haja alguma coisa errada com os ciganos, mas aquela família...

Ela respirou e passou um pano molhado na maçaneta da geladeira.

Olly sentiu uma estranha raiva borbulhar dentro dele. Ele queria gritar que KK e Zed já eram seus amigos, seus melhores amigos, e que não havia nada de errado com eles, que... mas ele sufocou a raiva e acabou de comer sua torta de limão com merengue. Mervyn continuou olhando para ele.

— Agora vocês podem assistir à televisão sossegados, durante vinte minutos, enquanto fazem a digestão, antes de irmos ao supermercado. Mervyn não pode andar de carro logo depois do almoço, Oliver, ou...

— ... ele passa mal.

— Como você é esperto, querido! É um menino bastante sensível, não é?

Televisão significava as seguintes opções: um velho filme em preto e branco, com mulheres que vestiam crinolinas, um jogo de boliche ou um programa sobre galinhas.

Olly retirou a tartaruga do bolso e mostrou para Mervyn.

— Isso é meu — disse ele. — Você pegou do meu quarto.

— Não peguei nada. Eu nunca vi isso antes. Acho que minha mãe deve ter comprado para mim... isso foi um presente, minha mãe guardou na prateleira para mim, foi uma surpresa.

— Como você sabe que estava na prateleira se nunca a viu antes?

Mervyn enrubesceu.

— E é melhor parar de dizer coisas sobre KK e Zed. Eles são meus amigos. Ótimos amigos.

— Bem, você precisa ter muito cuidado com eles. Coisas estranhas acontecem quando estão por perto.

— Que espécie de coisas estranhas?

— Coisas estranhas. Você vai descobrir.

— Como vou descobrir os fantasmas de Gullywith? Certo.

Depois disso, eles sentaram, assistiram ao programa sobre galinhas e não falaram mais nada.

— Meninos, é hora de irem ao banheiro e lavarem bem as mãos antes de irmos!

O restante do dia foi absolutamente monótono até que Helen Brown chegasse para buscar Olly às cinco horas. Foi só quando estavam saindo que Mervyn foi atrás de Olly e sussurrou:

— Elas não vão acordar por dez mil anos.

— O quê?

— Elas estão congeladas. Em um sono de pedra. Você vai ler sobre isso no livro. Um sono de pedra dura dez mil anos.

Instintivamente, Olly pôs a mão no bolso. A pequena tartaruga de bronze ainda estava lá.

Mervyn Crust sorriu.

— Não essa — disse ele, balançando a cabeça. — Só as outras. — E ele virou-se de costas. — E não há nada que você ou seus amigos possam fazer a respeito.

CAPÍTULO 26

De volta à estranha livraria

Não havia qualquer problema em pensar que Mervyn Crust era um menino tolo e mimado, além de ladrão e mentiroso, o que ele era, mas Olly passou o resto do fim de semana pensando nos fantasmas de Gullywith, em seu presente roubado, na estranheza de KK e Zed, e, no pior de tudo, o sono de pedra das tartarugas, que duraria dez mil anos.

O rosto de Mervyn, com olhos estreitos e sorriso petulante, e a voz do sussurro do menino interrompiam o sono de Olly.

— Não há nada que você e seus amigos possam fazer a respeito.

Mas Olly tinha certeza de que as tartarugas contavam com eles para que as ajudassem. Ele se lembrou de seus pequenos rostos, olhando para a escotilha, suas cabeças enrijecendo, seus olhinhos brilhantes se fechando lentamente...

Ele precisava se encontrar com Nonny Dreever. KK e Zed também iriam ajudar, ele tinha certeza, e apesar de algumas coisas surpreendentes acontecerem quando eles estavam por perto, Olly não acreditava que eles fossem estranhos, ou que não fossem dignos de confiança e de amizade, como a senhora Crust alertara. Mas, de algum jeito, ele sabia que Nonny Dreever era a melhor pessoa a quem pedir conselhos.

Apesar de ter achado que poderia encontrar o caminho para a casa sobre os pilares, Olly não estava muito confiante de que conseguiria completar a tarefa. Ele precisava de um mapa — um bom mapa, detalhado e grande, dos poucos quilômetros que rodeavam Gullywith. Olly tinha uma paixão por mapas, quaisquer mapas. Isso era herança de seu avô, que os colecionava e tinha gavetas especiais para guardá-los, paredes cobertas por antigos mapas e porta-guarda-chuvas cheios de mapas enrolados. Helen Brown acreditava ter-se livrado dos mapas depois de ter vivido cercada por eles durante toda a vida e, ao ver Olly com um atlas aos 3 anos, ela telefonou a seu pai para informá-lo de que a paixão por mapas estava de volta, com uma geração de intervalo.

Na segunda-feira pela manhã, Olly foi encontrar Pete Brown no escritório improvisado em um dos quartos extras. Ele estava mexendo em fios e tomadas em volta do computador, como sempre. Era um pequeno quarto de fundos, mofado, com papel de parede florido descascando e remendas marrons e mofadas, e uma vista dos escombros que um dia tinham sido o celeiro, mas Olly sabia que seu pai jamais notaria, e era provável que sequer olhasse pela janela. Era estranho, para falar a verdade. Seu pai possivelmente fora um dos primeiros meninos a possuir um computador, quando a maioria das pessoas sequer sabia do que se tratavam, e ele criava softwares desde os 12 anos. Computadores e o que eles podiam fazer eram suas paixões. E Olly não tinha qualquer interesse por eles. Quase nunca os utilizava, não sabia jogar e não tinha um endereço de e-mail, como a maioria de seus amigos — ele simplesmente os achava chatos.

Agora estava esperando até que Pete Brown notasse sua presença, o que demorou muito, como sempre.

— Ah, oi, Olly. Veio ter uma aula de programação de computadores? Certo, foi uma brincadeira.

— Será que você pode me levar até Fiddleup?

— Bem... na quinta-feira? Preciso marcar uma consulta com o dentista antes que essa obturação que caiu comece a doer. Nós devemos levá-lo a um dentista também.

— Eu quis dizer agora.

— Agora? Qual é a urgência? Eu estava planejando passar esta manhã consertando os sistemas.

— Eu preciso ir hoje.

— Certo. Diga-me a razão e podemos negociar.

— Eu quero comprar um mapa.

— Você tem muitos mapas.

— E você tem muitos computadores.

Pete Brown suspirou.

— Eu lhe digo o seguinte: deixe-me passar a manhã resolvendo isto aqui, sem me interromper novamente, e podemos ir à tarde. Posso resolver a questão do dentista e você pode olhar os mapas.

— E podemos tomar chá na lanchonete Bluebird.

— Se eu não consertar isso aqui, nada de Fiddleup, então, chispa!

E Olly chispou.

Eles tiveram de levar Lula com eles, o que Pete Brown disse que era justo, pois Helen passara a manhã inteira com ela, e agora era a vez de ela trabalhar um pouco. Mas Lula não dava trabalho algum quando saía, pois ficava interessada em tudo, e gostava de ver novas pessoas e sorrir para elas com todo o seu charme. Elas sempre retribuíam o sorriso e muitas queriam parar para brincar, então o progresso pela cidade era lento, porém alegre.

No topo da colina, papai e Lula foram encontrar o consultório odontológico.

— Vamos nos encontrar na Bluebird às três horas — ele disse, entregando a Olly uma nota de 5 libras para que ele comprasse o mapa.

— Veja se as edições deste mês das minhas revistas já saíram, Olly. Eu ainda não transferi as assinaturas.

— Bem... se eu puder — disse Olly vagamente.

— Você sabe quais são...

Mas Olly correu pela rua, onde não podia mais escutá-lo. Ele não iria à banca de jornal; iria ao sebo e tinha certeza de que lá não teria nenhuma das revistas de computador de seu pai em estoque.

A livraria parecia exatamente igual a quando a visitara pela primeira vez, com a porta fechada e a placa que dizia ABERTA e o aviso no balcão em que se lia *Favor toque a campainha para ser atendido*. Olly olhou em volta ao abrir a porta e o sino tocou. A tartaruga que atuava como um peso de porta não estava mais lá.

Ele achava que sabia onde era a seção de mapas, e estava circulando para chegar ao outro lado de uma das estantes de livros quando uma voz frágil e trêmula disse:

— Boa tarde. Os mapas agora estão ali, e não mais atrás desta prateleira.

— Como... como você sabia que eu estava procurando um mapa?

Mas ele não sabia ao certo quem havia falado, pois não havia ninguém atrás do balcão, embora a voz tivesse vindo de lá.

— Você quer um mapa de Gullywith, de Withern ou de todo o distrito? Não, provavelmente não precisaria do último. Nesse caso, procure na terceira prateleira de cima para baixo, no lado esquerdo.

Olly hesitou e, em seguida, foi até o balcão, e subiu na conveniente pilha de livros pesados, consideravelmente velhos e gastos. O balcão era alto, mas do outro lado, sentado em um banco e consertando a capa estragada de um livro, estava o pequeno homem redondo. Tudo a seu respeito era redondo. Ele tinha uma cabeça redonda, inteiramente careca, a não ser por uns pequenos chumaços grisalhos nos lados, uma coluna arredondada, curvada sobre um livro que estava sobre um apoio à sua frente, e, quando olhou para Olly, mostrou um rosto muito redondo com óculos muito redondos.

— Ah — o homem disse —, aí está você. — E apoiou os óculos na testa para olhar o menino. Ele tinha olhos muito azuis e muito redondos, e uma pequena boca contraída que de algum jeito também parecia redonda.

— Andei imaginando quando você apareceria outra vez, Oliver Mackenzie Brown.

Olly não se surpreendia mais quando coisas desse tipo aconteciam. Ele deixara de se intrigar quando pessoas como Nonny Dreever e agora este vendedor de livros sabiam seu nome, assim como deixara de pensar em como poderia ser possível que houvesse cavernas cheias de gelo no meio de Withern Hill em agosto.

— Bem, aqui estou — ele disse —, então... bem, vou dar uma olhada nos mapas. Muito obrigado.

— Você não vai perguntar onde está?

— Onde está o quê?

— Quer dizer que não percebeu? Acho difícil acreditar, um menino atento como você. É claro que percebeu.

— Ah. A tartaruga.

— O que mais poderia ser?

— Não. Quero dizer, sim. Onde está?

— Desapareceu. Alguém levou, imagino.

— Você quero dizer roubou.

— Quero? Bem, suponho que sim. Preciso aprender a me expressar melhor.

— A questão é a seguinte: qual a utilidade das tartarugas para alguém? Para as pessoas que as roubam, quero dizer.

O homem redondo repousou o livro que estava consertando e encarou Olly durante um longo tempo antes de se pronunciar.

— Estou pasmo, *pasmo*, por você precisar me fazer esta pergunta. *Qual é a utilidade das tartarugas para alguém?* As tartarugas são as coisas mais úteis, valiosas, desejadas e procuradas... — Ele balançou a cabeça, em seguida pegou o livro novamente, resmungando para si mesmo. — Qual a utilidade das tartarugas para alguém? Qual a utilidade...

— Muito bem. Certo. Sinto muito. Eu não deveria... quero dizer, foi uma pergunta muito estúpida. Vou procurar o mapa, então. Muito obrigado — Balbuciando envergonhado, Olly desceu da pilha de livros e foi para a seção dos mapas.

Ao se agachar e passar os olhos por "Mapa de Monmouthshire da agência de mapeamento Ordnance Survey de 1973",

"Um mapa de Barcelona" e "Mapa das estradas das Highlands e das ilhas escocesas de 1947", que ele queria muito retirar e olhar, a voz trêmula atrás do balcão disse:

— Um pouco mais à esquerda e acho que vai encontrar o que procura.

Olly olhou pela fileira.

O "Mapa de Withern" tinha uma capa vermelha desbotada. Ao lado dele, havia um mapa que não era feito de papel, mas de tecido de algodão, ligeiramente amarelado pelos efeitos do tempo.

— Gullywith.

Ele retirou os mapas com as mãos levemente trêmulas. Ele estava animado. E assustado.

— Você não vai ter espaço para abri-los nesse canto. Mas são exatamente o que você precisa.

Olly levou os mapas ao balcão. O pequeno homem redondo havia deixado o velho livro semiconsertado no balcão e estava de pé, esperando.

— Você gostaria de uma sacola para levá-los?

— Eu não sei se tenho dinheiro suficiente para comprá-los, e como você sabia...

— Infelizmente, a maioria das lojas tem estes dispositivos agora. Ladrões e outras coisas. Não que tenha impedido o roubo da tartaruga.

Olly seguiu o olhar do homem até um espelho convexo cuidadosamente instalado de modo a refletir o que estava acontecendo da parte de trás da estante de livros até a área atrás do balcão.

— Eu tenho alguns volumes muito valiosos. O espelho ajuda a dissuadir um pouco. Porém, infelizmente não salvou...

— A tartaruga. Não. Qual é o preço dos mapas, por favor?

— Quanto você tem?

Olly remexeu os bolsos.

— Quatro libras e dezenove centavos.

— Então é esse o preço. Mas vou dar um desconto de 19 centavos.

— O que é um desconto?

O homem redondo suspirou.

— É uma diminuição no valor do preço — ele disse e, em seguida, resmungou outra vez para si próprio.

Ele pôs os mapas em uma sacola de papel e esticou a mão por cima do balcão para entregá-la a Olly, mas, quando Olly foi pegar, ele a segurou por um instante.

— Use-os com sabedoria e, depois que descobrir tudo o que precisa, mantenha-os longe de qualquer perigo. Os morcegos vão lhe mostrar. — Ele soltou a sacola.

— Os morcegos?

Mas o pequeno homem redondo já havia passado pela porta no fundo da loja. A porta tinha um painel de vidro, mas o painel estava coberto por uma cortina de pano, de modo que Olly não conseguia enxergar nada da sala que ficava atrás.

Ele esperou, mas o homem não voltou. A loja estava inteiramente silenciosa, exceto pelo leve estalo de livros nas prateleiras e o rangido de tacos de madeira no chão.

Olly saiu quieto, segurando a sacola de papel com os mapas, e o sino da porta soou singelamente atrás dele.

CAPÍTULO 27

Mapas antigos

Mais ou menos uma hora depois, após ter comido uma torrada e um sorvete com calda de caramelo na Bluebird, Olly estava deitado no chão de seu quarto com os mapas abertos à sua frente, sentindo-se inteiramente feliz. O mapa de Withern era enrugado e desbotado. A escrita, que era redonda e em tinta violeta, também estava levemente desbotada, mas, mesmo assim, Olly conseguia ler quase tudo. No entanto, o mais legal eram os desenhos. Eles decoravam todo o mapa, todo o seu limite, como uma borda, e pontilhavam os nomes de lugares e as linhas de estradas, ruas, rios e colinas. Havia desenhos nas bordas e dentro do Lago Withern, fotos de pequenas figuras e animais. Havia desenhos sobre o esboço de Withern Hill. Desenhos de pedras com marcações rústicas de morcegos e estranhas figuras com cabelos compridos, imagens do que pareciam lobos. Havia tartarugas aqui e ali, com marcações em seus cascos, e também troncos de árvores, cavernas, túneis subterrâneos com curvas e giros, cada um nomeado, riachos com nomes escritos no meio. Havia nomes familiares — Withern e Peagarth, que ele sabia ser o lugar onde KK e seus irmãos moravam. Fiddleup, no entanto, não parecia existir — havia meramente uma pilha estranha de pedras e a palavra "Ferro", e depois "Pedreira". Além do que hoje é Fiddleup, havia uma teia de altas colinas, marcadas com linhas de água, que percorriam grandes distâncias e ultrapassavam os limites do mapa.

Olly achou que poderia identificar a trilha que levava à casa de pilares de Nonny Dreever.

Ele dobrou o mapa novamente, com muito cuidado, abriu o que tinha a capa vermelha e o rótulo "Gullywith" e se engasgou. Se o mapa de Withern era enfeitado e decorado, o de Gullywith e seus arredores era vazio, pálido e estranhamente sinistro. Havia uma pequena forma escura de tijolo mais ou menos no meio do nome, Gullywith, com letras escuras e espetadas. Havia outras duas formas de tijolo menores próximas ao que pareciam ser os celeiros e o estábulo. E havia a colina que ficava atrás da casa. Fora isso, toda a área era marcada por linhas pontilhadas marrons e desbotadas. Algumas delas seguiam a direção do que deveriam ser o campo e a trilha, onde estes também eram marcados por linhas pontilhadas cinzas e outras, não pontilhadas, em azul-claro.

Um contorno sombreado parecia indicar a colina em que as ovelhas pastavam agora, a colina em que conhecera KK e Jinx, mas isso era tudo. Fora isso não havia nada além de algumas outras linhas, aranhosas e que não levavam a lugar nenhum.

Mas havia mais alguma coisa, algo que parecia uma marca d'água impressa naquele papel grosso. Olly levantou o mapa, foi até a janela e o segurou contra a luz.

Todo o mapa era tracejado com linhas do que pareciam pedras e, entre as pedras, havia fracas linhas do que ele pensou serem plantas — pelo menos, as formas lembravam vagamente folhas ou árvores — era difícil dizer.

Mas, quando colocou o mapa no chão outra vez, os contornos sombreados desapareceram.

Ele ficou olhando para o mapa durante um bom tempo. Não havia nada para além de Gullywith. Não o ajudaria em nada a encontrar o caminho para a casa de Nonny Dreever — o mapa de Withern seria muito melhor para isso, apesar de também não adiantar muito. Ele levaria os dois consigo, mas sabia que, no fim das contas, estaria sozinho e teria de descobrir o caminho sem qualquer ajuda.

Ele sabia que era capaz, e sabia que no dia seguinte faria o que estava planejando. Enquanto isso, continuou observando cada detalhe do mapa de Withern por um longo tempo.

Quando estava guardando ambos cuidadosamente entre seus livros — enfiados entre outros dois bem altos, um sobre espécies em extinção e outro sobre a Islândia —, ele olhou para cima e quase soltou um grito.

No canto, entre a parede e o teto, havia um morcego.

CAPÍTULO 28

Um sério café da manhã com Nonny Dreever

O morcego continuava pendurado quieto quando Olly se levantou na manhã seguinte, pouco depois das seis. Ele queria sair antes que mais alguém acordasse, e escreveu um bilhete dizendo que tinha ido visitar KK para tratar de um assunto urgente. Deixou o bilhete sobre a mesa da cozinha e saiu de mansinho da casa. Ele trazia consigo o mapa de Withern. Estava quase certo de que não teria qualquer serventia, mas parecia melhor do que nada.

Mas enquanto passava pelo portão em direção à trilha que cruzava o primeiro campo, algo passou por cima de sua cabeça. Ele o espantou com a mão, mas, ao fazê-lo, a sombra passou por ele outra vez, pelo outro lado. Depois ficou voando em círculos sobre sua cabeça.

Ele podia ouvir o morcego fazendo barulho bem próximo à sua orelha.

— Pensei que morcegos não saíssem na luz do dia — ele disse. O animal mergulhou na sua frente, fazendo um barulho ainda mais alto, começou a voar em círculos e mergulhou alguns metros à frente. A partir daquele instante, ele conduziu o caminho.

Eles foram até o final da trilha e começaram a subir a colina, o morcego estando sempre ligeiramente à frente, às vezes circulando, vez ou outra mergulhando, ou passando ao lado do ouvido de Olly, até que o menino percebeu que o morcego estava brincando. Abaixou-se e depois começou a correr, e o morcego, chiando alegremente, também se abaixou e acelerou, deu uma freada súbita, girou e voltou. Eles continuaram assim até o topo da colina.

— Certo, é melhor você se acalmar e me mostrar o caminho para a casa de Nonny Dreever... eu não tenho certeza se sei qual é a trilha correta depois que sairmos daqui.

Obediente, o morcego parou de chiar, desacelerou, voou para o leste e continuou, olhando para trás uma ou duas vezes, como se estivesse verificando se Olly o acompanhava, mas, basicamente, continuou voando.

Os lugares começaram a parecer familiares. Ele reconheceu a segunda trilha quando se curvava em direção às árvores.

Era uma manhã nublada, sem qualquer raio de sol, e estava frio na colina. Olly estava feliz por ter se lembrado de vestir um casaco. Ele também havia lembrado, no último minuto, de trazer uma maçã, uma barra de chocolate e a pequena tartaruga de bronze. Com tudo isso e o mapa, seus bolsos estavam cheios.

Não se ouvia qualquer ruído além do balbucio das ovelhas e do fraco gemido esporádico do vento, mas Olly estava perfeitamente satisfeito e despreocupado graças à tartaruga em seu bolso e ao morcego. Ele não estava longe do Lago Withern, mas nada poderia assustá-lo.

Quando chegaram ao caminho que levava à casa de pilares de Nonny Dreever, o morcego acelerou tão repentinamente em direção à casa, chiando barulhentamente de tanta excitação, que, quando Olly chegou aos degraus da entrada, Nonny já estava esperando por ele, apoiado sobre a semiporta. O morcego descansava em um rebordo acima, pendurado de cabeça para baixo.

— Olá, senhor Dreever! — disse Olly, alegremente.

Mas Nonny Dreever não parecia alegre. Sua expressão era o que Helen Brown chamaria de carrancuda. Olly parou na base dos degraus.

— Bom dia, Oliver.

— Não... não é conveniente, tudo bem, quero dizer, posso voltar para casa agora mesmo. Eu não deveria ter vindo sem avisar. Desculpe se estou incomodando.

— Não está — disse Nonny Dreever —, um problema está me incomodando. Não é inconveniente. Além disso, eu fui avisado. Sempre sou avisado. É melhor entrar.

Olly entrou sentindo-se extremamente pequeno.

A casa sobre os pilares era igual àquela em que Olly estivera pela última vez em diversos aspectos, e diferente em outros, apesar de não ter percebido as diferenças por alguns minutos.

— Sente-se — disse Nonny Dreever, e apontou para o assento em frente à mesa de madeira. Olly puxou a cadeira e sentou. Em seguida, Nonny Dreever foi até o fogão e virou de costas para ele. Olly ficou em silêncio. O morcego continuava pendurado de cabeça para baixo na varanda. O menino enxergava apenas a ponta da asa e uma pequena orelha através da porta aberta.

Ele olhou em volta da sala. Lá estava o circo. Lá estavam o relógio cuco e a roda-gigante e os... ele encarou. Eram os acrobatas. Mas estavam diferentes. Agora usavam fantasias brancas e prateadas, as mesmas dos acrobatas do Baile de Inverno. Em seguida, analisou a fileira e viu o trem de trenós. Era exatamente igual àquele em que ele e KK viajaram, mas muito menor. Um minitrem de trenós. Havia também um pequeno vendedor de sorvete. Lá estavam as tochas, com traços coloridos de fumaça saindo do topo. Estava tudo ali, até a pequena pista de gelo com os patinadores — só que era um pequeno pedaço de vidro espelhado, e os patinadores eram feitos de arame e fio.

Então ele percebeu. Era tudo igual, exceto que...

— Isso mesmo — disse Nonny Dreever, enquanto Olly recuperava o fôlego. — Não há tartarugas.

Nenhuma tartaruga. Olly pôs a mão no bolso, mas sua própria tartaruga de bronze estava guardada em segurança.

— Para onde elas foram? Alguém as roubou? O que aconteceu a elas, senhor Dreever?

Nonny não disse nada. Ele estava ocupado fazendo alguma coisa no fogão e na bancada. Olly o viu pegar uma panela da prateleira acima de sua cabeça e uma jarra do armário. Sentiu o cheiro de algo fritando.

O senhor Nonny começou a assobiar e rapidamente o morcego se recompôs, voou para o recinto e se pendurou em uma viga baixa exatamente acima da cadeira de Olly.

— Está vendo? Ele sabe.

Nonny Dreever trouxe dois pratos de torrada com ovos fritos e cogumelos para a mesa, voltou para buscar um bule de chá e duas canecas e, em seguida, se sentou.

Olly esperou. Sabia que Nonny estava chateado ou bravo, ou ambos, e sabia que tinha algo a ver com ele, mas não fazia ideia do que poderia ter feito.

— Coma enquanto está quente.

Olly pegou o garfo e a faca, e por um instante os dois comeram em silêncio. Em determinado momento, o pássaro do relógio saiu da casinha, piou sete vezes, depois voltou, e em outra ocasião uma miniatura da Torre de Londres começou a tocar música. Além disso, fora os ruídos dos talheres nos pratos e o som do chá sendo servido, tudo permaneceu quieto. O sol se movimentava e iluminava a mesa através de uma das janelas.

O morcego permaneceu quieto, com os olhos fechados.

Os cogumelos estavam tão frescos e deliciosos quanto da última vez, e os ovos tinham gemas cor de laranja e estavam exatamente no ponto em que Olly gostava, um pouco crus no meio, o suficiente para que ele mergulhasse a torrada nas gemas, mas não tanto. Ele os saboreou, mas, durante todo o tempo em que estava comendo, ficou olhando para Nonny Dreever, que comia de forma mecânica, servia chá para ambos e não dizia nada.

Mas, quando acabaram, ele pegou sua caneca e acenou com a cabeça para Olly se juntar a ele na pequena varanda no topo da escada. Apesar de um pouco nublado, o dia quente o suficiente para que pudessem sentar-se ao ar livre. O morcego parecia dormir profundamente.

— Oliver Mackenzie Brown — disse Nonny Dreever. — Eu tenho muitas coisas sérias para lhe dizer, e muitas coisas para lhe contar. Acho que é hora de você saber.

— O senhor está chateado comigo, senhor Dreever? — perguntou Olly com a voz retraída. — Eu não sei o que posso ter feito de errado, mas, se fiz alguma coisa, sinto muito, muito mesmo.

Nonny Dreever suspirou e, em seguida, esticou as pernas para frente.

— Não, não, Olly. Não estou chateado. Sinto muito se aparentei estar, e não estou muito falante esta manhã, mas a verdade é que me senti aliviado ao vê-lo, muito aliviado. Quando soube que você tinha saído, fiquei preocupado. Muito preocupado. Você não poderia saber que dia é hoje, e o que parece estar no ar. Você não podia saber. O fato é que estes são tempos muito perigosos, e você não deve se afastar muito de Gullywith, muito menos se aproximar de Withern, sozinho. O que foi que sua mãe lhe disse logo que chegaram?

— Nunca vá para longe da casa e não vá para perto da água.

— Nunca vá para longe da casa e não vá para perto da água — repetiu Nonny.

— Eu pensei... bem, eu já estive aqui antes.

— É claro que já esteve aqui, mas você não estava sozinho. KK estava com você. Com ela, você estava muito mais seguro, não completamente seguro, mas muito mais seguro. Hoje você teve o morcego. Os morcegos podem trazê-lo até aqui e podem me avisar que você está vindo, mas seus poderes são limitados quando se trata de protegê-lo contra...

— Eu trouxe a minha tartaruga. A que você me deu de presente de Natal.

— A que conseguiu escapar, com grande dificuldade, a última que sobrou e que não está, no momento, presa a um sono de pedra por dez mil anos. Ela fez tudo o que podia para se salvar, Oliver.

Olly suspirou. Sua mente estava confusa e, apesar de Nonny Dreever ter dito que não estava chateado, ele ainda podia sentir seu tom de desaprovação, do mesmo modo que sabia que não havia seguido a recomendação de sua mãe.

— Eu não a desobedeci propositadamente — ele disse agora.

— Eu sei disso. Você apenas não pensou. Deixou sua sagacidade de lado. E você precisa de sua sagacidade o tempo todo agora. Mais do que nunca. Não se esqueça disso.

— Por que agora mais do que nunca?

Nonny Dreever se levantou e foi para dentro da casa. Ele voltou com um bule fresco de chá e um enorme livro embrulhado em uma capa de couro, que depositou sobre a mesa a seu lado.

— Tome seu chá — disse ele após voltar a se sentar. — Tome seu chá e ouça.

Enquanto ele começava a falar, o sol brilhava suavemente por trás de um aglomerado de nuvens, lutando para brilhar, mas, depois de um tempo, desistiu e sumiu outra vez. Uma leve brisa os atingiu, fazendo com que o morcego balançasse em seu sono.

Olly bebeu o chá.

— Há muitas luas, Gullywith era um lugar diferente. Tudo aqui era diferente. Gullywith não era o sítio onde você mora. Era um pequeno castelo de pedras, um satélite do grande castelo na colina. Ambos pertenciam às pessoas de pedra. Toda a região era governada por eles. Eram grandes mestres e gostavam de batalhas. O objetivo era expandir os seus domínios cada vez mais, em todas as direções, o que não se trata de uma ambição incomum. Eu não vou tratar dos ocorridos em detalhes, além disso, não sei de tudo. Ninguém sabe. Mas o castelo caiu no Lago Withern e foi engolido. E lá está, há muitos metros de distância, longe do alcance de qualquer ser humano. E lá, reza a lenda, continua sendo governado pelo Rei de Pedra, cuja ambição é reemergir e retomar seu velho reino, ou fazer com que tudo possa submergir para o fundo do lago e fique sob seu comando. Ele prefere a primeira opção, é claro, mas, como um último recurso, aceitaria a segunda.

"Nós travamos uma batalha sem-fim, Olly, e a batalha se tornou mais dura. Agora você faz parte dela."

— Porque viemos para Gullywith?

— Em parte. Em parte por causa do tempo.

— Tempo?

— O tempo. O tempo, de acordo com os cálculos e as lendas contidos nos livros e mapas, escritos nas pedras. Algumas delas podem ser floreadas. Outras podem ser falsas. Quem sabe? Poucas pessoas as conhecem e, se contássemos por aí, quem ouvisse iria gargalhar. Mas você já testemunhou o suficiente para saber do que estou falando. Agora as coisas se tornaram sérias. Disputas bobas e mesquinhas se transformaram em brigas sérias. O que elas mais gostam no mundo é de lutas e batalhas, Olly. Elas vivem para isso. Adoram se organizar em linhas de combate e marchar, e adoram fazer ameaças e jogar jogos sinistros.

— Como colocar aquela pedra em meu bolso e atravessar o buraco da parede.

— Exatamente. Mas o poder das pedras é razoavelmente limitado, mesmo quando estão juntas. É o Rei de Pedra quem detém o verdadeiro poder. Mas, com a força dele, elas conseguiram congelar as tartarugas em um sono de pedras que dura dez mil anos, e essa é a coisa mais perigosa e preocupante que fizeram até agora. Eu não fazia a menor ideia de que a ameaça se tornara tão grande.

— Nós temos que salvar as tartarugas. Certamente podemos, não é verdade? KK disse que elas sabiam se cuidar.

— KK sabe algumas coisas, apesar de não ter tanto conhecimento quanto Zed, mas ela estava sendo muito otimista.

— Nós precisamos salvá-las, precisamos. Se elas se aprofundarem no sono, será tarde demais. Precisamos fazer algo imediatamente!

Olly se sentou. Mas, dentro dele, a determinação crescia e fervilhava.

— Você tem boas intenções, sei disso. Você entende a importância das tartarugas para nós; elas estão do nosso lado, é claro. Assim como os morcegos, e sei que isso foi uma surpresa para você. Mas as tartarugas são mais importantes, têm mais força, determinação e esperteza, além de serem muito mais numerosas. Sem elas... As pedras as odeiam por serem muito mais antigas do que elas. As marcas em seus cascos datam de uma eternidade antes daquelas impressas em algumas das pedras que, aliás, nem são legítimas em muitas delas, mas as marcas nas tartarugas comprovam sua descendência antiga além de qualquer dúvida. Lembre-se disso.

Olly estremeceu.

— No fim das contas, Oliver, é entre nós dois. Ele e eu. Mas meus poderes estão decrescendo. Eu sinto. Não são os mesmos que tinha antes de o castelo afundar no lago. Ele sugou uma parte e a carregou consigo para o fundo. Não tenho como recuperá-la. Eu tenho o poder de fazer as pessoas se divertirem. Tenho muitos truques na manga. Mas talvez eles não bastem.

— Têm que bastar, têm que bastar, senhor Dreever. Nós podemos vencer. Vou ajudar, você sabe que sim.

Nonny Dreever riu.

— Você é um bom menino, Oliver. Talvez você seja meu sucessor. Quem sabe? Essa é outra lenda... que vai aparecer alguém para tomar o meu lugar, restaurar Gullywith e banir o Rei de Pedra para sempre. Está aí em algum lugar. — Ele apontou para o livro com a capa de couro que repousava sobre a mesa.

— O meu livro... — disse Olly. Talvez esteja tudo em *A batalha por Gullywith*.

— Temo que não. É uma história interessante, que contém algumas lendas recentes. Mas este livro é muito moderno, só tem alguns milênios de idade. Este aqui é conhecido como o Grande Livro, e mais do que tudo, elas querem recuperá-lo. Acreditam pertencer a elas, e somente a elas. Este livro — ele passou a mão sobre o volume delicadamente —, quem sabe quando foi escrito e encapado? Aliás, ele estava começando a cair aos pedaços. Estava em péssimas condições. Mas foi bem restaurado.

Olly se lembrou do pequeno homem redondo na livraria, sentado atrás do balcão com um livro no banco.

— Isso — disse Nonny Dreever, — é esse mesmo.

Olly assobiou baixinho.

— Você tem uma tarefa a realizar, Olly. Quero que tome cuidado com as coisas... Sei de algumas coisas que acontecem, mas perco os poderes quando saio daqui, e de qualquer forma só posso ir até o topo daquela colina.

— Por quê?

— Foi uma das coisas que aconteceram na batalha. Estou preso aqui, e nunca posso ir até o outro lado da colina, quanto mais até Gullywith.

— Eu adoraria que pudesse. Você poderia levar alguns cogumelos e mostrar à minha mãe como cozinhá-los. Mas, de qualquer forma, nós vamos vencer, você vai se libertar e então poderá ir até lá.

— Eu gostaria muito.

— Com o que mais devo tomar cuidado?

Nonny Dreever permaneceu calado, pensativo.

— Você pode me contar, senhor Dreever, eu não vou falar nada. A não ser que...

— KK e Zed sabem, você não precisa se preocupar com isso. Eu não quero assustá-lo à toa.

— Eu não tenho medo de nada.

— Ah, é fácil falar! Não as subestime, e jamais peque pelo excesso de confiança. O que o orgulho precede?

— A queda.

— Exatamente. Apenas fique atento e me fale sobre qualquer coisa fora do comum, qualquer coisa que lhe pareça estranha, qualquer coisa que jamais tenha acontecido antes.

Elas sempre inventam novos truques, mas também há outras coisas... temos outros inimigos. As pedras também. A batalha não é exatamente previsível. Seria mais fácil se fosse.

— Você precisa me dar uma pista, senão, como saberei?

— Você saberá. É um menino esperto. Mais uma coisa... Mervyn Crust.

Olly resmungou.

— Mervyn Crust é um espião de baixa classe. Ele trabalha para elas, mas elas não o tratam bem. Elas riem dele pelas costas e o utilizam para trabalhos servis, mas Mervyn Crust não é um mau menino. Você precisa ter isso em mente. Ele é fraco e tolo, não é muito inteligente e é facilmente manipulado. Mas não é um mau menino. Entendeu?

— Entendi.

Nonny Dreever se levantou, virou-se para o leste e pôs os dedos nos cantos da boca. Olly não ouviu nada. Ele jamais conseguira assobiar daquele jeito, apenas comprimindo os lábios para frente. Ele esperou. O morcego se mexeu levemente e moveu as asas, antes de se acalmar.

— Que tal uma Taça de Inverno? — ofereceu Nonny Dreever. — Acho que ainda tem um pouco sobrando. Nós podemos tomar enquanto esperamos por Zed e KK. Eles vão voltar com você. E não faça essa cara. Reconheço uma cara teimosa quando vejo uma, Oliver Brown.

CAPÍTULO 29

Tramas e planos

— Não se esqueça de olhar no livro — disse KK. Ela e Olly estavam colocando os pratos na máquina de lavar louças e Zed estava passando um pano na mesa. Lula estava em sua cadeirinha alta, jogando pedaços de pão com ovo nele.

Eles haviam voltado da casa de Nonny Dreever há uma hora — Olly fora proibido de voltar a caminhar pela trilha sozinho —, e a casa em Gullywith estava calma, então KK e Zed prepararam café da manhã para todos. Olly se surpreendeu por ter conseguido comer uma segunda rodada de ovos com torrada, mas a caminhada para casa abriu seu apetite novamente.

— Ele ensina tudo o que você precisa saber sobre a feira. Precisa arrumar uma fantasia, todos usam roupas elegantes.

Ela fechou a porta da máquina de lavar louças.

— Vamos, Zed, temos que ir. Até logo, Lula.

— Vocês já vão, KK? Mas acabaram de chegar — disse Helen Brown, entrando na cozinha para pegar Lula. — Por que não passam o dia aqui? Olly fica entediado quando está sozinho.

— Não fico nada!

— Hoje não podemos. Temos coisas para fazer. Até logo.

— Até, até, logo, logo, logo, até, até — disse Lula.

Quando partiram pela trilha no que agora era uma manhã chuvosa, Olly foi até o seu quarto e pegou *Lendas do Lago Withern*. Havia capítulos sobre todos os lugares — o que havia acontecido no passado, quais histórias haviam sido contadas, quais costumes e ditados as pessoas inventaram. Ele passou pelas páginas que falavam sobre o castelo afogado e sobre os duendes do lago, que muitas pessoas alegavam terem avistado não só no próprio lago como nos jardins das suas casas. Uma história relatava o caso de um duende do lago que fixou residência em uma cabana em Pennymore, outra falava sobre uma senhora que mantinha um duende no laguinho em seu jardim. Alguns dos contos foram inteiramente fabricados, ou incrementados e exagerados.

Ele não encontrou o capítulo mencionado por KK em nenhuma das vezes que explorara o livro anteriormente — mas isso não o surpreendeu. Ele estava acostumado à maneira como as coisas iam e vinham.

CAPÍTULO ONZE
A FEIRA DA LUA CHEIA DE FIDDLEUP

O capítulo revelou que as origens da feira ficaram perdidas no tempo, mas ela certamente era tão antiga quanto o Rei de Pedra, e era celebrada a cada cinco anos no topo do Monte Fiddleup, a grande colina atrás da cidade.

Havia muitas histórias ligadas à Feira da Lua Cheia — histórias sobre porcos fugitivos rolando pela colina e pelas ruas de Fiddleup, sobre gatos e cachorros que mudavam de formas e de crianças transformadas em duendes, e homens adultos que se transfiguravam à meia-noite.

Havia também a lenda do retorno do Rei de Pedra, em que ele reemergiria do Lago Withern e marcharia em plena feira para retomar seu reinado, no ano em que a lua se tornasse azul e Gullywith fosse "erguida como um farol a ser avistado por muitos quilômetros".

Olly continuou lendo sem parar, encontrando algumas dificuldades com algumas palavras antigas, escritas de forma diferente, mas conseguindo acompanhar a história.

Quando desceu novamente, Pete Brown estava na cozinha lendo o jornal.

— Veja isso, Olly, parece que vai ser legal. Nós deveríamos ir.

Olly se aproximou e olhou por cima do ombro de seu pai.

— A cidade se prepara para a Feira da Lua Cheia.

Olly sentiu um calafrio correr por sua espinha.

— Assustador — falou.

— Por quê?

— Ah, porque eu, KK e Zed estávamos falando sobre isso agora mesmo, por isso.

— Imagino que todos estejam falando sobre isso. A Feira da Lua Cheia de Fiddleup só acontece uma vez a cada cinco anos... muitas das crianças que estarão lá sequer eram nascidas quando aconteceu a última.

— Nós vamos nos fantasiar?

— Não vejo razão alguma para que você não se produza... quanto a mim e sua mãe, não tenho tanta certeza.

— Ora, vamos, papai... você iria adorar!

— Vamos ver. Ainda falta uma semana, e tem mais uma coisa que talvez você queira saber antes disso. Tivemos um trabalho e tanto para nos mudarmos para cá, e, como você sabe, algumas coisas não saíram conforme o planejado, e sua mãe teve de trabalhar duro nos últimos dias. Parece que a casa não vai ficar do jeito que sonhamos durante algum tempo... então, eu acho que ela merece um descanso. Vamos passar uma semana na praia. Na Espanha. Não sabemos quando poderemos viajar novamente, e quando voltarmos vai estar na hora de vestir o uniforme, calçar os sapatos e ir para a escola.

Olly caminhou pelo jardim, e sentou no muro para refletir. Uma semana na praia poderia ser uma ótima ideia, mas, assim que seu pai lhe contou, ele percebeu o quanto gostava de Gullywith, e compreendeu que não queria se afastar, mesmo que por pouco tempo. Percebeu também que qualquer coisa poderia acontecer enquanto estivessem afastados.

Ele levou a sério os avisos de Nonny Dreever. Gullywith estava sendo ameaçada. O livro também deixou isso claro.

Ele pensou que, de repente, KK e Zed poderiam tomar conta da casa, mas não passar uma semana morando nela.

Além disso, havia outro problema importantíssimo. O resgate das tartarugas. O tempo estava passando, e ele sabia que KK, Zed e Nonny Dreever estavam arquitetando alguma espécie de plano, mas quando perguntou a KK a respeito, ela só respondeu que não tinha nada decidido, que ainda estavam resolvendo.

— Só resta uma tentativa — ela havia dito. — Então temos que fazer tudo com perfeição.

Fosse qual fosse o plano, Olly não queria perder nada. Ele se preocupava com as tartarugas e sabia que quanto mais tempo permaneciam no estado em que estavam, mais profundo se tornava o sono de pedra, tornando a possibilidade de acordá-las cada vez mais improvável.

Quanto mais pensava a respeito, mais certeza tinha de que não queria se afastar, mesmo que fosse para passar uma semana na praia.

CAPÍTULO 30

Um incrível passeio de moto

Dessa vez o que o acordou foi um estranho zumbido, como se as lâminas de uma hélice chiassem em seu ouvido. Um morcego estava voando em círculos sobre sua cabeça e, vez ou outra, abaixava para encostar a ponta da asa na bochecha de Olly, mas o barulho vinha de fora. Olly foi até a janela.

KK e Zed estavam lá embaixo, montados no que pareciam motos, e elas é que produziam o barulho. Outros morcegos voavam em torno deles.

Estava chovendo quando Olly se juntou a eles. As motos não eram muito grandes, tinham para-brisas altos e curvados, e lâminas como os trenós — em vez de rodas.

— O que está acontecendo?

— Suba na garupa, depressa. Não temos muito tempo. Nonny Dreever mandou um recado. Ele ficou sabendo que as tartarugas vão ser reunidas e levadas para o fundo do lago hoje à noite, ou amanhã à noite, ele não sabia ao certo. Depois que afundarem, serão trancadas no castelo e nunca mais poderemos alcançá-las. Precisamos resgatá-las hoje à noite.

— Mas como conseguiremos? O sono está se tornando cada vez mais profundo.

— Eu sei, mas Nonny encontrou o feitiço para anular o sono de pedra no Grande Livro e me contou. Ele acha que ainda funciona, apesar de não ser utilizado há séculos. O fato é que temos que tentar, não temos escolha, não podemos deixá-las assim. *Suba*, Olly, a não ser que você queira ir com Zed para ficar em uma moto só de meninos.

— Não seja tola.

Olly subiu na garupa da moto. Havia uma pequena barra para que ele se segurasse, e um apoio para as costas. Era bem confortável.

Em uma fração de segundo, a moto subiu alguns centímetros no ar. O chiado do motor aumentou, e então eles foram para frente e começaram a se mover aceleradamente, logo acima do chão. Levaram um minuto para atravessar o campo e subir a colina. Zed vinha ao lado, o ar era suave, e uma leve garoa batia no rosto de Olly.

— Isso é incrível!

— Eu sei. Segure-se!

As lâminas emitiam um ruído quando a moto subia um pouco mais e a velocidade aumentava. Quando desceram a colina aceleradamente, com o Lago Withern refletindo lá embaixo, o estômago de Olly revirou.

Eles seguiram a trilha que rodeava o lago em direção a um denso bosque com árvores sombrias.

— Para onde estamos indo?

KK virou a cabeça e disse alguma coisa, mas suas palavras se perderam no ar noturno, e Olly apenas se segurou e esperou para descobrir.

Agora que tinham saído da trilha e entrado no bosque, ele viu que as árvores se espalhavam por todos os lados e para frente, seus troncos grossos e com galhos enormes, principalmente pinheiros e abetos. A trilha estava ficando arenosa. Ele olhou para a esquerda e para a direita, espiando para ver se havia vida no local, mas não via nada além de milhares de troncos, intermináveis troncos, e uma infindável trilha de areia que levava à escuridão em todos os lados. Mas o número de morcegos aumentava cada vez mais. Agora havia dezenas deles, voando em torno de suas cabeças, emitindo seus chiados agudos. Por um instante, um morcego pousou no ombro de Olly e, mais tarde, outro aterrissou em sua cabeça. Ele concluiu que deviam estar descansando. Era estranho pensar que um dia havia sentido medo dos morcegos, e que havia detestado como eram escuros e como suas asas pareciam de couro, e como elas batiam. Agora eles não o incomodavam nem um pouco. Eram amigáveis e ele já estava acostumado aos chiados e às caras pontudas que lembravam as de ratos.

Ele imaginou como KK conseguia encontrar seu caminho em meio a tantas árvores idênticas e como ela sabia qual caminho deveria seguir quando havia bifurcação nas trilhas, que se cruzavam o tempo todo. Ela nunca hesitava, ia para um lado e depois para o outro. Zed estava sempre a seu lado, ou logo atrás.

Eles estavam fazendo uma curva fechada em direção à outra seção arenosa da trilha quando Olly notou uma árvore em particular ao passarem, e viu o que teve a certeza de serem olhos brilhando através de um dos buracos no tronco. Um instante mais tarde, ele os viu novamente, em um galho alto de outra árvore — olhos azuis, firmes e observadores com pontos tão fortes e penetrantes que machucavam seus próprios olhos quando olhava para eles.

Então houve um longo segmento de trilha entre as árvores, e Olly ouvia o ruído das motos à medida que se aproximavam do solo, até KK fazer uma curva fechada à esquerda e reduzir a velocidade na frente de um banco íngreme de terra com raízes de árvores grossas como dedos ossudos.

A moto se afundou para o chão. Zed estacionou ao lado deles, e tudo ficou em silêncio. Os morcegos, que os acompanhavam, agora se agruparam e começaram a flutuar em torno de suas cabeças.

— Onde estamos?

— Na Floresta Withern, é claro. É a única maneira de entrarmos nos túneis sem ficarmos muito próximos ao lago e à colina. Esta é uma entrada que achamos que elas não conhecem e, mesmo que conheçam, não há sinal delas por aqui, e sua força seria muito limitada, assim tão longe da água.

— E o que vamos fazer agora?

— Vamos entrar; alguns dos morcegos vão nos guiar, o resto ficará aqui e mandará um aviso se alguém aparecer. Nós precisamos encontrá-las e levá-las para a Câmara do Eco. Quando estivermos lá, poderemos anunciar o feitiço e o eco vai nos ajudar.

— Espero que você não tenha esquecido — disse Zed, com um sorriso.

KK fez uma careta para ele.

Olly gostava de Zed. Ele tinha um rosto alegre e orelhas estranhas, dobradas para frente e um pouco enrugadas nas pontas. Era mais velho que os dois, e tinha um ótimo jeito de fazer os outros rirem mesmo sem dizer uma só palavra. Eram as expressões faciais que o menino fazia.

Ele acabara de fazer uma, franzindo o nariz e mexendo as orelhas.

A risada de Olly soava estranha naquela floresta enorme e vazia, como se corresse por vários quilômetros, diminuindo cada vez mais por entre as árvores.

— Pare de se exibir — disse KK —, e se concentre. Isso é muito sério.

Ela geralmente não era dura com ninguém, e Olly percebeu que estava nervosa.

O menino olhou em volta. Eles estavam em uma pequena clareira entre as árvores, mas ele sabia que jamais encontraria o caminho para este lugar novamente, ou o caminho de volta, caso se perdesse — todas as árvores e trilhas pareciam idênticas. Ele olhou para cima. As árvores eram muito altas, atingiam a escuridão do céu e Olly não via estrela alguma.

KK estava parada com os olhos fechados e seus lábios se moviam suavemente.

— Tem que estar absolutamente correto — sussurrou KK. — Cada sílaba tem que ser exatamente igual ao que está escrito no Grande Livro; caso contrário, não vai funcionar — ela abriu os olhos. — Certo — ela completou. — Agora, Olly, você fica aqui, Zed, atrás de Olly.

Diversos morcegos voavam em torno deles. O resto estava em galhos, porém acordados e tremendo lentamente.

— Fiquem quietos a partir de agora. O máximo que puderem. Se arrastem. Estão preparados?

Eles fizeram sinal positivo com as cabeças.

— Ótimo. Agora, sigam-me.

Para Olly, todas as árvores pareciam exatamente iguais, mas KK foi até uma que tinha um grande buraco oval na parte mais baixa do tronco. O buraco parecia escuro no meio. KK pôs a mão dentro dele, depois o braço, apalpou cautelosamente e, em seguida, acenou com a cabeça.

— É aqui.

Ela pôs um pé na raiz grossa da árvore e lentamente começou a escalar e entrar no buraco, até que a sola de seu sapato pudesse ser vista.

— Agora é a sua vez — Zed cutucou Olly nas costas. Ele já os conhecia o suficiente para confiar no que faziam, então escalou depressa e pôs a cabeça e os ombros no buraco.

Eles estavam em um corredor que se alargava de modo que podiam engatinhar confortavelmente, e que logo se tornou alto o suficiente para que pudessem ficar de pé. Zed estava atrás. Alguns dos morcegos entraram com eles e estavam voando logo à frente de KK, que trazia uma pequena lanterna com uma luz poderosa, iluminando um bom pedaço adiante. Pelo que podiam ver, a passagem parecia vazia e era bem parecida com as que percorreram para escapar na noite do Baile de Inverno. Durante um longo tempo, caminharam sem dizer nada. Vários túneis estreitos se abriam de ambos os lados. KK passou direto por muitos deles, mas depois parou, hesitou e então virou à direita.

Agora a travessia se tornara mais difícil. O chão era escorregadio e pedregoso e o teto era tão baixo que algumas vezes encostava em suas cabeças.

— Shhhhh — KK parou. — Ouçam. — Primeiro não parecia haver qualquer barulho, mas, depois de um instante, eles ouviram um ruído fraco, parecendo um pouco com um rio correndo, um pouco com uma leve brisa batendo suavemente em folhas.

— São elas.

— Quem?

— As tartarugas. É o barulho delas sonhando. Elas devem estar muito próximas.

— Quais?

— Todas elas. Vamos, mas não diga mais nada. Não podemos assustá-las, pode ser que consigam nos ouvir. E não queremos que ninguém saiba que estamos aqui.

— A que distância daqui elas estão?

Mas KK balançou a cabeça sem responder e começou a avançar outra vez.

No instante seguinte ela tropeçou, e viram que haviam chegado a um pequeno recinto, parecido com uma câmara. Tinha um brilho fraco, mas não conseguiam enxergar de onde vinha a luz. E, em volta deles, paradas, silenciosas e com os olhos fechados, estavam as tartarugas. Como conseguiram chegar até aqui, Olly imaginou, como fizeram para escapar? Mas ele estava aprendendo rapidamente que as tartarugas tinham poderes extraordinários. Quando as viu, Olly engasgou, e o ruído produzido preencheu o ambiente e se repetiu diversas vezes.

— É aqui — disse Zed. — Esta é a Câmara do Eco. Agora você só precisa recitar o feitiço. Você não esqueceu, esqueceu?

KK lançou-lhe um olhar sombrio.

Os morcegos assumiram suas posições no alto da entrada, pendurados de cabeça para baixo em uma raiz de árvore que passava pela abertura. Depois, os outros se juntaram a eles e se penduraram na primeira fileira de morcegos, de modo que rapidamente formaram uma cortina. Ninguém poderia passar sem que eles soubessem.

Olly tocou uma das tartarugas que estava próxima a ele. Seu casco entalhado estava muito frio.

Ele encostou em outra, que estava mais fria ainda, e lhe ocorreu que talvez tivessem atrasados demais e que talvez elas já estivessem envolvidas por um sono muito profundo.

Ele pensou a respeito do Grande Livro do qual KK disse que o feitiço para reverter o sono de pedra fora retirado. Como Nonny Dreever entendia aquela linguagem enigmática?

KK estava no meio da Câmara do Eco. Ela estava com os olhos fechados para se concentrar melhor. Olly esticou a mão e agarrou o braço de Zed.

Sua voz era um sussurro, mas o sussurro percorreu a câmara, como se fosse uma bola girando em uma bacia, e os ecos do sussurro eram devolvidos ao largo pelas paredes e pelo teto, e por ecos dos ecos, diminuindo aos poucos, sendo ultrapassados por outros ecos.

O feitiço era como uma rima e parecia enviar pequenas fagulhas elétricas pelo cabelo e pela espinha de Olly. Não fazia qualquer sentido e ele não conseguia memorizá-lo. KK estava com o rosto franzido de tão concentrada.

Então suas últimas palavras circularam a câmara e os ecos das palavras diminuíram aos poucos depois que ela parou de falar.

Eles esperaram. O fraco som dos sonhos das tartarugas era como o mar bâtendo sobre pedras a uma longa distância, mas gradualmente desapareceu, até que não houvesse nada além de um silêncio absoluto, tão profundo e pesado quanto o próprio oceano.

CAPÍTULO 31

O despertar das tartarugas

Durante um longo tempo, nada aconteceu. Ficaram parados, esperando, naquele silêncio. Olly olhou para KK. Ela estava com os dedos cruzados e seu rosto estava rígido de tanta concentração, torcendo para que o feitiço funcionasse.

Em seguida, ele ouviu um leve ruído de estalo. E depois outro. E então um barulho como uma casca de ovo quebrando.

Lentamente, uma a uma, as tartarugas estavam começando a acordar. Primeiro uma, depois outra, se mexiam e se movimentavam suavemente. Seus cascos estalavam um pouco. Seus olhos começavam a abrir, apesar de inicialmente parecerem congelados e sem vida. Gradual e lentamente, um brilho quase apagado começou a surgir deles, e então uma tartaruga esticou primeiro uma perna, e depois a outra, e tentou andar. Claramente, foi uma tarefa difícil no início, como se estivessem congeladas e começassem a descongelar.

Eles observaram, quase sem respirar, enquanto a Câmara do Eco se enchia de leves movimentos.

— Deu certo! — sussurrou Zed, cujo som percorreu a Câmara do Eco.

— Fantástico!

— Não temos muito tempo — disse KK. — Nós podemos esperar alguns minutos para que fiquem mais despertas, mas depois teremos que ir. Aqui não é seguro. As pedras podem descobrir o que aconteceu a qualquer instante.

Ela andou em volta, encostando levemente nas tartarugas à medida que elas iam colocando as cabeças para fora dos cascos, acariciando-as e conversando com elas em tom baixo. Todas elas já estavam se movendo um pouco, como se estivessem se aquecendo antes de dançar, esticando as pernas e balançando as cabeças. O brilho de seus olhos se intensificava, embora parecesse que elas ainda estavam com dificuldades para enxergar, e de vez em quando esbarravam umas nas outras quando começavam a se movimentar.

— Eu vou primeiro, Zed, você vem atrás de mim, Olly, você vai por último e certifique-se de que todas as tartarugas estão saindo. Verifique antes de sair, não queremos que sobre nenhuma dormindo em algum lugar. E depois venha atrás da gente. Alguns morcegos vão à frente, o resto vai nos acompanhar durante a travessia.

— Ir para onde? Para onde estamos indo agora? — perguntou Olly.

— Temos que chegar à escada de ferro. Estamos muito longe dela, mas era a nossa única chance de evitar as pedras. Vai demorar um pouco, mas a caminhada vai fazer com que despertem mais e, até chegarmos à escada, elas já estarão despertas o suficiente para subir umas nos cascos das outras para sair pela escotilha. Quando chegarmos lá, estaremos suficientemente seguros, pelo menos por enquanto. As pedras vão se reunir e bolar um plano. Você precisa se lembrar de que a maior força das tartarugas é o fato de que são muito mais antigas que as pedras. Elas conhecem os enigmas como ninguém. Elas compreendem o Grande Livro, pois ele foi escrito por seus ancestrais, e são muito sábias. Mas o que falta às pedras em termos de idade e sabedoria sobra em esperteza e artimanha. Agora vamos.

O progresso pelas passagens foi lento e uniforme. Olly os seguiu, após certificar-se de que nenhuma tartaruga havia ficado para trás sem querer, e logo alcançou os outros. Agora o brilho dos olhos das tartarugas estava bem aceso enquanto caminhavam. Os morcegos estavam quase todos à frente, embora, de vez em quando, algum voltasse até onde estivesse Olly e esbarrasse em sua cabeça e seu rosto antes de voltar ao grupo dianteiro. O túnel era seco e quente, e após um tempo caminhando, ele se tornou relaxante. Depois que chegassem à escada de ferro e ajudassem as tartarugas a atravessar a escotilha, a missão estaria completa, Olly poderia saborear um bom café da manhã e até curtir a ideia de uma semana sob o sol do litoral espanhol.

Olly estava tão envolvido em seus sonhos que, quando Zed parou de repente, bateu com o nariz em suas costas.

— Ai!

— Shhhh — sussurrou Zed por cima do ombro. — Você não ouviu o que ela disse?

Olly não ouvira. Ele estava deitado em uma boia, em um mar morno e azul.

Mas, se não tinha ouvido KK, ouvira um barulho distante vindo de trás deles na passagem. Era uma batida de tambores, fraca e uniforme, e enquanto escutava, ela se tornava mais alta. Mais alta e mais próxima.

— O que é?

KK havia virado e se aproximado deles, para que ficassem agrupados enquanto as tartarugas seguiam caminho.

— Parece um exército marchando.

— É exatamente isso — disse KK, com o rosto se contraindo de ansiedade.

Nesse instante, um morcego surgiu de trás deles, voando alucinadamente em volta de suas cabeças antes de mergulhar no chão e subir outra vez, em seguida desaparecendo mais uma vez na escuridão, voltando, voando e mergulhando outra vez.

— O que ele está tentando nos dizer?

— Esse é o principal problema dos morcegos. Eles são bem-intencionados e gostam de agradar, mas são confusos e nem sempre encontram a melhor maneira de se comunicar. Esperem um pouco... Eu vou segui-lo até a parte de trás. Não se preocupem, não irei longe, mas posso ouvir alguma coisa ou ele pode me mostrar o que encontrou. Esperem aqui.

Eles não precisaram esperar por muito tempo. Em um minuto, KK estava de volta, correndo pela passagem.

— Andem — ela disse. — Depressa.

— O que houve?

— As pedras estão vindo, mas é pior... é a água. Eu acho que era isso que o morcego estava tentando nos dizer. Um pouco atrás o chão está molhado, e alguns metros depois a água está batendo no tornozelo, e não está longe de nós. O lago está subindo.

CAPÍTULO 32

A escada de ferro

Os morcegos voavam para cima e para baixo, chiando com tanta agitação, mas era difícil fazer com que as tartarugas, que ainda estavam um pouco sonolentas, fossem mais depressa do que estavam indo, e a essa altura já conseguiam ouvir a água que estava se aproximando.

Uma ou duas vezes, eles tropeçaram à medida que o chão da passagem ia se tornando mais pedregoso e desigual, e Olly, recordando-se de quando passara por este chão pela última vez, percebeu que não estavam longe de Gullywith. As paredes se estreitavam aqui e o teto era tão baixo e próximo de suas cabeças que os morcegos encontravam dificuldade para voar, e esbarravam nas roupas e no cabelo de todo mundo. A batida de tambores continuava vindo atrás, firme e regular.

Olly jamais quisera alguma coisa tanto quanto queria chegar à escada de ferro — mais ainda à sua casa e à sua cama. Ele estava agradecido pelo fato de um dos morcegos ter ficado com ele, voando ao lado de seu ombro e chiando em seu ouvido, de forma animada, a fim de manter seu ânimo.

E, então, lá estava a escada de ferro, com um leve brilho à sua frente. As tartarugas se juntaram na base.

— Eu subo primeiro para abrir a escotilha — disse KK. — Zed, você pode pôr a primeira tartaruga na escada e deixar as outras seguirem. Olly, você espera até que a última tenha subido, certifique-se de que não ficou nenhuma para trás, então suba.

KK escalou os degraus como um macaco e depois de um instante veio uma corrente de ar quando a escotilha foi aberta.

Zed levantou a primeira tartaruga e recuou para que ele e Olly observassem enquanto cada uma das tartarugas subia no casco de outra, formando uma coluna em direção ao ar livre. O único ruído que emitiam era um leve som de patas arranhando cascos, e ocasionalmente um pequeno grunhido.

— Andem, tartarugas — sussurrou Olly. — Andem, andem, andem.

Foi uma espera longa e duradoura, e, enquanto assistiam, Olly sentiu algo gelado em seus pés. Ele deu um passo atrás e pisou direto na água.

— Zed. Está no meu calcanhar. Você está sentindo?

Mas Zed estava ajudando as últimas tartarugas a subirem, e estava com os pés no primeiro degrau da escada de ferro.

— Certifique-se de que não sobrou nenhuma e venha atrás de mim.

No alto, acima de suas cabeças, Olly podia ver KK olhando para eles. Mas agora a água gelada atingia os seus joelhos e então ele percebeu que a batida dos tambores havia se aproximado bastante, soando agora imediatamente atrás de si, como a marcha firme de um exército.

Ele estava pronto para agarrar a escada de ferro atrás de Zed quando um pequeno movimento nas sombras chamou sua atenção. Contra a parede em um dos lados do túnel, tentando fugir da água, havia uma pequena tartaruga, com os olhos semicerrados. Olly encostou nela e percebeu que ela mal estava acordada, e que sua pata dianteira estava esquisita.

— Zed, aqui.

— Depressa.

Olly pegou a tartaruga e correu para a escada, mas, ao alcançá-la, percebeu que a água havia esfriado tanto que, a essa altura, estava congelada. Ele reparou que o túnel atrás dele estava cheio de feixes de luz branca.

— Zed, pegue-a, pegue-a depressa.

Zed virou-se para ele. Ele se segurou na escada com um dos braços.

— Eu vou puxá-lo. Segure a tartaruga.

— Não, você não vai conseguir. Minhas pernas estão completamente congeladas embaixo da água, você nunca vai conseguir me tirar daqui. Pegue a tartaruga. Vá.

Ele esticou a mão com a pequena criatura ferida, que agora estava se recolhendo ao casco. Zed pegou a tartaruga e, por um instante, tentou agarrar Olly pelo pulso, mas, quase caiu da escada.

No mesmo instante, a batida de tambor se tornou ensurdecedora e a passagem foi repentinamente tomada por pequenos soldados de pedra, que traziam lanças brancas consigo e sibilavam furiosamente.

— Zed, mexa-se.

Olly olhou para cima e viu Zed escalar os últimos degraus, segurando a tartaruga, e chegar à escotilha. Ele viu o braço de KK se esticar para ajudá-lo. Alguns dos homens de pedra tentavam subir a escada, mas o primeiro degrau era alto demais, e não conseguiam alcançá-lo.

Em seguida, a escotilha foi fechada e Olly estava sozinho no túnel com um exército de pedras, pequenas e pérfidas, que apontavam suas lanças para ele, atingindo seus olhos com o brilho das armas e conversando furiosamente.

Uma pequena parte dele se sentiu assustada, mas a parte maior sentiu raiva — muita raiva. Olly olhou para baixo, para os soldados de pedra, muitos dos quais agora se agrupavam formando uma barreira de pedras contra a parede, e estava pronto para passar pelos outros e chegar à escada de ferro quando se sentiu preso pelas pernas, sendo levantado. A água continuava à sua volta, mas parecia estar recuando como a maré e se tornando mais rasa nessa parte do túnel. Estava escuro demais para que ele pudesse enxergar alguma coisa, mas Olly percebeu que estava sendo colocado em uma espécie de rede, e, em seguida, sendo içado. Ouviu um barulho de movimentação enquanto o bando de soldados se reagrupava e se mexia em sintonia para voltarem pelo túnel através do qual tinham vindo. Olly gritou e tentou se sentar, mas ele estava preso por fios entrelaçados, pelo que podia perceber, muito firmes e invisíveis, mais fortes que aço, e que o prendiam com segurança. Ele estava deitado e amarrado, e sob seu corpo prosseguiu o som de pés marchando uniformemente. Ele imaginou que eventualmente passariam pelo buraco da árvore e sairiam pela floresta, onde talvez, a essa altura, KK e Zed estivessem esperando, mas agora estavam virando à esquerda e descendo pelo que pareciam degraus íngremes, de modo que ele foi inclinado para frente o que fez que, por um instante, tivesse a sensação de que iria deslizar e cair no chão, sobre seus pés. Mas depois foi estabilizado novamente e levado por caminhos cheios de curvas e inversões de tal maneira que perdeu qualquer senso de direção e teve de fechar os olhos, pois estava ficando enjoado com tantos movimentos.

Ele voltou a abri-los quando sentiu o vento fresco soprar contra o rosto. Acima dele estava o céu noturno, coberto por estrelas brilhantes. O som da marcha diminuiu gradualmente, e a calmaria era quase completa, exceto pelo baixo murmúrio das pedras agrupadas atrás e o ruído distante da água batendo.

Em seguida, sentiu-se ser lentamente abaixado. Abaixá-lo foi uma tarefa complicada, e o que pareciam diversos gritos e ordens vinham em vozes baixas e roucas. Olly esperava ficar na posição vertical em terra firme, mas percebeu que estava sendo colocado em um barco que balançava suavemente sobre a água. Depois de um instante em que se sentiu extremamente enjoado, e depois completamente bem, ele abriu os olhos.

O barco parecia com a metade de uma noz e Olly estava em um assento de madeira no meio. Mas não fora o barco dele, ou outros que flutuavam por ali, cheios de homens de pedra, que o haviam feito perder o fôlego; fora a cena com a qual se deparou.

Eles estavam no limite do Lago Withern e a luz da lua cheia emitia um brilho prateado na água, e o brilho se dividia em pequenos traços de luz que se interrompiam com os movimentos esporádicos na superfície da água.

O lago se expandia sob a escuridão, brilhante e esquisito, e, a distância, Olly podia enxergar as enormes fileiras de troncos de árvores que marcavam o começo da floresta.

Os homens de pedra estavam todos de pé nos barcos, segurando suas lanças na posição vertical, e a luz da lua refletia nelas, que brilhavam como se fossem agulhas.

O ar noturno era leve e fresco, e às vezes uma leve brisa batia sobre a água na direção deles, fazendo a frota de pequenos barcos balançar suavemente.

Era tão bonito e tranquilo que Olly esqueceu que estava preso, esqueceu que havia sido tomado de seus amigos e, sem ter a menor ideia do destino que seguia, esqueceu de sentir medo. Ele simplesmente olhou maravilhado para o lago refletindo a luz da lua.

E, enquanto olhava, viu um movimento no centro, um tremular, e se lembrou da vez em que ele e KK viram o redemoinho e a figura do Rei de Pedra emergindo através da névoa cinzenta. Talvez estivesse acontecendo outra vez.

Enquanto observava, o movimento se intensificou e, de repente, Olly se lembrou de um filme que havia visto na televisão sobre baleias. Talvez uma baleia enorme estivesse emergindo do lago. Ou um monstro do lago.

Ele ficou olhando e, enquanto isso, um zumbido baixo começou a ser emitido pelo exército nos barcos. O som não aumentou, mas se manteve firme e uniforme, como o zumbido de abelhas em um enxame.

Então, lentamente, algo começou a emergir da água. Inicialmente, era impossível dizer o que era, apesar de não parecer qualquer criatura aquática e de ser muito maior do que o Rei de Pedra; neste momento, Olly conseguiu identificar a forma de uma torre em tom cinza-claro, em seguida outra e, pedaço por pedaço, as paredes, baluartes e torres de um castelo emergiram das profundezas do lago.

Enquanto surgiam, as águas do lago escorriam por suas laterais em enormes cascatas, formando ondas que atingiam os barcos, fazendo com que balançassem violentamente. O barco no qual Olly estava subiu e desceu, mas não parecia correr o risco de virar.

Levou um longo tempo para que todo o castelo estivesse livre de água e, quando isso aconteceu, era tão grande que Olly teve a sensação de que os barcos eram brinquedos e ele e os soldados não passavam de miniaturas. A luz da lua banhou as paredes do castelo com sua cor prateada. Após uma pausa, ouviu-se um barulho estranho, como se alguma coisa de metal estivesse batendo no asfalto. Olly não conseguia imaginar o que estaria provocando o barulho, mas, assim que soou, criou-se um enorme rebuliço entre os barcos e o seu começou a girar e navegar pelas águas do lago. Toda a frota estava circulando sob as paredes do castelo, indo para o outro lado, e Olly logo percebeu que a ponte levadiça estava sendo abaixada, até se estabilizar não muito longe da terra firme no lado da floresta. Os barcos dirigiram-se lentamente na direção da ponte, o seu sendo o terceiro ou quarto da fila, os outros massificados atrás. Nenhum dos soldados pareceu notá-lo. Eles o prenderam, transportaram-no e agora traziam-no para a ponte levadiça do castelo, com muita eficiência, como se suas mentes funcionassem de forma idêntica, sem que houvesse qualquer conversa, sequer um olhar. Eles olhavam fixamente numa direção e trabalhavam como se fossem máquinas extremamente impessoais.

Agora estavam na ponte levadiça e um dos barcos fora suspenso e colocado entre o barco e o limite da ponte. Diversos soldados de pedra se alinharam na frente e cortaram as cordas da rede com as pontas afiadas de suas lanças de pedra. Então, Olly sentiu algumas pontadas de lança nas costas, apressando-o a se levantar e a saltar do barco, para cruzar a larga ponte do castelo.

Em segundos, o restante do exército estava alinhado atrás dele, e o batuque de tambores recomeçou quando começaram a marchar.

Logo depois, estavam seguindo seus caminhos de forma organizada e uniforme, com Olly completamente cercado e forçado a acompanhar o ritmo dos soldados, pelo declive, através do arco, até o enorme pátio redondo do Castelo Withern.

CAPÍTULO 33

O Castelo Withern

As paredes interiores do Castelo erguiam-se de forma íngreme sobre a cabeça de Olly. Todo o pátio, que era feito de pedras, estava iluminado por enormes tochas, que estavam apoiadas no que pareciam ser estátuas de pedras, posicionadas em intervalos por todo o círculo, mas que, depois de um tempo, ele percebeu que eram guardas. Duas das maiores chamas situavam-se nas laterais de uma porta de entrada, através da qual uma fileira de soldados agora marchava, com Olly entre eles, e uma nova fileira atrás. O restante ficou do lado de fora, parados, rígidos e em silêncio, assistindo à procissão que entrava.

Olly já havia entrado em castelos antes. Ele e sua turma visitaram um castelo em ruínas em um passeio da escola uma vez, e em outra ocasião ele e seu pai foram a um que não estava em ruínas, então ele achou que sabia o que esperar. Mas o Castelo Withern era muito maior do que os outros dois, e o salão no qual estava agora era o lugar mais incrível que já havia visitado. Havia bandeiras tremulando nas paredes, e tochas acesas que faziam com que sombras se formassem em meio à escuridão de cima. Havia uma grande plataforma em uma das extremidades, feita de pedras cinzentas, com degraus que levavam a um enorme assento de pedras com um encosto alto, que só podia ser uma espécie de trono. O assento tinha marcas e padrões entalhados, como as marcas nas superfícies de todas as pedras. Havia pilares de pedras elaborados atrás dele. Mas, ao contrário de qualquer outro trono que já tivesse visto em fotos, este não tinha adornos ricos, ou um assento de veludo, não tinha painéis pintados ou vívidas inserções de joias. Era como todo o resto: apenas pedras, cinzas, frias e sem cor. Mesmo as bandeiras nas paredes eram cinzentas, pálidas e cheias de marcações, mas sem cor alguma. Todo o castelo era frio, fantasmagórico e misterioso. Realmente estranho era o fato de não estar tomado por água e coberto por lodo e algas após ter estado submerso no Lago Withern durante milhares de anos. Olly olhou para baixo. O chão, que era exatamente igual aos do hall de entrada, da cozinha e dos corredores de Gullywith, nem sequer estava úmido.

Ele foi surpreendido pelo som de trompetes, por uma incrível algazarra que percorria o salão e ecoava em seus ouvidos, e depois pelo ruído familiar de batidas de tambores enquanto a procissão emergia por uma entrada no outro extremo, mais homens de pedra alinhados, com suas faces cinzas e rígidas olhando para frente, e seus olhos sem vida focados na mesma direção. Eles vinham à frente do Rei de Pedra, a mesma figura estranha e extremamente alta com roupas entalhadas que não se movimentavam e cabelos longos com fios esculpidos que alcançavam seus ombros, mas que não se mexiam nem brilhavam. Na cabeça, ele trazia uma coroa de pedras, cravejada como a de um rei de um jogo de xadrez, sem qualquer joia ou brilho. Ele caminhava lenta e pesadamente em direção à plataforma, onde os homens de pedra montavam guarda de ambos os lados dos degraus, e subiu para se sentar no trono cinza. Em seguida, o salão ficou silencioso e quieto. A única movimentação vinha das luzes das tochas e das sombras nas paredes sobre as figuras de pedra.

Olly ficou parado e esperou. Ele não estava com medo, nem do Rei de Pedra, nem do exército de pedras, mas estava com frio, cansado e com fome, preocupado com os outros e queria ter alguém com quem pudesse conversar.

— Oliver Mackenzie Brown.

Olly deu um salto. Era estranho ouvir seu nome inteiro ser proferido no grande salão pelo Rei de Pedra, que o encarava diretamente.

— Sim, Vossa Majestade.

— Venha cá, Oliver.

Houve rebuliço entre os soldados. Oliver caminhou até a plataforma com muita confiança, e parou na base da escada, olhando para o alto do trono.

O rosto do Rei de Pedra não tinha qualquer expressão, então Olly não sabia se ele estava com raiva, se era amistoso, ameaçador, ou sequer se sorria. Seus olhos eram feitos de pedra, e havia pequenos pontos no centro que atestavam sua visão. Os outros soldados permaneciam atentos, olhando para frente.

— Suba, por favor.

Olly subiu os enormes degraus de pedra em direção ao Rei. Quando chegou ao trono, instintivamente fez uma reverência e ficou parado, esperando.

— Você sabe onde está?

— Sei. No salão do Castelo Withern.

— Muito bem. Mas sabe por que está aqui?

— Não, Vossa Majestade. E espero não ser mantido aqui durante muito tempo. Preciso voltar para casa e me certificar de que...

Ele parou de falar. Ele havia começado a tagarelar como se o Rei de Pedra fosse um antigo amigo com quem não se encontrava há algum tempo, mas como poderia ser? Ele poderia estar pronto para fazer qualquer coisa, e fosse o que fosse, tinha um enorme exército para ajudá-lo.

— De quê?

— Nada. Só... de que chegarei em casa em segurança.

— E talvez você chegue. Mas deixe-me dizer o que quero, Oliver. O que os homens de pedra querem e o que lhes deve ser dado por direito. Você consegue imaginar do que estou falando?

Oliver estava pronto para responder "Gullywith", mas engoliu a palavra, calou-se e balançou a cabeça.

— Venha e sente-se aqui.

O Rei de Pedra apontou um dedo longo e rígido para um canto no chão aos pés do trono. Olly foi até lá. Era muito frio. Toda a pedra era fria. Mas era seca. Ele ainda estava intrigado com isso quando o Rei de Pedra voltou a falar.

— O Castelo Withern se ergueu novamente, Oliver. O Castelo Withern se ergueu e está forte e orgulhoso sobre o Lago Withern após séculos de espera. A nova Era das Pedras está sendo iniciada. As pedras são antigas. Outros alegam serem mais antigos e mais sábios, alegam superioridade, portanto temos inimigos. Temos inimigos que querem atravessar nosso caminho. Temos inimigos que tomaram posse de territórios que nos pertencem e, conforme as escrituras, esses territórios devem ser devolvidos. Se não forem devolvidos, nós o tomaremos à força. Mas preferiríamos que não houvesse batalhas. Preferiríamos receber de volta o que nos pertence e restaurar nosso domínio de forma pacífica. Você não imagina o que foi feito a nós. Tudo começou com o roubo do Grande Livro. Depois disso, nada mais voltou a ser seguro.

Ele falava com o mesmo tom estranho e firme, sua voz jamais aumentava ou diminuía, mas, quando Olly olhou para o Rei de Pedra, reparou que, de vez em quando, os pequenos pontos de luz no centro de seus olhos brilhavam.

— Você pode nos ajudar, Oliver.

Fez-se um longo silêncio, exceto por uma agitação muito contida e silenciosa entre os soldados de pedra, como uma brisa soprando a areia.

Olly abaixou a cabeça, refletindo cautelosamente. Agora ele entendia por que o Rei de Pedra o queria. Ele gostaria que os outros estivessem aqui, e, acima de tudo, Nonny Dreever. Nonny não só saberia o que ele deveria fazer — o próprio Olly sabia isso —, como também o que deveria dizer. Ele sentou com a cabeça abaixada, sem dizer nada, por um longo tempo, até que eventualmente o Rei de Pedra se pronunciou.

— Você é um menino muito sábio, Oliver. Sábio por pensar com cuidado. Posso perceber que você se sairia muito bem conosco. Príncipe de Pedra!

Olly olhou para ele apavorado, a tempo de ver os olhos do Rei de Pedra faiscando.

Então ele disse:

— Isso parece grandioso.

O Rei de Pedra bateu as mãos. A batida provocou um ruído rígido e frio.

— Então grandioso você será.

— O que eu teria que fazer?

— Para ser o Príncipe de Pedra? Ajudar-nos. Ajudar-nos a recuperar o que é nosso.

— Por que é vosso?

— Porque sempre foi.

— Através de lutas?

— Não. Nós queremos de volta o que é nosso, mas queremos que seja devolvido espontaneamente. Não deve haver batalhas. A não ser que se tornem necessárias. Mas se você nos ajudar, não se tornarão.

— E se não os ajudar, o que vai acontecer?

— Haverá outros. Temos amigos, Oliver. Mas você é rápido e inteligente. Você seria a melhor pessoa para nos ajudar.

— Como? Eu não entendo.

O Rei de Pedra mexeu o braço e se levantou de seu trono, como uma torre sobre Oliver.

— Isso, você saberá depois. Primeiro, você precisa comer e descansar. Você será levado a seus aposentos, onde receberá alimentação e uma cama, e, enquanto come e descansa, pense com cuidado. Pense na melhor maneira de nos ajudar. Pense em quem você conhece. Pense nas pessoas com as quais deve falar. Pense em como pode convencê-los a nos devolver o que é nosso. Coisas que só você pode fazer, Oliver, e isso é um grande poder. Uma grande responsabilidade, digna de grande recompensa. Príncipe de Pedra! — Ele balançou o braço lentamente sobre Olly, virou-se de costas e desceu os degraus da plataforma. Enquanto ele passava, Olly sentiu uma corrente de ar azedo cobri-lo, esfriando seu rosto e suas mãos, de modo que se tornaram rígidos e dormentes.

Então o Rei de Pedra se foi, seguido pela procissão de soldados, com seus passos ecoando de forma sonora através dos corredores que se alongavam a distância.

CAPÍTULO 34

Aprisionado

Não houve tempo para que Olly pensasse no que poderia acontecer em seguida, pois foi tudo muito rápido. Ele estava cercado pelos soldados de pedra e marchava para fora do salão, em direção a uma íngreme escada de pedras em forma de caracol, tão longa que, quando chegou ao topo, Olly já estava tonto e sem fôlego. A escada em espiral era estreita também e ele teve certeza quase absoluta de que estava escalando o interior de uma das torres do castelo.

No topo, passaram por uma porta baixa localizada em um arco e entraram em um quarto extremamente curioso. Era redondo, e tinha as mesmas paredes de pedras de sempre, e um par de grades de ferro no alto, e poderia parecer uma prisão, exceto pelo fato de que esta era a primeira parte do castelo que não era feita inteiramente de pedras. Havia um sofá alto com alguns degraus que levavam a ele, e o sofá era forrado com capas grossas de pelo. Ao pé do sofá, havia uma colcha, também de pelo. E, em alguns pontos das paredes, dispunham-se grandes mapas, mapas como Olly já vira antes, mapas desenhados com grande riqueza de detalhes com linhas finas e pequenas marcações quadradas, mapas do Lago Withern, de Withern Hill e de Gullywith, assim como de outros lugares que ele não reconhecia. Os nomes dos lugares estavam escritos em enigmas, a mesma língua enigmática dos pergaminhos que também ficavam pendurados na parede, vastas listas do que poderiam ser nomes ou versos, ele não fazia ideia.

Na mesa de pedra ao lado do sofá, havia um lampião que irradiava uma luz suave, iluminando as paredes de pedras de forma aconchegante.

Ao lado da lâmpada, havia uma vasilha de pedra cheia de amêndoas e frutas, e um cálice de pedra cheio de algum líquido.

No instante seguinte, a porta da torre havia se fechado e estava sendo selada pelo lado de fora. Olly ficou inteiramente sozinho.

Ele ficou parado, olhando ao redor. Ele estava cansado, e agora estava sozinho, então podia reconhecer que estava razoavelmente — mas não muito — nervoso. Mas também estava interessado no quarto, queria analisar os mapas e deitar naquele sofá cheio de forros grossos de pelo e, acima de tudo, queria comer e beber.

As frutas estavam frescas e deliciosas, doces frutas vermelhas, e grandes frutas amarelas, frutinhas pequenas, escuras e enrugadas, que tinham uma aparência estranha e um gosto delicioso, frutas curvilíneas que pareciam bananas e amêndoas cremosas. Ele comeu e comeu e, em seguida, levantou o cálice de pedra onde a bebida borbulhava suavemente ao colocá-la na boca. Ela liberou um pouco de fumaça. Olly tomou tudo. Era quase igual à Taça de Inverno, com um dos sabores faltando, e outro que ele não reconhecia em seu lugar.

Ele estava faminto e sentia muita sede, e primeiramente se sentiu reanimado e empolgado, passeando pelo quarto, olhando os mapas e pegando algumas pedras ornamentais com as marcações enigmáticas entalhadas que estavam espalhadas por alguns cantos. Depois notou que o chão de pedras tinha marcações padronizadas que podiam significar alguma espécie de jogo. Ele as estudava e pensava a respeito disso, quando a tonteira que sentiu ao subir as escadas se abateu novamente sobre ele. A luz suave do lampião pareceu se mover e dançar sobre as paredes, e os mapas começaram a ondular.

Ele subiu os degraus de pedra e se deitou no sofá, puxando as cobertas para cima de seu corpo, afundando-se. A luz do lampião se estabilizou e apenas se movia de maneira lenta e aconchegante, e uma ou duas vezes emitiu um leve ruído.

Olly fechou os olhos.

Ele acordou de um sonho estranho que terminara com algo sedoso passando sobre seu rosto. A luz do lampião havia queimado lentamente e agora estava vermelha, como as brasas de uma fogueira prestes a se apagar. Olly observou a cena por alguns instantes. Em seguida, olhou em volta cuidadosamente. Ele estava sozinho. As cobertas de pelo eram maravilhosamente confortáveis e ele estava pronto para cair novamente em um sono delicioso quando, mais uma vez, algo encostou em seu rosto. Ele sentou. Nada. O quarto estava quieto. Ele olhou para todos os lados. Em seguida sentiu outra vez, algo que parecia asas batendo, e um mergulho para baixo.

A sombra do morcego atravessou a luz por um segundo. Olly olhou para cima e viu que ele agora estava pendurado em um estreito rebordo ao lado de uma das grades de ferro no alto da parede. Ele tinha certeza de que o morcego não estivera ali antes.

Olly ouviu atentamente antes de sair do sofá, mas não escutou qualquer barulho vindo de lugar nenhum. Ele imaginou que todos os soldados de pedra estivessem dormindo, mas certamente haveria guardas montadas dentro e fora do castelo. Todos os castelos tinham guardas em constante vigilância.

Ele esperou mais um pouco, e então assobiou baixinho. Imediatamente o morcego voou e começou a rodear sua cabeça, emitindo pequenos chiados, antes de voltar para a grade, para cima e para baixo, para cima e para baixo.

Mas, se ele queria que Olly escapasse por uma grade, tinha uma péssima noção de matemática, pois jamais conseguiria escalar as paredes de pedra. Ele sentou novamente e, pela primeira vez, se sentiu desesperado. Ele estava na torre de um enorme castelo, que pertencia a um inimigo, era o meio da noite, e ele estava longe de casa, sem qualquer meio para escapar, ainda que contasse com a companhia de um morcego bem-intencionado.

A próxima coisa que ouviu foi um leve arranhão. O ruído começava e cessava, começava e cessava e vinha de algum lugar acima de sua cabeça.

O morcego voou pelo quarto de forma enlouquecida antes de mergulhar e agitar as asas sucessivamente.

O arranhão veio novamente e foi seguido por algumas batidas, depois um chiado, batida, chiado, batida, chiado. Silêncio. Arranhão, arranhão, arranhão.

Alguma coisa estava se esforçando para remover a grade de ferro.

O coração de Olly batia acelerado, em parte por excitação, e em parte por ansiedade que o barulho, por mais suave que fosse, pudesse acordar alguns dos soldados e fazer com que subissem a escada em espiral em direção ao quarto. Ele se levantou e foi até a porta. Mas, depois de examiná-la com cuidado, apalpando, pois a luz do lampião se tornara excessivamente fraca, não encontrou nada que pudesse trancar ou bloquear a porta pelo seu lado.

Os leves ruídos permaneceram sobre ele durante um longo tempo, e o morcego havia parado de voar e estava desaparecido entre as sombras escuras no telhado.

Olly imaginou quem poderia estar ali no meio da noite, tentando abrir a grade, e como poderia ter escalado aquela torre. Seriam KK e Zed? Nonny Dreever?

Tinha de ser algum deles.

Ele queria muito se deitar e dormir novamente, e o brilho vermelho do lampião estava se apagando rapidamente, deixando o quarto quase totalmente imerso na escuridão.

Ele ajeitou as pernas sob a colcha de pelos e fechou os olhos.

Foi o chiado do morcego que o impediu de voltar a dormir. Ele estava voando muito próximo a seu ouvido, seus pequenos olhos demonstravam um olhar aflito. Depois, ele o deixou e pareceu voar até a parede. Olly esperou pelo barulho do morcego batendo na pedra, mas ele não aconteceu. Ele se levantou, saiu do sofá e desceu a plataforma onde este ficava. O morcego estava em seu ombro, agora à sua frente, agora esbarrando em seu rosto, agora em suas mãos, guiando-o para frente. Ele conseguia enxergar um pouco pelo brilho final do lampião. Ele esticou a mão, tocou primeiro a asa do morcego e, em seguida, outra coisa.

No instante seguinte, ele estava segurando uma corda grossa e pesada, que provavelmente fora lançada através da grade acima. Havia um largo nó na ponta, grande o suficiente para que ele encaixasse seus pés e forte o bastante para sustentar seu peso enquanto ele tomava impulso e agarrava a corda com ambas as mãos. O morcego chiava enlouquecido, voando alegremente em volta da cabeça de Olly enquanto ele escalava a corda, nó a nó, subindo e subindo. A corda balançava um pouco, mas parecia segura. Em determinado momento ele olhou para baixo. O lampião havia se apagado completamente e o brilho vermelho desaparecera. Mas, ao olhar para cima, ele viu um feixe de luz prateada por trás da grade e continuou escalando em direção à luz. Foi uma subida cansativa, seus braços e pernas doíam e suas mãos estavam queimando contra a corda, mas Olly acabou chegando à grade. Havia um largo parapeito de pedra à frente, e ele conseguiu sair da corda e subir. Lá, contudo, ele conseguiu se abaixar e se esticar para segurar a corda novamente, a fim de se estabilizar.

Ele não sabia ao certo o que aconteceria em seguida, mas, enquanto esperava, ouviu um singelo ruído que vinha de fora, e a grade foi afastada, revelando o céu, a luz do luar e uma enorme abertura, pela qual poderia passar tranquilamente.

O morcego foi na frente, mergulhando na noite e voando em círculos.

Olly imaginou se haveria outra corda lá fora. Ou uma escada. Ou...

Ele espiou, mas só o que conseguiu ver foi a parede da torre descendo, o que o deixou tão tonto que ele fechou os olhos e voltou para dentro. Mas, certamente, fosse quem fosse que tivesse providenciado a corda e removido a grade não iria simplesmente deixá-lo ali.

Ele esperou, mas nada mais aconteceu, ninguém apareceu, e até mesmo o morcego parecia ter dissolvido na noite.

Olly se segurava às pedras na lateral da abertura e imaginava o que deveria fazer em seguida, quando, lá de baixo, ouviu o ruído de vozes irritadas e, em seguida, a marcha de soldados de pedra. Uma chama subiu, passando por seu nariz e explodindo na escuridão. Olly recuou. Mais uma, depois outra, então a terceira passou perto o suficiente para, em poucos segundos de vívida luz amarela, revelá-lo.

Ele ouviu um ronco de triunfo no pátio e, no instante seguinte, o barulho de centenas de pequenos soldados de pedra subindo pela escadaria em espiral em direção ao quarto.

CAPÍTULO 35

Nas costas de um morcego

Foi o assobio estranho que fez com que ele se virasse. Ele ouviu de novo, imediatamente atrás da janela. Olly se ajeitou cuidadosamente para espiar outra vez, olhou para baixo e ficou estarrecido por não poder mais ver o pátio aceso pelas chamas e cheio de batalhões de pedras irritadas. Alguma coisa escura estava borrando a visão lá de baixo, e o assobio parecia vir de lá, mas agora o barulho se transformara em um som que ele conhecia bem: um chiado de morcego.

Ele olhou para baixo até que, sob a luz do luar, enxergou a silhueta de um corpo semelhante ao de um rato, e asas enormes como as dos saltadores de asa-delta que ele vira pulando de um penhasco em Gales.

Chiiiiiiiiiiii. Soou mais alto e aflito, e agora o barulho de pedra sobre pedra soava forte e próximo, enquanto os soldados subiam os últimos degraus da escada em espiral.

Só havia uma coisa que Olly podia fazer, e ele fez. Ficou de pé, para o lado de fora da janela, e se abaixou sobre as costas do grande morcego, esperando que perdesse o equilíbrio com o seu peso, e o derrubasse no chão. Mas foi como subir em um sofá de couro. Era firme e forte, e o sustentava com tanta segurança quanto a corda o fizera. Ele agarrou as asas do morcego e deu um pequeno puxão. Bem a tempo, e ouvindo a porta do quarto se abrindo violentamente, ele sentiu o morcego subir e voar, batendo as asas com firmeza e segurança, mais alto que as torres do castelo.

Enquanto subiam pelo céu, Olly gritou o mais alto possível.

— Aha! Vocês nunca vão ganhar, e nunca vão tomar Gullywith. Nunca!

Chamas foram lançadas, uma após a outra, e ele ouviu o som distante de roncos enquanto as pedras observavam, impotentes, a fácil fuga de um prisioneiro no meio da noite, cruzando a trilha da lua, sobrevoando o Lago Withern e desaparecendo de vista.

O voo não foi longo, tampouco foi particularmente agradável. O morcego só lembrou um sofá de couro durante os primeiros instantes. Depois, era como um sofá cujas molas estavam soltas, e saltando para fora de seus limites. Olly sentiu muito medo de cair, e ficou extremamente enjoado. O morcego mergulhava de forma alarmante e fazia curvas angulares, levando sua cabeça a girar e seu estômago a balançar.

Ele não ousava olhar para baixo, mas certamente haviam se afastado consideravelmente do castelo antes de começarem a descer. Olly, porém, não fazia ideia de onde estavam — talvez sobrevoando Withern Hill, talvez próximos do lago.

O pouso foi ainda mais alarmante. Em um instante, estavam voando pelo céu aberto, em seguida estavam aterrissando violentamente em uma superfície dura. O morcego demonstrava todos os sinais de estar a ponto de se pendurar de cabeça para baixo e, durante esse processo, tirou Olly de suas costas, depositando-o através de um espaço estreito que parecia uma caixa de correio, antes de desaparecer na escuridão.

A caixa de correio revelou-se a janela semiaberta de seu quarto, e a coisa dura na qual aterrissou era o chão do cômodo. Ele ficou deitado de costas, sem qualquer ferimento, mas inteiramente intrigado até reconhecer o estranho pedaço inclinado em um dos cantos do teto e, em seguida, a estampa do cobertor ao lado de sua mão esquerda.

A lua brilhava sobre a cama e, lá de baixo, ele ouvia o barulho de tosse que Lula às vezes emitia durante o sono. Ele tirou a roupa rapidamente. Não estava nem um pouco cansado, mas precisava pensar a respeito de tudo que acontecera, e a cama era seu local de reflexão. Mas também parecia um local cheio de pedras.

Ele se mexeu e se virou de um lado para o outro, mas, no fim das contas, se sentou e acendeu o abajur. Não havia pedra alguma — ele investigou cuidadosamente, ou pelo menos qualquer uma que pudesse ver, mas parecia que o colchão e o travesseiro estavam cheios delas, e, quando olhou para sua perna, viu marcas vermelhas que claramente haviam sido provocadas.

O livro *Lendas do Lago Withern* estava no mesmo local em que o deixara, em sua mesinha de cabeceira, mas ele tinha certeza de que não havia deixado a longa tira de papel que saía do livro agora.

O lago está subindo, dizia o bilhete, escrito em letra fina e violeta. Ele olhou para o livro aberto.

CAPÍTULO ONZE
A FEIRA DA LUA CHEIA DE FIDDLEUP

As origens desta antiga celebração se perderam sob as névoas da antiguidade, mas antropólogos avaliam que...

Antes, o livro não era chato desse jeito. Continuava tedioso durante páginas a fio, mas Olly já havia caído no sono.

CAPÍTULO 36

O livro de gravuras em alto-relevo

A semana na Espanha fez muito bem a todos da família. O tempo estava quente, o sol só parava de brilhar à noite, o hotel era fresco, cheio de sombras e muito confortável, e quando Olly não estava na praia ou na piscina com Lula estava comendo sardinhas e frutos do mar ou um sorvete de chocolate espetacular chamado Trufficono nos cafés em frente à praia, e ficava na rua até mais tarde do que jamais havia podido.

Gullywith, KK e Zed, a casa de Nonny Dreever e a livraria, sem falar no Baile de Inverno e na noite em que fora mantido como prisioneiro no Castelo de Withern, tudo parecia pertencer a uma história que havia lido recentemente, mas que já estava se apagando de sua memória.

Tudo voltou à vida subitamente no dia em que voltaram para casa e Olly encontrou um cartão em um envelope endereçado a ele, que estava no meio da correspondência.

"Sábado à noite. Continue atento."

Ele não reconheceu a letra, e o bilhete não estava assinado.

Na manhã seguinte, chegaram a Fiddleup às 9h05. Lula ia ao médico com a mãe para tomar vacinas, e Olly ia ao dentista com o pai para uma consulta de rotina, depois iriam à loja de sapatos e ao cabeleireiro. Só depois que tudo terminou se encontraram na Bluebird. Mas, pelo menos, o peixe com batatas — o preferido de Olly — e a carne defumada — preferida de seu pai — faziam parte do cardápio.

— Esta foi a manhã mais chata de toda a minha vida — disse Olly, enquanto sentavam para esperar.

— Sim — respondeu Helen Brown vagamente. — Tenho certeza que sim. Agora, e sobre a fantasia?

— Que fantasia?

— Ou você não quer uma roupa?

— Mamãe...

— Ela está falando da Feira da Lua Cheia de Fiddleup — Pete Brown sussurrou para ele.

Helen Brown pegou o jornal local.

— Seis horas no Monte Fiddleup, à luz do farol. Os jogos de Fiddleup. Sete e meia. Procissão das tochas até Fiddleup. A coroação da Rainha de Fiddleup, que abre a feira.

— Não diz nada sobre usar fantasias.

— Tema. TEMPO. Prêmios para as melhores fantasias. Primeira categoria: Adulto. Segunda categoria: 12 a 16 anos. Terceira categoria: Menores de 12 anos. Quarta categoria: Bebês e crianças até 2 anos.

— Tempo? — indagou Olly, olhando para o seu prato de peixe com batatas que fora servido. — Que espécie de fantasia é essa? *Tempo*?

— Ora, vamos, Olly, pense bem, você pode ir fantasiado de pingo de chuva.

Pete abaixou a cabeça enquanto a batata passou voando perto de sua orelha.

— Oliver Brown!

— Oiver Bown — disse Lula, com a voz tristonha. Ela já tinha largado a colher, sem comer nada de sua omelete, e suas bochechas estavam rosadas.

— Ah, Deus, ela já está se sentindo mal por causa das vacinas. É melhor irmos logo para casa.

— Eu posso ir à livraria quando acabar de comer? — perguntou Olly, colocando cinco batatas na boca de uma só vez.

— Vou com você. Quero ver se encontro mais algum daqueles manuais de carros.

— Não quer não, Peter. Você já tem manuais demais. Precisamos levar Lula para casa.

— Por que você não volta com ela? Então eu e Olly podemos pegar um táxi na saída. A loja de roupas está em liquidação e preciso comprar umas camisetas novas.

— Tudo bem, mas estou avisando, se comprar mais algum manual velho...

— Torta de maçã ou panqueca com calda, Olly? — perguntou Pete Brown, dando uma piscadela por trás do cardápio.

Quinze minutos depois, Lula e mamãe estavam voltando para a casa, papai estava na loja de roupas experimentando casacos esportivos e Olly estava abrindo a porta da livraria. O sino tocou como sempre, mas o pequeno homem redondo não estava atrás do balcão, e nem saiu da sala dos fundos quando Olly começou a passear pela livraria.

A primeira coisa que notou foi que a tartaruga estava de volta a seu velho lugar atrás da porta, mas, apesar de tê-la encarado e até mesmo acariciado suas costas, seus olhos não tinham qualquer brilho.

Olly chegou a duvidar de que fosse a mesma tartaruga.

À primeira vista, não havia nada que o interessasse em suas prateleiras preferidas. Nenhum mapa. Nada de *Batalha por Gullywith*. Nada de *Lendas do Lago Withern*. Havia um livro sobre a história do condado, que parecia tedioso, e alguns guias da década de 1970, mas isso era tudo. Ele foi até a próxima seção, e depois à próxima. No fundo dos fundos, havia uma seção de livros infantis e ele começou a analisá-los, para ver se encontrava algum que pudesse interessá-lo. Afinal, seu pai lhe dera 4 libras para gastar.

Havia aventuras de escoteiros, exploradores polares, caçadores, cavaleiros e vikings, histórias passadas em colégios internos, histórias indígenas, e, na opinião de Olly, contos de fadas demais. Ele não queria gastar seu dinheiro com nada daquilo, nem mesmo em edições antigas de suas revistas em quadrinhos preferidas, ou no *Manual para meninos*, e ele estava a ponto de desistir e procurar seu pai, quando viu o livro. Como todas as outras coisas que já havia encontrado nesta loja, o livro estava praticamente escondido, dessa vez entre um livro sobre cachorros e *Contos bíblicos para crianças*. As letras na lateral eram douradas e desbotadas e tinham um brilho singelo, como se quisessem chamar sua atenção.

— Tenha muito cuidado!

Ele levou um grande susto e derrubou o livro no chão.

O homem pequeno e redondo resmungou enquanto se abaixava, pegou o livro e limpou cuidadosamente a capa empoeirada.

— Sinto muito, mas o senhor me deu um baita susto. Há um segundo o senhor não estava aqui.

— Tudo bem. — Ele entregou o livro a Olly.

— São 4 libras, por sinal.

Seus olhos brilhavam como pedras preciosas por trás de seus óculos.

Olly olhou para o livro em suas mãos. A capa tinha uma cor marrom monótona e ele não conseguia ler o que estava escrito, já que as letras estavam desbotadas. Ele o abriu cautelosamente e deu um salto. De dentro das páginas, emergiu um modelo de papel de um castelo, as torres e baluartes se erguiam lentamente de suas dobras, a ponte levadiça, presa por duas tiras de barbante se abria à sua frente. Era um livro sobre o Castelo Withern, com modelos de papel em alto relevo. Através da entrada arqueada, ele pôde identificar o grande salão.

Ele fechou o livro, e o castelo se fechou também, sua página voltou a ser comum.

Se houvesse mais alguma página que se abrisse desse jeito, ele só descobriria em casa.

— Ah, eu achei que fosse gostar desse, Oliver Mackenzie Brown. — O homem pequeno e redondo esticou a mão para pegar o livro e embrulhá-lo. Olly colocou suas quatro libras em moedas sobre a bancada.

— Você está com sorte hoje. É o dia da promoção especial. Compre um e leve dois. Acho que é assim que se diz.

Ele se abaixou e desapareceu em algum lugar embaixo do balcão, e Olly pôde ouvi-lo remexendo em alguma coisa.

Enquanto isso, o sino da porta tocou e Pete Brown entrou, carregando um monte de sacolas de compras, que apoiou no chão em frente ao balcão antes de desaparecer em direção à estante de livros automobilísticos.

Quando o homem pequeno e redondo ressurgiu, ele não tinha um livro, mas uma caixa em suas mãos. Era quadrada, não muito grande e tinha uma etiqueta colorida no topo, extremamente desbotada, que Olly não conseguiu enxergar com clareza antes que desaparecesse em uma sacola de papel, junto com seu livro.

— Por favor, segure a sacola deste jeito, ou alguma coisa pode cair.

— Quanto custa a caixa, por favor? — perguntou Olly, olhando em volta à procura de seu pai.

— Este é o problema dos meninos: eles nunca ouvem o que a gente fala. Só quem ouve menos do que os meninos são as meninas. O que acabei de dizer há um minuto?

— Que hoje é dia da promoção especial.

— Certo. E?

— Compre um e leve dois.

— Viu só? Isso significa que o livro custa 4 libras e a caixa é de graça. Céus, às vezes os meninos me cansam!

Ele entregou a sacola por cima do balcão. Olly pegou com cuidado, segurando-a na posição vertical.

— Ótimo. Eu acho que você vai encontrar — disse o homem, saindo de trás do balcão e se dirigindo à estante em que Pete Brown se encontrava — um manual de Mustangs de 1962 em excelentes condições. Ali, o terceiro da esquerda para a direita. Ah, isso.

A conversa tediosa sobre carros se arrastou e não parecia chegar ao fim. Olly ficou parado próximo à porta da livraria, olhando para a rua, observando as pessoas entrarem na lanchonete Bluebird, um menino de patins descendo a colina e uma mulher amarrando a coleira do cachorro em um poste.

— Papai, posso ir lá para fora?

E ele continuava com a conversa tediosa.

— Papai?

— O que foi, Olly? Você sabe que é feio interromper.

— Posso ir lá para fora?

— Para quê?

— Só para sair.

— Tudo bem, tudo bem, mas não vá longe. Agora, o modelo de 1960, esse era...

Olly escapou.

O céu tinha cor de lama, e provavelmente iria chover. Desde que não chovesse na Feira da Lua Cheia...

Olly subiu a colina, olhando as vitrines das lojas, sem procurar por nada em especial, segurando sua sacola com todo cuidado. No topo da colina ele atravessou e começou a descer para o outro lado, e havia passado pela sapataria e pela floricultura quando chegou ao local que Helen Brown chamava de "loja esquisita". Era pequena e a vitrine, uma verdadeira bagunça de partes e pedaços — velhos ferros de lareiras, tacos de polo e de golfe, pilhas de Bíblias antigas, baús de lata, potes de carvão, um velho banco de jardim pintado de verde, duas pilhas de cortinas velhas. Olly parou para olhar.

Ele imediatamente viu a estátua, apesar de estar no fundo da vitrine, entre uma panela de cobre e uma pilha de ferramentas de carpintaria. Era a estátua do Rei de Pedra, cinza, dura, com cerca de 1 m de altura, e inconfundível. O rosto era o do Rei, seus cabelos eram como os cabelos compridos e entalhados do Rei. E, enquanto Olly observava, seus olhos brilharam com uma luz exatamente no centro.

CAPÍTULO 37

O jogo das pedras

Até chegarem em casa de táxi, estava chovendo muito. Olly desviou das poças e lamas para levar seu embrulho com o livro e a caixa em segurança até o quarto, mas, enquanto corria pelo hall de entrada, Helen Brown apareceu com Lula nos braços.

— Olly, será que você pode levá-la para cima e colocá-la no berço, por favor? Ela está passando muito mal por causa das vacinas e eu preciso dar um telefonema a respeito de um design antes das 15h. Eu dei um remedinho a ela, você só vai precisar cantar um pouquinho para ela dormir.

Lula estava quente e suada, mas se agarrou a Olly com os braços em torno do seu pescoço, e as pernas enroladas em seu tronco, de modo que ele estava morrendo de medo de derrubar o embrulho na escada. Ele entrou primeiro em seu próprio quarto e colocou o pacote em cima da cama antes de levar a irmã para o quarto dela, mas ela começou a gritar e balançar as mãos pedindo para ficar e dormir na cama dele, e essa batalha transcorreu durante um longo tempo. A chuva caía forte sobre o telhado e batia nas janelas, e, quando finalmente chegaram ao quarto de Lula, ela queria ver a chuva, depois quis brincar de esconder sob as cobertas e pular no colchão, e no fim das contas demorou bastante até que ela começasse a demonstrar qualquer sinal de sonolência. Olly precisou cantar "Ela vem pela montanha", "Dez garrafas verdes" e "A roda do ônibus", três vezes cada uma, cada vez mais devagar e mais suave até que ela fechasse os olhos, e então eles se abriam novamente várias vezes enquanto ele tentava sair do quarto.

Quando finalmente conseguiu sair, a chuva estava ainda mais pesada e ele pôde ouvir seu pai andando como um trovão, resmungando sobre vazamentos e baldes.

Olly fechou a porta do quarto.

Ele pegou primeiro o livro e o abriu sobre a pequena mesa do quarto para examiná-lo. O castelo era incrivelmente fiel ao verdadeiro. Tudo o que se lembrava parecia exatamente igual — a ponte levadiça, as torres. O livro tinha uma página com desenhos que explicavam como a ponte funcionava e onde ficavam as roldanas, e na página seguinte, um outro objeto que se erguia, desta vez, o salão. Ele examinou atentamente. Sim, era muito preciso. Tinha a plataforma, os arcos que levavam aos corredores e um que desaguava na escada de pedras em forma de espiral. As bandeiras também estavam lá.

Algumas das pedras do chão do salão tinham marcas enigmáticas, assim como uma ou duas das que estavam na parede.

Quem quer que tivesse feito este livro tinha estado no interior do castelo.

E, no entanto, o palácio só havia emergido há poucos dias, após passar milênios afogado nas profundezas do Lago Withern.

Ele virou o livro para examinar a primeira página. Havia um título e uma editora cujo nome estava em uma língua que Olly não reconhecia, mas não havia um nome de autor, nem uma data de publicação. Ele passou para a última folha.

Na base da última página, ele viu uma pequena caixa com quatro linhas de um texto escrito na língua enigmática.

Isso era tudo.

Ele passou para outra página. A escada em espiral se desdobrou e se ergueu, e, ao virar a página, lá estava o quarto onde ficara aprisionado, com a cama alta e as cobertas de pelo, as colchas de pelo no chão, o lampião, a grade no alto. E pendurado de cabeça para baixo em uma corda de algodão no teto do quarto havia um pequeno morcego de papel preto.

Ele pôs o livro na prateleira ao lado de *Lendas do Lago Withern* e voltou a atenção para a caixa que o dono da livraria disse ser uma oferta especial.

Era uma caixa de madeira com uma figura descascada e desbotada no topo, mas Olly não conseguia perceber o que era, apesar de ter achado que um trecho da última palavra significava "Jogo", ou possivelmente "Casa", ou até mesmo "Sonho".

Ele abriu a tampa da caixa. No topo havia um pedaço de madeira e, enquanto o retirava, Olly reparou que a madeira tinha dobradiças e que podia ser aberta como um tabuleiro de xadrez. Mas, impressos na superfície, não estavam os quadrados pretos e brancos característicos de um tabuleiro de xadrez, mas uma série de linhas que se cruzavam de diversas maneiras. Ele tinha certeza de já ter visto algo parecido em algum lugar, mas não se lembrava onde. Havia um largo anel azul-claro em um dos cantos, e um aglomerado de árvores verde-escuras no lado oposto. Circulando os limites, via-se o que pareciam as escadas do jogo "Cobras e Escadas", porém planas, como uma barreira. Dentro de cada segmento entre os degraus havia pequenos símbolos e figuras. As figuras eram desenhadas como silhuetas negras — silhuetas de um castelo, um morcego, uma tartaruga, uma pedra com marcações enigmáticas e uma tocha acesa. Havia cinco de cada e, entre as figuras, viam-se marcas enigmáticas.

Olly voltou para a caixa. As peças de pedra, como peças de xadrez, estavam em duas camadas. Na camada superior, encontravam-se soldados de pedras, usando capacetes e protetores faciais. Alguns tinham escudos e lanças e todos tinham símbolos enigmáticos em suas túnicas e escudos. Havia 16 soldados e, na camada inferior, 16 tartarugas idênticas. Em um setor lateral da caixa, havia um grupo de peças de pedras, pequenas e irregulares, marcadas com os símbolos enigmáticos.

E, na parte de baixo, ele viu um solitário rei de pedra, maior do que as outras peças, e idêntico ao verdadeiro Rei de Pedra e ao que Olly vira pela manhã na vitrine da loja esquisita.

Ele olhou dentro da caixa novamente e, à primeira vista, achou que estivesse vazia, mas depois encontrou outro setor com uma tampa e uma maçaneta minúscula.

O baralho que retirou de lá era diferente de qualquer outro que já tivesse visto. Não havia ouros, copas, espadas e paus. Os naipes eram diferentes, e fora os quatro reis, havia símbolos estranhos em lugar de números e pequenos grupos de enigmas em formação. Uma das cartas era toda branca sem nada em sua superfície, o mesmo ocorria com outra, só que na cor preta.

Também havia um dado. Era como um dado qualquer, só que, em vez do seis, ele tinha uma tartaruga.

Olly virou a caixa de cabeça para baixo, mas não caiu mais nada de dentro, nenhum outro compartimento se abriu e não havia um folheto com as instruções do jogo, ou dos jogos.

Após analisar tudo outra vez e virar todas as peças de um lado para o outro, ele guardou tudo de novo. Talvez KK soubesse como jogar. Ou Nonny Dreever. Ele provavelmente tinha meia dúzia de caixas como esta em sua casa. Era o tipo de coisa normal na casa dele, como caixas de fósforos e pacotes de chá na casa dos outros.

Olly não via nenhum dos dois desde que fora trazido de volta para casa pelo morcego na noite da fuga do Castelo Withern. Ele se sentiu um pouco magoado. Mesmo tendo ido para a Espanha durante uma semana, eles poderiam ter deixado algum recado. Como podiam saber que ele não continuava sendo carregado pelos soldados de pedra por túneis cheios de água? Ele podia até ter se afogado.

Ele sentou na ponta da cama balançando os pés e sentindo pena de si mesmo durante algum tempo enquanto a chuva batia na janela.

CAPÍTULO 38

Uma grande tempestade

— Alerta de tempestade: quatro centímetros de inundação em vinte minutos... As chuvas continuam. A previsão para os próximos dez dias é de chuvas e tempestades.

— Parece que a feira será inundada — disse Pete Brown, desligando a televisão.

— Ora, não fique tão feliz com isso. Já estou quase acabando de fazer uma fantasia de raio de sol para Lula. Pode ser que até amanhã pare de chover.

Mas não vai, pensou Olly, olhando pela janela. Estava chovendo desde que voltaram da Espanha.

Ele se sentia como se estivesse enjaulado. Havia saído algumas vezes, quando a chuva estava fraca, mas agora estava tão violenta que ninguém podia aproveitar nada. Na estradinha que levava até a casa, a água descia como uma enchente, carregando pedras, areia e galhos; um lago havia se formado no meio do pátio, onde existia um buraco, e o campo estava tão molhado que Olly não conseguia enxergar o gramado que ia em direção à colina.

O telefone havia parado de funcionar duas vezes e as luzes não paravam de piscar; a casa estava cheia de baldes sob os diversos vazamentos no telhado e, sob um canto úmido do sótão, cresciam fungos.

A única pessoa que conseguia ignorar a situação era Helen Brown, que continuava costurando a fantasia de Lula.

— E é melhor você se apressar e decidir qual fantasia quer, Olly, ou não vou ter tempo de fazer nada para você.

— Uma monção — disse Pete Brown, passando por eles.

Olly voltou para o quarto para pegar o jogo novamente e tentar descobrir como se jogava, e enquanto isso pensaria na fantasia que gostaria de usar na Feira da Lua Cheia de Fiddleup.

Ele dispôs as peças do jogo no tabuleiro e as movimentou para cima e para baixo, enquanto imagens ligadas à meteorologia passavam em sua cabeça. Nuvem de tempestade. Raio. Sol.

Arco-íris. Eca. Ele pensou em todos os arco-íris que estariam lá, de mãos dadas com os raios de sol.

Então, ao jogar o dado e movimentar uma das pedras pela linha pontilhada na direção do lago, a ideia surgiu. Ele guardou o jogo de volta na caixa e correu pelas escadas.

Uma hora depois, eles estavam passeando por Fiddleup com suas galochas, procurando por diversos itens da lista da fantasia de Olly, e Pete Brown balançava uma lista de compras molhada e resmungava. Na lanchonete Bluebird, após terem comprado quase tudo de que precisavam, ele resmungou ainda mais, ao mesmo tempo em que Olly colocava mais marshmallows em seu chocolate quente e a chuva batia na janela como jatos d'água.

— Estou preocupado com o telhado, e não temos condições de construir um novo. Vai ter que ficar cheio de remendos e sua mãe espera que o estúdio esteja pronto e perfeito antes do Natal, e ainda estou trabalhando com cabos e fios que desembocam onde não deveriam. Não sei, Olly... acho que colocamos o carro na frente dos bois ao virmos para Gullywith. Você nunca sente falta do calor e do conforto do número 58 da Avenida Wigwell?

— Não! — Olly observou enquanto a última piscina de marshmallows descia pelo redemoinho de chocolate, o que fazia com que se lembrasse do lago. — Eu gosto daqui. E nunca vou querer ir embora.

— Você é muito engraçado.

— Por quê?

— Do que você tanto gosta aqui?

As coisas sobre as quais não poderia falar com Pete Brown passearam pela mente de Olly como roupas em uma máquina de lavar.

— Não sei. Eu simplesmente gosto.

— Bem, se a casa continuar caindo aos pedaços e nos custando uma fortuna, a situação vai se complicar, então é melhor não se apegar demais.

Mas já estou apegado, Olly pensou, furioso. Faço parte de Gullywith, eu vim para salvá-la.

Ele percebeu que era exatamente por isso que estava ali. Gullywith precisava ser salva, e ele fora o escolhido para isso. Não sabia como, e nem por quem, mas sabia que era verdade. Gullywith confiava nele. Ele teria ajuda, é claro. Tinha KK, seus irmãos, Jinx, Nonny Dreever e talvez até o homem pequeno e redondo da livraria, além de um exército de tartarugas. Mas sabia que ainda era pouco em face do inimigo.

Oliver olhou para o pai, que observava sua xícara de café quase vazia. Seu rosto estampava preocupação e tristeza, e Olly queria muito poder lhe contar tudo, sobre os lugares aonde fora, as coisas que vira, o que se passara na colina, as passagens subterrâneas e o Castelo Withern. Mas como poderia? Seu pai jamais acreditaria, e se acreditasse, provavelmente diria que teriam de ir embora no dia seguinte.

— Posso comer uma bomba?

— É melhor não. Sua mãe preparou o almoço.

— Tudo bem.

— Preste atenção, se continuar chovendo o dia inteiro, e a noite inteira e amanhã de manhã, a feira...

— Não vai — disse Olly. — Não vai chover amanhã, e a feira será realizada. SERÁ.

— Muito bem. — Pete Brown acabou de tomar o café e começou a reunir as sacolas de compras. — É melhor levarmos estas coisas para casa, para sua mãe poder começar a preparar sua fantasia.

Quando chegaram de volta a Gullywith, Lula estava perambulando pela casa com uma blusa amarela e a calça pintada com raios de sol, além de uma boina amarela e um sorriso estampado no rosto. O pátio era um verdadeiro lamaçal e havia um outro balde sob um novo buraco no teto.

— Olly me garantiu que vai parar de chover — disse Pete, colocando todas as bolsas na mesa da cozinha.

— Ótimo — disse Helen Brown. — Espero que ele tenha razão.

Ele tinha. Continuou chovendo pelo restante do dia e, quando foram dormir, a chuva continuava. Mas algo acordou Olly no meio da noite. Primeiramente, ele não conseguiu identificar o que era, mas, após alguns instantes, enquanto esperava que alguma coisa acontecesse, como geralmente acontecia, ele percebeu que o que o acordou fora o silêncio. Não estava mais chovendo. Ele se levantou da cama e foi até a janela verificar. Tudo tinha cheiro molhado, mas, definitivamente, não estava mais chovendo. Deu um sorriso de satisfação e olhou para a sua fantasia, ainda incompleta, pendurada na porta do armário. Isso também fez com que sorrisse.

Ele ficou acordado por um instante esperando, temeroso de que a chuva voltasse a bater na janela e no telhado. Mas não se ouvia nada além do silêncio do campo, e assim ele dormiu maravilhosamente bem.

CAPÍTULO 39

A Feira da Lua Cheia de Fiddleup

Era uma noite morna e sedosa, com a lua cheia de Fiddleup iluminando o céu, grande como uma abóbora. Dezenas e mais dezenas de pessoas passavam em uma fila enorme que caminhava em direção ao Monte Fiddleup. Dentre elas havia pingos de chuva, nuvens, arco-íris, relâmpagos, flocos de neve, granizos, céus azuis, geleiras, névoas e muitos raios de sol. Mas, até o momento, só havia um tornado. Olly ficava olhando sobre os ombros, enquanto mais pessoas se juntavam à fila, mas ele era definitivamente o único furacão. Era extremamente gratificante e seu pai lhe disse que ele era o único com a certeza de que ganharia o prêmio de melhor fantasia.

O topo do monte se esticava em um largo campo e no meio do gramado havia um farol, uma enorme pilha de madeira que formava um cone, montada pelos bombeiros de Fiddleup. Havia também algumas barracas que vendiam chocolate quente e rosquinha, todas com filas enormes.

— Não saia andando por aí, Olly, ou você pode se perder. Com essa multidão, não seria difícil.

— Mãe, eu não tenho 3 anos, sabia?

— Mesmo assim.

Mas a discussão foi interrompida quando uma grande vibração tomou conta da colina, e para o meio do campo veio a primeira procissão de anunciadores, uma fila dupla de homens locais trajando calças verdes e batas com os brasões da cidade de Fiddleup pintados, trazendo cornetas. No final, havia um único homem com um tambor enorme. Eles marcharam para a parte do campo isolada por cordas e ficaram parados em formação. O tocador de tambor fez uma tremenda reverência, tocou seu instrumento e os anunciadores levantaram suas cornetas e executaram uma marcha, e uma alegoria conduzida por dois tratores da Fazenda das Águas veio para o campo. No alto da alegoria, sob um copado, estava a Donzela de Fiddleup, suas quatro amas e dois pajens, todos vestindo branco e prateado, com a Lua Cheia de Fiddleup feita de madeira pintada sobre eles. Houve muita vibração e aplausos enquanto eram ajudados a descer pelo tocador de tambor, e eram levados até o farol.

— O que vai acontecer?

— Ela vai acender o farol, é claro — respondeu Pete Brown, sem fôlego. Lula estava em seus ombros, com sua fantasia de raio de sol, pulando de animação.

A chama percorreu o centro do farol e, quando chegou ao topo, o tocador de tambor tocou mais uma vez, com o céu se acendendo com fogos, estrelas cadentes, cachoeiras de ouro e prata, e chamas verdes, vermelhas e azuis cruzando o céu de verão.

Enquanto assistia, Olly sentiu um cisco no olho e virou a cabeça para esfregá-lo. E, ao fazê-lo, algo chamou sua atenção. Na multidão, em um dos lados, com a luz azul dos fogos refletindo em seu rosto, ele teve a certeza de ter visto um dos soldados de pedra, com o capacete para baixo e a lança em uma das mãos, mas virada para o chão, como se fosse uma bengala. Seus olhos faiscaram por um instante enquanto a luz azul se apagava. O cisco arranhou o olho de Oliver novamente, e quando, por fim, conseguiu se livrar do incômodo e olhou de volta, o soldado de pedra havia desaparecido.

Se é que tinha estado lá, na verdade. Tantas pessoas com fantasias estranhas, tantas faces iluminadas momentaneamente pelas luzes dos fogos, tantas roupas peculiares. Talvez ele estivesse enganado.

Olly não estava enganado quanto a um arco-íris particularmente estranho, feito por cores espalhadas em uma blusa e shorts brancos e um arco de papelão equilibrado na cabeça. Sob a agitação de tantas cores em movimento estava o inconfundível Mervyn Crust.

Ah, não!

Mas, no instante seguinte, um raio de luar e um pingo de chuva pararam um de cada lado. O raio de luar o cutucou.

— KK! Zed! Mamãe, veja quem está aqui!

— Ah, que maravilha, KK, você está linda, e Zed, você também está uma beleza. Fiquem conosco até a hora de anunciarem os vencedores dos prêmios de melhores fantasias.

Eles assistiram a um magnífico sol ganhar o primeiro prêmio e vibraram quando Zed ficou em terceiro lugar, atrás de um dilúvio.

— KK, KK, KK, KK — gritou Lula, pulando ainda mais sobre os ombros de seu pai.

— Cuidado — sussurrou KK.

— Eu tive a impressão de ter visto...

— Estão aqui, sim. Muitas delas. Tome muito cuidado, elas devem estar aprontando todos os truques, e você não pode confiar em ninguém.

— Você viu Mervyn Crust? — Zed sinalizou com a cabeça para o arco-íris, cujo chapéu estava caindo.

— Bem, esse é outro em quem não podemos confiar. Mas somos muitos, assim como eles. Ah, vejam, estão acendendo as tochas. Vamos pegar as nossas antes que comece a fila... depressa.

Em um dos lados do campo, tochas e mais tochas estavam sendo acesas e distribuídas, e KK se infiltrou entre uma nuvem e uma nevasca para chegar à frente. Ela pegou uma e depois outra, distribuindo-as até que todos tivessem a sua, exceto por Pete Brown, que estava com as mãos ocupadas segurando Lula. Enquanto todos pegavam suas tochas, a procissão começou a descer a colina atrás dos anunciadores, do tocador de tambor e da alegoria.

No meio da descida, Olly olhou para trás. Era uma vista linda, as tochas enfileiradas descendo e iluminando a escuridão. À frente, havia mais tochas e, enquanto desciam em direção às ruas de Fiddleup, a lua cheia também parecia se mover, iluminando o caminho.

— Ai! — Olly quase derrubou a tocha quando sentiu uma dor aguda no pé.

— O que houve, Olly? Você vai perder o lugar...

— Tem... — ele olhou para KK, que ficou para trás com ele, enquanto mancava de dor. — Tem uma pedra no meu sapato — ele disse.

CAPÍTULO 40

O lago está subindo

A feira tomou todo o centro de Fiddleup. Na praça, na base da colina, havia um enorme carrossel. No topo da rua principal que saía da praça, havia barcos vikings e uma roda-gigante, e em todos os cantos viam-se barracas de tiro ao alvo e argolas, além de balanços e gangorras para as crianças pequenas. O ar noturno cheirava a açúcar queimado vindo das barracas de algodão-doce e de churros. Olly e mamãe logo estavam nos cavalos pintados do carrossel, girando cada vez mais rápido enquanto a música tocava, e papai brincava com Lula em um balanço com pássaros desenhados. KK estava atrás de Olly, com os cabelos esvoaçando.

Mas, enquanto desaceleravam, ele viu que, a alguns cavalos de distância, havia uma estranha figura fantasiada de raio. Enquanto descia do cavalo, olhou para Olly, que viu os olhos brilhantes por trás de uma máscara clara.

— Venha, vamos para o tobogã.

— Vou avisar à mamãe.

Helen Brown deu 2 libras a cada um, eles combinaram de se encontrar novamente perto do carrossel e ela foi se juntar a Pete e Lula no balanço.

O tobogã ficava próximo ao topo da cidade, ao lado da roda-gigante, e a rua principal que levava até lá estava tão entupida que KK desviou para a esquerda em direção a um beco lateral.

— Eu conheço um atalho. Vamos, Zed, acompanhe-nos.

Eles entraram e saíram das pistas. Mais algumas pessoas tiveram a mesma ideia. Então Olly percebeu e segurou o braço de KK.

— Pedras de granizo — ele sibilou.

— Olhe... são oito... todas iguais.

Eles pararam e observaram. As pedras de granizo eram brancas, brilhantes e congeladas, e, quando uma delas se virou, irradiou um brilho azul esbranquiçado antes de continuar.

— Não vamos nos afastar.

Enquanto se aproximavam da multidão novamente, viram uma massa de pessoas indo para os brinquedos, e por vezes Olly avistava alguma coisa pequena e veloz, com olhos brilhantes, correndo de um lado e do outro, atrás de um sol ou de um floco de neve. Ele e KK esperavam em uma fila muito longa para irem ao tobogã.

— Vejam — sussurrou Zed, atrás deles. — Ali.

Havia uma carrocinha de café e chocolate quente e, sob as sombras ao lado, um arco-íris com um chapéu caindo para os lados estava parado junto a uma estranha figura alta e pálida que vestia uma toga estranhamente rígida.

— Ele está pegando alguma coisa.

Mervyn Crust estava se inclinando para frente e esticando a mão.

— O que ele está aprontando?

Olly se lembrou do que Nonny Dreever dissera — que Mervyn Crust era tolo e fraco, mas não era mau. "Facilmente manipulado."

Ele avançou na fila. A essa altura, estavam muito próximos do quiosque e da pilha de tapetes nos quais sentariam para descer o tobogã.

Naquele instante, ouviu-se um grito e a rua se encheu de pequenas figuras pálidas e sombrias que corriam pela multidão, segurando tochas e causando confusão.

— O que elas estão fazendo?

Fez-se um ruído que, por um instante, ninguém reconheceu, em meio ao barulho generalizado de jogos e brinquedos.

Olly olhou para cima. A lua havia desaparecido e as estrelas não estavam mais lá, e, quando observou por cima do tobogã, viu um raio aforquilhado iluminar o céu.

Algumas pessoas à sua frente saíram da fila e ele se viu no quiosque. Entregou seus 50 centavos.

— O lago está subindo — disse o homem, entregando-lhe um bilhete.

— Ah... — O homem do quiosque era o homem pequeno e redondo da livraria.

— Cuidado.

Mas, antes que pudesse perguntar mais alguma coisa, Olly estava recebendo seu tapete e teve de correr para a escada em espiral que levava ao topo do tobogã. Estava escuro. A subida era íngreme e as curvas eram tão fechadas que ele não conseguia enxergar nada para trás nem para frente. Ele segurou seu tapete e subiu, ansioso para chegar à plataforma e descer a toda velocidade. Mas, ao passar pelo giro seguinte da escada, ele viu pequenos olhos brilhantes em um lado, e depois no outro, e, então pisou em alguma coisa dura e redonda, o que fez com que quase caísse.

Mais olhos. Mais pedras. As escadas se tornaram mais estreitas. Ele teve a sensação de que estava subindo incessantemente, e o tobogã parecia mais alto do que ele lembrava.

Algo tentou agarrar seu ombro e outra coisa beliscou sua perna. Mas, ao tentar sacudi-la, sentiu um leve vento na bochecha e em torno da cabeça, e então chegou à plataforma, no alto as luzes, a música, as chamas das tochas e os morcegos voavam em volta de sua cabeça, próximos a ele, emitindo seus chiados amigáveis. Olly olhou para baixo. De longe, ele conseguia enxergar um balanço aceso com luzes brilhantes, mas, em vez das xícaras ou pássaros em que as crianças sentavam, havia tartarugas. Ele queria vibrar. Se a multidão estava cheia de pedras pérfidas e de olhos brilhantes, e de outros inimigos que corriam causando tumulto, pelo menos os morcegos e as tartarugas também estavam presentes.

— O lago está subindo.

Olly olhou para o horizonte, além do topo da cidade, em direção aos campos abertos, e foi então que ele viu. Longe, muito longe, porém claro, e se tornando mais claro e largo, espalhando-se uniformemente enquanto Olly observava, ele viu a água brilhando.

O lago estava subindo.

— Depressa, Olly, temos que ir, precisamos chegar lá.

Atrás dele, KK subiu no tapete, em seguida, Zed, e os três desceram pelo tobogã escorregadio e em forma de espiral, com o vento assobiando em seus ouvidos. Enquanto desciam, outro relâmpago acendeu o Monte Fiddleup e as primeiras gotas de chuva começaram a cair.

— O lago está subindo, o lago está subindo — resmungou Olly para si mesmo enquanto os três corriam através da tempestade em direção ao carrossel. Todas as luzes estavam apagadas e, enquanto corriam, toda a feira parecia estar perecendo, já que os brinquedos se tornavam escuros e parados. Pete e Helen Brown esperavam com Lula, que estava com o casaco do pai sobre a cabeça, e agora todos corriam, empurrando-se e desviando uns dos outros para fugir da chuva, que se tornava cada vez mais forte. A água corria pelas ruas, trazendo pedras, areia e lama.

Eles avistaram Mervyn Crust, seu chapéu de arco-íris já perdido e as cores de sua fantasia, escorrendo. Flocos de neve e raios de sol se agrupavam, nuvens de chuva se embrulhavam e a fantasia de tornado de Olly estava grudando no corpo.

Eles ficaram ensopados muito antes de chegarem ao campo que estava sendo utilizado como estacionamento, e as pessoas escorregavam na lama e afundavam nas poças.

— KK e Zed, é melhor vocês irem conosco e se secarem. Vocês podem telefonar para a mãe de vocês quando chegarmos. Olly, o que houve com você? Por que você está mancando?

KK lançou-lhe um olhar.

— Eu sei — ele disse —, há duas no meu sapato agora, duas muito afiadas.

Os morcegos já haviam desaparecido muito tempo antes e agora os raios caíam diretamente acima deles. Um relâmpago iluminou os arredores, fazendo com que as pessoas gritassem.

— O lago está subindo — as palavras se repetiam incessantemente na cabeça de Olly. — O lago está subindo.

Eles correram os últimos metros em direção ao carro, através dos riachos de água suja de lama que desciam pelas ruas inclinadas. Pete Brown já estava com o motor ligado antes mesmo que Olly tivesse acabado de afivelar seu cinto de segurança. O chão estava cheio de lama.

Eles demoraram muito para sair de Fiddleup, pois todo mundo estava indo embora ao mesmo tempo, e mal conseguiam enxergar através dos vidros, que estavam embaçados por dentro, e com muita água escorrendo por fora.

— Não posso acreditar que o tempo mudou tanto, e tão depressa — disse Helen Brown, passando a mão em seus cabelos completamente ensopados. — Só de pensar que há pouco estávamos no topo ao lado do farol e vejam só agora. É assustador.

Era assustador, pensou Olly. Algo estava errado. O tempo mudou, a tempestade chegou subitamente e com força total, mas...

— O lago está subindo.

Ele se lembrou das figuras correndo pelas sombras das ruas, das vozes sussurrantes, dos olhos brilhantes, do escuro na escadaria do tobogã. Era assustador.

— Depressa, papai, temos que chegar em casa e ver se está tudo bem.

— Não vou correr numa noite como essa. De qualquer forma, já sabemos o que terá acontecido: mais alguns vazamentos no telhado. Ainda bem que comprei mais alguns baldes outro dia.

— Precisamos chamar aqueles poloneses outra vez. Não podemos passar o inverno nessas condições.

— Vou ligar amanhã, mas eles não poderão fazer nada enquanto não parar de chover.

— Não sei por quanto tempo ainda vou aguentar — resmungou Helen Brown, e não foi pela primeira vez. — Se eu soubesse...

— Força, menina. Onde está seu espírito de luta?

— Está se esgotando. E *não* me chame de menina.

Eles continuaram se provocando alegremente. Lula esticou os braços para Olly e começou a girar um pedaço de seu cabelo entre os dedos, um sinal de que estava quase dormindo. Então ele se inclinou sobre ela e cantou "Dez garrafas verdes" suavemente, até sentir a mãozinha de sua irmã relaxar e soltar seu cabelo. Viu-se um flash de luz à frente e Olly podia ouvir o barulho da água sob os pneus enquanto avançavam.

— Nossa! — exclamou Pete Brown.

Eles haviam chegado ao topo da rua que levava a Gullywith, que não era mais uma rua, mas sim um rio. A água estava muito alta, e subia pelos dois lados do carro enquanto dirigiam lentamente, esbarrando em pedras e escombros carregados pela tempestade. Eles balançavam de um lado para o outro e Lula acabou acordando. A escuridão era total.

O jardim tinha piscinas de meio metro d'água em alguns setores. Pete conseguiu parar o carro na porta da frente. Assim, puderam sair sem precisar enfrentar todas as poças. A essa altura, Lula estava completamente acordada e gritando.

A água entrara por baixo da porta e o chão da entrada não podia ser visto. A cozinha também estava começando a inundar.

— Acenda a luz, Olly, vou levar Lula direto lá para cima. Imagino que lá esteja seco.

Mas as luzes não estavam funcionando. Tudo estava apagado. Olly caminhou pela água até a cozinha para encontrar as lanternas que sempre ficavam na gaveta. Mas a gaveta também estava molhada e, enquanto estava lá, Olly sentiu uma goteira na cabeça.

Porém, as lanternas estavam funcionando. Eles tinham três, e Olly deixou uma na gaveta e acendeu outra para iluminar o caminho até o segundo andar. Mas, enquanto subia, seu pé esmagou alguma coisa, primeiro em um dos degraus mais baixos, depois no seguinte, e depois mais para cima. Ele apontou a lanterna para baixo. As pedras eram pequenas e estavam empilhadas no canto de cada degrau, mas uma ou duas rolaram em direção ao limite, e estavam alojadas perigosamente, esperando para derrubar alguém. Ele as chutou com violência e algumas rolaram para baixo, *ping*, *ping*, *ping*, *ping*, e aterrissaram na sala, produzindo um som de mergulho.

Ele foi até o quarto de Lula e pôs a lanterna sobre a cômoda.

— Será que seu pai consegue tirar Zed e KK do carro? — perguntou Helen Brown.

Houve um silêncio total, horrível e assustador.

As luzes voltaram depois de meia hora. Lula estava dormindo, Helen preparara chocolate quente e torradas com queijo e tomate, e Pete não parava de repetir:

— Bem, eu não os vi... Bem, eles deviam ter entrado no carro... bem, não tive culpa... bem, o que você quer que eu faça, volte para Fiddleup nestas condições? Bem, por que você não telefona e descobre se chegaram em casa?

— Ora, Pete, não diga besteira. E eu não posso telefonar, não tenho o número. Por que não temos o número, Olly?

Olly abaixou a cabeça. Ele não podia dizer o que pensava, que KK e Zed não eram pessoas cuja mãe tinha coisas normais, como, por exemplo, um telefone. Ele não podia dizer que jamais estivera na casa deles.

— Onde eles moram?

Mas nesse instante ouviu-se um barulho estranho. A chuva já estava mais fraca, a ponto de que não havia mais ruídos de tambores no telhado, e de qualquer forma, esse barulho não viera do telhado, mas da direção oposta, assim como um leve tremor sob seus pés.

— Suponho que seja o próximo passo — disse Pete Brown alegremente, pegando uma torrada —, um terremoto.

O barulho continuou. Parou. Eles ouviram. Veio novamente, mais fraco. Parou.

— Deixe para lá — disse Helen. — É melhor investigar amanhã. Desde que não seja uma cachoeira e o teto não esteja a ponto de cair, eu vou deitar. Olly, não demore. Pete, certifique-se de que as luzes estejam apagadas e a porta, trancada.

— Como se alguém quisesse invadir esse lugar.

— Bem, se resolverem, espero que limpem os pés para não sujarem a casa.

Olly e seu pai estavam sentados na cozinha, partilhando um silêncio sombrio. A chuva continuou, assim como os trovões, e, ocasionalmente, viam relâmpagos. Depois de um tempo Pete levantou e preparou mais algumas torradas.

— Estou me sentindo péssimo — disse Olly. — Estou me sentindo realmente péssimo.

— Não tanto quanto eu.

— Acho que estou pior do que você. Eles são meus amigos e eu os abandonei.

— Eu estava tomando conta deles e os abandonei.

— Eles devem estar voltando a pé para casa nessa chuva.

— Completamente ensopados.

— Tremendo de frio.

— Com água nos sapatos.

— Na verdade, acho que não foi nossa culpa. Acho que eles simplesmente... foram.

— Como assim, desapareceram, você quer dizer? Assustador.

— Não estou preocupado com eles, de verdade.

— Nem eu, Olly, aqueles dois são muito sábios.

Olly gargalhou. “Sábios” seria a última palavra que usaria para descrever Zed e KK. Mas ele entendia o que seu pai queria dizer.

— Você está ansioso para ir para a escola?

— Mais ou menos. Estou. Não. Sim, estou.

— Um pouco indeciso, então.

Olly estava prestes a responder que sim quando os dois se levantaram subitamente. Debaixo da casa, viera um tremendo barulho de ronco.

— A adega — disse Pete Brown. — Veio da adega. Depressa.

Eles correram pelo hall, para a passagem que levava à adega. O barulho já havia cessado, e não parecia ter incomodado Lula ou Helen.

A porta estava fechada e trancada. Pete Brown aproximou o ouvido para ver o que escutava.

— Estranho... — ele disse. — Estou ouvindo alguma coisa, mas não sei ao certo o quê. Acho melhor descer e dar uma olhada.

— Eu vou com você.

— Fique bem atrás de mim e ilumine os degraus com a lanterna.

Ele destrancou a porta, que rangeu e se abriu. Olly apontou a luz da lanterna para frente de seu pai, mas, após apenas dois ou três degraus, Pete Brown se pronunciou.

— Nossa. Veja só aquilo!

Olly balançou a lanterna.

Toda a adega estava cheia de água escura e brilhante, e já alcançava o quarto degrau.

— O lago está subindo.

— O que você disse?

— Nada. É melhor não avançarmos mais, papai.

— Não pretendo fazer isso.

Pete Brown recuou e, em seguida, fechou e trancou a porta novamente.

— É melhor arrumarmos alguma coisa para colocar aqui e manter a água afastada. A questão é: o quê?

— Sacos de areia?

— Certo, muito bem. Acho que sua mãe tem uma meia dúzia guardada ao lado da cesta de pães.

— Só estou tentando ajudar.

— Eu sei. Desculpe. Mas não temos sacos, e nem areia.

No fim das contas, eles pegaram algumas colchas e tapetes velhos em um dos quartos vazios e os arrastaram até a porta. Felizmente, encaixavam-se muito bem na fresta, de modo que a água não passaria, mesmo que subisse até o último degrau.

— Muito bem, Olly, vamos para cama. Não adianta ficar aqui olhando se vai funcionar ou não. Amanhã de manhã, vamos descobrir, e se o hall estiver inundado, então nos preocuparemos. Que noite!

Olly ficou acordado durante muito tempo. O fato de que a adega estava se enchendo de água o preocupava muito mais do que parecia preocupar seu pai, mas isso certamente se devia ao fato de que seu pai não sabia que o lago estava subindo. E não estava subindo por causa da chuva, embora isso ajudasse, mas porque, se as pedras não conseguissem tomar Gullywith de um jeito, elas o fariam de outro. A tática de intimidação havia falhado. Não importava quantas pedras mandassem entrar em sapatos, alojar-se em escadas, fazer buracos no telhado e preencher os cantos da casa, a família Brown só se tornava mais determinada a ficar. Mas se o lago subisse cada vez mais, acabariam afogados. Gullywith desapareceria sob a água, assim como acontecera com o castelo há milênios.

Seria isso que queriam? E quanto à casa de Nonny Dreever? Se ela fosse inundada, as pedras jamais conseguiriam o que mais queriam, o que queriam mais até do que Gullywith — o Grande Livro. Olly não sabia exatamente onde Nonny Dreever guardava o Grande Livro, mas as pedras provavelmente sabiam.

Ele se mexeu e se virou na cama, levantou-se e olhou pela janela, viu a noite escura e molhada e voltou para a cama outra vez; remexeu-se e se virou ainda mais e, durante todo esse tempo, o lago continuava subindo e ele não conseguia deixar de se preocupar com KK e Zed, e com Nonny Dreever sozinho, e com o que aconteceria se a água da adega ultrapassasse a barreira de velhas colchas e...

Seu quarto foi iluminado pelo relâmpago mais forte e vívido de todos os tempos, e continuou cheio de luz durante um bom tempo enquanto o relâmpago piscava e se desdobrava em outros relâmpagos pelo céu.

Então alguma coisa bateu à janela.

CAPÍTULO 41

Uma viagem pelo barco tartaruga

Enquanto se vestia apressadamente, Olly imaginou o que aconteceria dessa vez. Ele nem cogitou a hipótese de que a pedra que atingira sua janela viesse de alguém que não KK ou Zed e, em poucos minutos, estava debruçado, apontando a lanterna lá para fora a fim de informá-los de que estava acordado, e já ia descer.

Mas, assim que olhou para baixo, percebeu que não poderia sair pela porta da frente. A água havia subido para o primeiro andar de Gullywith e estava difícil enxergar o lugar onde o pátio e os campos normalmente ficavam, pois a área toda havia se transformado em um grande lago negro e brilhante. Em seguida, ele identificou KK e Zed e esboçou um largo sorriso. Fizessem o que fizessem, eles sempre encontravam uma maneira incrível de chegar. As tartarugas em que estavam montados — exatamente iguais às do carrossel das crianças na feira — eram pequenos barcos, com um buraco para sentar. Olly acenou pela janela e viu que uma escada de corda feita de material brilhante estava presa à parede abaixo dele. KK e Zed o observaram passar uma perna cautelosamente pelo parapeito e segurar a escada. Ela balançava levemente, mas estava firme, e, em poucos instantes, Olly estava lá embaixo, subindo no barco de KK.

— Isso é incrível! — Olly exclamou, mas o rosto de KK estava sério.

— Não temos muito tempo. O lago está subindo e isso é só o começo, mas, por enquanto, Gullywith está a salvo, pois não é o que querem primeiro. Precisamos ir até a casa de Nonny Dreever, as pedras estão a caminho, elas têm uma frota e vão tentar cercá-lo.

— Como você descobriu?

— Já sabíamos há algum tempo que elas estavam planejando agir na noite da feira. Então um dos morcegos ouviu alguma coisa e ficou pendurado em um canto escuro, prestando atenção em tudo e nos passando as informações. Só espero que não estejamos atrasados demais. Agora sente-se e segure-se, temos que ir.

Olly ouviu um ronco agudo vindo debaixo e eles partiram pela água a uma velocidade incrível, formando ondas em ambos os lados. Zed estava ao lado deles, o vento fazia com que os cabelos de Olly esvoaçassem e então, ao chegarem ao fim da água, com a colina à frente, subiram pelos ares, escalando a colina e depois descendo outra vez, muito velozmente.

— Uau! — exclamou Olly. Mas sua voz se perdeu como um pedaço de papel em noite de ventania.

Ele não enxergava nada à frente, e não ouvia nada além do vento. Desceram para a água outra vez e continuaram seguindo, e por um instante alguns dos morcegos voaram ao lado deles, com as asas esticadas como se fossem velas de barcos.

Então, ele ouviu Zed, que estava ao lado deles, soltar um grito baixo. Pela primeira vez, KK diminuiu a velocidade.

Um pouco à frente, podiam enxergar uma frota de pequenas luzes brilhantes em posição e avançando lentamente através da água escura.

— Elas estão à nossa frente — disse KK. — Não podemos mais ir por esse caminho.

— Aonde? Para onde vamos?

— Para a casa de Nonny, é claro. Você nunca presta atenção, Olly?

— Não percam tempo discutindo — sussurrou Zed —, mas você tem razão, teremos que tentar ir pelas cavernas.

Olly já ia perguntar quais cavernas, mas se conteve.

— Muito bem. Do sete ou do nove?

— Nove, é mais afastado. Vire-se, eu vou na frente.

Sete o quê? Nove o quê? Zed se inclinou e disse:

— Redemoinhos. Eles são numerados.

— Quantos são?

— Treze.

Agora estavam virando os barcos cuidadosamente, tentando não emitir qualquer som. Olly observou sobre seu ombro e viu que a frota de luzes avançava uniformemente, afastando-se cada vez mais.

— Muito bem, segure-se. Olly, quando eu disser para abaixar, abaixe até o fundo. Só vai levar alguns segundos.

Eles foram para frente através do largo canal de água, em ritmo uniforme, e com o motor completamente silencioso. A chuva havia parado, mas o céu continuava nublado. O caminho à frente era iluminado pelas luzes dos barcos, que brilhavam como os olhos das tartarugas. Olly viu a água girando em torno de um eixo, mas KK seguiu em frente e, ao olhar para trás, ele não conseguiu mais enxergar as luzes dos barcos das pedras.

— Agora, abaixe-se! — disse KK. O barco atingiu o redemoinho e girou extremamente rápido. Então começaram a descer, e as águas foram se fechando sobre suas cabeças. Olly se agachou no fundo do barco, apavorado com a possibilidade de se afogar, segurando o nariz e fechando os olhos com força. Mas, para sua surpresa, permaneceu seco e seguro em um bolsão de ar e, quando abriu os olhos, eles estavam descendo como se estivessem em um elevador, firmes, sem virar. Esse processo perdurou um longo tempo, mas ele não sentiu uma gota d'água sequer nele ou no barco, apesar das paredes de água que os cercavam durante a descida.

Olly estava imaginando quando chegariam ao fundo, ou quando voltariam à superfície, quando pararam e o motor roncou levemente ao começarem a avançar por um túnel, uma passagem entre paredes rochosas com água escorrendo por elas. Após um tempo, a água se tornou um riacho, depois uma pequena linha na parede, e Olly viu uma luz à sua frente.

— Pronto, você já pode se sentar.

— Meu Deus. Onde estamos?

— Nas Cavernas de Cristal. Quando passarmos pelas duas primeiras, estaremos abaixo do lago, com a água acima de nós. Nós podemos viajar pelas cavernas até o coração de Withern Hill, mas vamos desligar o motor. A passagem é muito estreita mas, se encontrarmos o caminho, poderemos chegar ao subsolo da casa de Nonny Dreever. Mas é muito difícil, pois há muitas cavernas que se cruzam em várias rotas. Os morcegos vão nos ajudar. Só passei por aqui umas duas vezes na vida, mas é nossa melhor chance. Também não podemos passar rápido por aqui: precisamos avançar o mais silenciosamente possível, senão as ondas sonoras reverberam e podem quebrar o cristal.

Eles deslizaram para a frente, quase silenciosamente, enquanto Olly observava os arredores.

As paredes e o teto alto da caverna eram formados por cristais de cores incríveis e as cores se transformavam, acendendo e apagando, faiscando e brilhando. Eram violeta e azul muito profundo, esmeralda e verde-marinho, transformando-se em um azul-prateado claro como o céu, depois ficavam rosa, vermelho, branco-pérola e prateado, e, por fim, dourado vibrante. Eram feitos de enormes pedaços de pedras preciosas em estado bruto, safira, rubi, diamante, turquesa, água-marinha, ametista, topázio, quartzo rosa, olho de tigre. As cores refletiam na água parada abaixo, de modo que, ao avançarem em seus barcos, pareciam estar navegando na superfície de um arco-íris. Quase não produziram sons e, com isso, a única coisa que podiam ouvir era um leve ruído de água a cada lado do barco.

— Abaixem-se — sussurrou Zed, bem a tempo, enquanto saíam da primeira caverna sob um arco baixo, e entravam na seguinte, cujas paredes eram mais escuras, feitas de pedras mais polidas, nas cores prateado-escuro e estanho.

Havia tantas cavernas saindo umas das outras que Olly perdeu a conta, e todas tinham cores diferentes. Mas elas se tornavam gradualmente menores, e as duas últimas eram conectadas por passagens curtas, que eram somente largas o suficiente para os barcos passarem.

— Esta é a última — disse KK, sobre o ombro. — Agora estamos exatamente embaixo da casa dele e teremos que ser o mais silenciosos possível.

A última caverna era muito pequena e as paredes eram douradas e sem brilho. Aqui os morcegos estavam pendurados no teto, de cabeça para baixo, e repousados nos rebordos altos das paredes.

— O que faremos agora?

KK balançou a cabeça e apontou. Embutida na parede dourada à esquerda, havia uma escada estreita. Não parecia ser possível subi-la, pois não havia corrimão e os últimos degraus desapareciam de vista na escuridão do topo.

Então ouviram um ruído distante. Esperaram, completamente imóveis. Olly avistou os morcegos, cujos pequenos olhos pulsavam. O barulho voltou. Era como alguma coisa girando em uma lata, muito longe.

O ruído seguinte veio tão de repente que eles quase se levantaram e viraram os barcos. Era como um tiro nas paredes da caverna e ecoava em volta, um barulho forte e desagradável, tão alto que machucava os ouvidos.

Olly estava abaixado no fundo do barco, mas o barulho horroroso persistia, machucando seus ouvidos mesmo assim. KK o sacudiu. Ele se sentou lentamente, sentindo-se um pouco envergonhado. O barulho estava cessando.

— São elas. — Zed estava com o rosto franzido.

— É verdade, mas podem estar mais longe do que estão fingindo estar. Você conhece os truques. O meu voto é para continuarmos.

— Mas e se...

— E se nada!

— Como vamos subir?

KK franziu o rosto e não respondeu; simplesmente virou o barco cuidadosamente, desenrolou um pedaço de corda que estava aos seus pés e o atirou conscientemente sobre uma pedra pontuda. A corda ficou presa e o barco balançou levemente antes de se estabilizar contra a parede. Zed saltou e se segurou em uma ponta. Havia espaço suficiente para os três, se ficassem grudados e mantivessem o mesmo ritmo.

Olly estava se especializando tanto em subir escadas difíceis e complicadas que poderia viver disso. Esta parecia ainda mais difícil que as outras, mas, até então, ele sempre conseguira subir em segurança.

Zed foi na frente e Olly estava prestes a segui-lo quando ouviu um barulho de rachadura e o teto pareceu partir, fazendo com que um forte raio de luz entrasse diretamente sobre eles. Depois da luz vieram alguns gritos, e em seguida pedras começaram a cair e atingi-los antes de baterem na parede e mergulharem na água.

— Pule — gritou KK —, pule de volta, depressa.

Eles pularam, atingindo as bases dos barcos com tanta força que eles balançaram perigosamente na água, e Olly achou que o dele e de KK fosse virar. Mas KK havia ligado o motor e estava fazendo a curva, desviando das pedras que continuavam caindo neles. Eles ouviram Zed soltar um grito de dor, mas ele conseguiu segui-los, e logo estavam passando sob os arcos e pelas cavernas, com a ansiedade fazendo com que se esquecessem de que precisavam fazer silêncio. As cores nas paredes pareciam dançar e tremer com o barulho, o que fez com que Olly se sentisse enjoado. Atrás deles, ouviram um ronco que parecia um trovão, mas KK acelerou e logo estavam girando velozmente para cima, emergindo pelo redemoinho, cada vez mais rápido, cercados pelas paredes de água. Eles chegaram à superfície e o barco chegou a voar antes de cair novamente sobre a água, fazendo com que fossem atingidos pelos respingos. Estava escuro e frio, e a chuva ainda caía.

— Não chegamos até ele, não resgatamos Nonny Dreever — gritou Olly. — Temos que voltar.

— Não podemos, não por aí. Elas estarão guardando o local. Jamais conseguiríamos passar.

Eles estavam desacelerando e atravessando a água em direção a um banco de areia. KK virou o barco para que a parte da frente subisse na superfície macia. Zed parou ao lado deles e os motores silenciaram.

Ninguém disse nada durante um longo tempo. Eles sentaram arrasados, olhando para a água negra, com a chuva caindo em seus pescoços, sem saber o que fazer, ansiosos, com frio e frustrados. Olly não conseguia imaginar o que poderia estar acontecendo na casa de pilares, mas os soldados de pedra estavam desesperados para conseguirem o Grande Livro, e se Nonny Dreever não tivesse ninguém com ele para lutar e protegê-lo... Ele dissera que seus poderes estavam enfraquecidos.

— Temos que ajudá-lo — falou em voz alta. — *Temos* que ajudá-lo.

— Foi o que tentamos

— Quietos — ordenou KK. — Estou tentando pensar em alguma coisa, não estou? Vocês não acham que vamos desistir, acham?

Eles esperaram. Ela permaneceu sentada com as mãos na cabeça e ninguém disse nada durante um longo tempo. Um dos morcegos passou por eles, mergulhou e continuou voando.

Fora isso, estava tudo quieto.

Olly vagou em uma mistura de sonho e imaginação. Ele estava tentando imaginar o lugar em que KK e Zed moravam, como era o restante da família, tentando entender coisas que ainda não tinha entendido, tentando encontrar explicações para coisas que jamais seriam explicadas. Ele imaginou diversas casas — uma cabana, uma grande fazenda, uma velha ruína —, tentando visualizar KK e Zed nelas...

— Não adianta — disse KK, levantando a cabeça, decepcionada. — Por mais que eu tente encontrar uma solução, não consigo.

Olly se sentou.

— Mas você sempre consegue.

— Não dessa vez. — Ele pôde perceber que KK estava quase chorando.

— Por que não vamos pelo caminho normal? Pela trilha, pelas escadas e pela porta? As pedras jamais esperariam por isso, podíamos surpreendê-las.

KK balançou a cabeça.

— Elas estarão montando guarda em todo lugar. Não são tolas, Olly. Todas as entradas estarão cobertas.

— Não — disse Zed —, eu acho que Olly está certo. O que temos a perder? Elas sabem que estávamos tentando chegar por baixo, e esperam que nosso próximo passo seja chegar de morcego e pousar no telhado. Ou até mesmo passar pelos túneis de terra e subir. Eu acho que vale a pena tentar.

— Esperem um pouco... Deixem-me pensar, deixem-me pensar — disse Olly. Alguma coisa, alguma coisa estava em sua mente, no fundo, como uma peça perdida de um quebra-cabeça. Como...

— Se você não se apressar...

— Shhhhh.

Seu cérebro parecia um lugar escuro, com um leve feixe de luz que se movia de um lado para o outro. Ele perseguia o brilho, e quase o pegava, mas sempre escorregava. Havia algo, uma pista, uma ideia... alguma coisa que ele sabia que podia ajudar.

— Ah, não!

Ele olhou para cima, ao detectar o desespero na voz de Zed. Todos olharam.

A alguma distância, mas se aproximando deles, vinha uma frota de luzes pequenas e penetrantes. E, após alguns segundos, eles ouviram o barulho de batidas de tambor.

— Depressa! — KK ligou o barco e fez uma curva. Olly se segurou e eles aceleraram através das águas negras do lago. Mas alguma coisa estava errada. Olly olhou para trás. Zed não estava ao lado, nem atrás deles. Seu barco estava preso, o motor silencioso, e ele estava sozinho e indefeso, e no caminho de um exército de pedras.

CAPÍTULO 42

Tartarugas salvadoras

Estava claro que não poderiam fazer nada por Zed ficando por lá, que era melhor voltarem, certificarem-se de que estavam em segurança e depois pensarem na melhor maneira de ajudar tanto a Zed quanto a Nonny Dreever.

Ainda estava escuro quando chegaram a Gullywith e tudo estava completamente diferente. Ao saírem de lá, a água, que não parava de subir, parecia estar quase à altura das janelas dos quartos. Agora, a casa parecia flutuar serenamente, com as janelas muito acima da água, refletidas pela luz da lua. A chuva havia parado, mas a água estava por todos os cantos. A imagem da casa, nesse instante, era no mínimo confusa.

KK parou o barco em frente à porta da frente. As luzes estavam apagadas, e não se ouvia qualquer ruído no lado de dentro.

— O que aconteceu? — perguntou Olly. — Não entendo.

— Eu acho que entendo. — KK saiu do barco e foi até um lado, e depois até o outro, olhando para baixo.

— A água deve ter começado a abaixar de algum jeito — disse Olly, seguindo-a. — Talvez haja buracos pelos quais a água tenha descido. Ou...

Ou o quê?, ele perguntou a si mesmo.

— Veja.

Eles se abaixaram e, naquele instante, a casa fez um movimento muito, muito singelo, e se moveu para cima. Foi quase imperceptível, mas a casa ficou alguns milímetros acima da água. Eles esperaram. Nada. Então viram outra vez o discreto movimento para cima. Era tão suave e tão pequeno que ninguém do lado de dentro perceberia nada.

— O que está acontecendo?

KK estava abaixada, e cavando a terra no canto da casa com um pedaço de vaso quebrado. Olly se ajoelhou e observou de perto. Ela arranhou e cavou até fazer um buraco e, em seguida, pôs a mão na cratera. Um largo sorriso se formou em seu rosto.

— Sinta você mesmo — ela disse.

Olly pôs a mão no buraco frio e úmido e apalpou cuidadosamente. Após alguns instantes, seus dedos tocaram um casco duro e rígido.

— As tartarugas! Mas o que elas estão fazendo, KK?

— Eu acho, mas não tenho certeza, que subiram umas nas costas das outras até levantarem a casa, como a casa de Nonny Dreever, sobre pilares. É isso que está mantendo Gullywith sobre a água.

— Mas elas não podem ficar assim para sempre.

— Não, mas a água vai ter que descer alguma hora. A chuva já parou e os ralos e bueiros vão conduzi-la de volta a Withern. O lago não pode continuar subindo para sempre, pode?

Eles ainda estavam olhando para baixo, mas a casa só se levantou mais uma vez antes de parecer se ajeitar e se estabilizar.

— Você precisa entrar agora, Olly.

— Mas e você?

— Tenho algumas coisas para fazer. Vou ver se Zed...

Mas, naquele instante, a água balançou e Zed acelerou com seu barco na direção deles, fez uma curva e parou ao lado de KK e Olly.

— Estou com fome — ele disse. — Quando sua mãe vai preparar o café da manhã?

— Mas você estava preso, seu barco não funcionava, você...

Zed pôs a mão no bolso e pegou alguma coisa. Na palma da mão, ele tinha uma pequena tartaruga de bronze.

— Mas...

— Nunca — KK disse a Olly, com uma expressão séria no rosto —, nunca vá a lugar nenhum sem a sua. Elas nem sempre podem ajudar, às vezes a situação é extrema demais até para os poderes delas, mas elas sempre tentarão — ela olhou para Zed. — O que está acontecendo?

— A casa sobre os pilares está cercada, mas eu ouvi vozes acima de mim. Acho que ouvi Nonny, mas não tenho certeza. Assim que o barco funcionou, corri. Eu não poderia fazer muita coisa sozinho. Nada pode ser feito por ora. Se estiverem lá, devem estar procurando o Grande Livro.

— Ouçam — disse Zed —, há algo mais importante. Sua mãe vai fazer café da manhã ou não?

Mas foi KK quem acabou preparando tudo. Quando Pete Brown desceu usando a calça do pijama, uma camisa velha, esfregando o cabelo e carregando Lula, a cozinha estava dominada pelo cheiro de bacon e de ovos fritos, tomates e cogumelos, e Olly já estava colocando a terceira rodada de pães de forma na torradeira. Zed estava de olho na chaleira enquanto procurava pratos, xícaras, garfos e facas para colocar à mesa.

— De onde vocês vieram? — perguntou Pete Brown, colocando Lula em sua cadeirinha. — Estou impressionado que tenham chegado aqui. Pensei que fôssemos acordar debaixo d'água. Sonhei que a água tinha subido até as janelas do quarto.

Lula começou a batucar com a colher.

Olly e KK trocaram olhares. Mas Pete Brown geralmente continuava a fazer o que estivesse fazendo sem esperar resposta alguma, e neste instante ele estava se servindo de chá e imaginando se o carteiro conseguiria chegar, e lembrando de que precisava checar a fiação, caso tivesse sido atingida pela água.

— Não parece tão ruim — falou, voltando da entrada onde ficava a caixa de fusíveis. — Estou impressionado, de verdade. Mas a água parece estar descendo agora. Imagino que você tenha precisado de um barco para vir até aqui, KK. Isso é para mim? Onde você achou estas linguiças? Maravilha. Certo, Lula...

Mas KK já estava cortando as linguiças em pedaços pequenos, e virando o ovo de Lula, para deixá-lo crocante. Pete Brown encheu a boca de bacon, linguiça, tomate e cogumelo e sentou-se, mastigando com um sorriso contente.

Olly observou pela janela. A água já havia abaixado o suficiente para deixar ver um pedacinho de grama no jardim, apesar de os campos mais afastados ainda estarem inundados. Ele pensou em Nonny Dreever e na fuga de Zed, imaginou se o exército de pedras ainda estava marchando, como as tartarugas conseguiriam sair sem que a casa caísse, como...

— Mas o que são aquelas coisas verdes lá fora? — perguntou Helen Brown, entrando na cozinha com suas botas de borracha. — Ah, olá, meninos. Vocês não vieram remando até aqui, vieram?

Eles se entreolharam alarmados.

— Botes — Olly respondeu depressa.

— Não fale com a boca cheia. Certo. Bem, se vocês trouxeram botes para brincar, tudo bem, mas vocês não podem ir lá para fora, não sem coletes salva-vidas, e vocês vão ter que usar materiais à prova d'água e... Lula, *o que* você está fazendo com isso?

Lula gargalhou ao esmagar um ovo em seu próprio cabelo.

Após o café, Zed e Olly subiram enquanto KK circulava pela casa para verificar os barcos-tartaruga.

— Tudo certo — ela disse ao voltar. — Eles se esvaziaram e se dobraram sozinhos, e estão guardados em um canto perto do celeiro. Certo...

— Já sei! — gritou Olly, dando um salto. — Já sei, já sei, já sei. Desculpe, não queria interromper, mas me lembrei!

— Do quê?

— Eu estava tentando de todas as maneiras me lembrar de uma coisa e não estava conseguindo... e agora me lembrei.

Olly foi até o armário e alcançou o fundo.

— O jogo — ele disse, trazendo a caixa. — É o jogo. Não consegui entender quando ganhei, mas agora tudo está fazendo sentido. Olhem. Eu tenho certeza de que, se aprendermos a jogar, se descobrirmos a chave, ele vai nos dizer tudo o que precisamos saber. Por isso ele me deu, o vendedor da livraria, é para isso que serve.

Inicialmente o jogo e suas peças espalhadas no chão não faziam o menor sentido. Eles tentaram diferentes maneiras de jogar, lançando dados, mexendo peças para frente e para trás. Nada. Eles podiam inventar parte do jogo, mas sem uma chave e sem instruções, eles sempre empacavam. Parecia haver gravuras e pistas, mas nenhum padrão.

De repente, Zed começou a pular, sacudindo os braços.

— São as linhas — gritou. — São todas as linhas. As peças não importam. Vejam as linhas. Vocês não reconhecem?

Eles olharam. Olly até girou o tabuleiro, para cima e para baixo.

— Não — disse KK, esticando a perna, que estava dormente.

— Eu não sei o que elas são... elas vagam pelo tabuleiro.

— Isso mesmo. De onde?

— Bem... de qualquer lugar.

— Você disse que tinha um mapa, Olly?

— Mapas. É claro... os mapas!

Eles abriram os mapas cuidadosamente no chão ao lado do jogo — o mapa de Withern com suas decorações elaboradas, sua riqueza de detalhes e a borda desenhada, e o mapa vazio de Gullywith, com suas linhas finas e os espaços em branco.

Zed se ajoelhou sobre eles, conversando consigo mesmo. Ele passou o dedo no primeiro, depois no segundo, depois voltou a atenção para o jogo e observou de perto o tabuleiro.

— Ele já entendeu — disse KK. — Ele fica desse jeito. — Ela se levantou e foi até a janela. — O único problema é que ele pode ficar assim durante horas.

Olly foi para perto dela. Um sol frágil e fraco tentava, sem sucesso, aparecer por entre as nuvens cinzas, mas a chuva havia cessado totalmente e havia mais pedaços de grama aparecendo em alguns lugares do terreno.

Em determinado momento, Olly teve a estranha sensação de estar descendo em um elevador.

— São as tartarugas — disse KK. — Eu suponho que elas só consigam descer gradualmente.

— Olly! — gritou Helen Brown. — Olly!

Ele foi até a porta.

— Olly, era o pai de Mervyn Crust ao telefone. A senhora Crust está hospitalizada.

— Ah.

— O quê?

— Eu disse "ah". Quero dizer, ah, sinto muito.

— Sim. Bem, Mervyn está vindo para cá.

— O quê?

— O pai dele precisa fazer uma viagem de negócios e não pode levá-lo, então ele está vindo para cá. Vai chegar em meia hora.

Olly voltou para o quarto ao mesmo tempo em que Zed deu um salto e começou a sacudir os braços novamente.

— Já sei — ele disse —, já sei, já sei, já sei. Vejam.

Eles se curvaram sobre os mapas e o jogo.

— Estas linhas... não são os caminhos que conhecemos. Não são as trilhas. Não são os túneis subterrâneos. Mas não são nenhuns daqueles em que passamos. Eles não estão na direção correta. Mas vejam... — Ele virou o mapa de Gullywith de cabeça para baixo e o colocou ponta a ponta com o jogo de um lado e o mapa de Withern do outro. Imediatamente, Olly viu que algumas das linhas desbotadas se uniam. — Estas linhas representam trilhas ou túneis que partem daqui — ele pôs o dedo no mapa de Gullywith —, da casa. De algum lugar aqui dentro, ou abaixo. — Ele se inclinou e colocou a outra mão sobre uma marca verde no mapa de Withern. — E aqui. Esta é a casa de Nonny Dreever. Este é o bosque que fica atrás. Esta é a floresta. Esta é Withern Hill. Agora, se seguirmos as linhas, elas assumem uma rota curvilínea, e vão daqui à casa de Nonny Dreever, cruzando o tabuleiro. Sem ele, as linhas não se juntam. São apenas dois mapas separados. O jogo é a peça que falta. E eu acho que, se você soubesse exatamente como se joga, encontraria as rotas e levaria as peças de um lado para o outro através da rota mais curta... e haveria diversos obstáculos, o lago... a colina... as cavernas... e dois times. O importante é que agora sabemos que há um caminho de Gullywith para a casa de Nonny Dreever. Um caminho direto.

— Então só o que precisamos fazer agora — disse KK — é encontrar o início da rota aqui nesta casa. Alguém tem alguma ideia?

CAPÍTULO 43

Os enigmas secretos

Zed voltou para o jogo e começou a passar o dedo sobre as linhas, antes de pegar cada uma das peças e analisá-las cuidadosamente, e em seguida movê-las sobre as rotas, cada qual na sua vez.

— Será que... os enigmas... Tem algum nesta casa, Olly? Alguma marcação, qualquer coisa desse tipo?

— Na adega. Lá existem algumas pedras com marcas.

Eles desceram as escadas correndo.

Mas quando abriram a porta que levava à adega e desceram os primeiros degraus, a água estava lá para atrapalhá-los. Não havia maneira de avançar e nenhuma das pedras nas paredes ou nos degraus tinha qualquer marcação.

— Então teremos que esperar até que a água desça — disse Zed.

— Mas isso pode levar dias.

— E o celeiro? E as pedras no celeiro? Onde subimos pela escotilha.

— Não podemos ir para o celeiro. Aquela parte ainda está cheia de água. Além disso, nós sabemos para onde aquelas passagens levam — disse KK. — E não é para a casa de Nonny Dreever.

Eles estavam voltando para a escada quando ouviram gritos lá de fora, e Helen Brown saiu correndo de dentro da cozinha.

— Ótimo, vocês estão aqui. Acho que Mervyn Crust está chegando. Eles provavelmente não querem passar pela água com o carro, devem estar com medo de ficar presos. Vocês podem ir até lá para encontrá-lo?

Não tinham escolha. Ouviram mais gritos. Olly calçou suas galochas.

— Subam — ele sussurrou. — Vou levá-lo até a cozinha, vou dar comida a ele. Ele gosta de comida. Subo assim que puder.

Mervyn Crust e o pai estavam parados no portão, completamente patéticos. Mervyn estava com uma longa capa de chuva bege, um chapéu amarelo e galochas enormes. Seu pai carregava uma mala. Mervyn trazia uma mochila e uma mala de mão. Parecia que ele estava vindo para passar um mês.

— Pode vir — gritou Olly. — Você pode chegar até aqui. Basta vir pelo canto. Não há perigo algum.

Mas Mervyn ficou parado com uma aparência tão indefesa que, no final das contas, Olly teve de passar pela água cheia de lama e ir até o portão.

— Por favor, certifique-se de que ele se seque assim que entrar. Ele fica gripado com muita facilidade. Mervyn, tire as roupas molhadas antes de qualquer outra coisa. E não se esque...

— Vamos — disse Olly alegremente —, está tudo bem. — E estava prestes a voltar para dentro da casa quando Mervyn jogou a mochila e a mala de mão nele.

— Eu não posso carregar *tudo*.

— Você tem certeza de que sua mãe está aí, Oliver? Eu detestaria pensar que vocês estão soz...

— Minha mãe e meu pai estão em casa, eles nunca nos deixam sozinhos.

— Sim, mas...

— Tchau. Vamos, Mervyn. É só água.

— Água suja de lama.

— É, da cor da sua capa de chuva, então não tem problema, não é mesmo?

— Papai...

— Ai, vou acabar derrubando suas malas na água, elas estão muito pesadas.

— Não, essas aí estão com os meus carrinhos e...

— Bem, vamos, então.

Finalmente, ele foi.

Os 15 minutos seguintes foram um verdadeiro pesadelo, em função da acomodação de Mervyn Crust. Ele reclamou das botas, da capa, das malas, e depois da cama, do fato de que o quarto estava úmido, e de que ele utilizava lençóis e cobertores, e não uma manta.

— Não posso dormir com esta manta. Vai me fazer espirrar e ter pesadelos.

A paciência de Helen Brown durou mais do que a de Olly, e ela ficou repetindo para o filho que, se ela tivesse de ir para o hospital, ele também ficaria preocupado e se sentiria estranho.

— Eu me sentiria, sim, se tivesse que ficar na casa dele.

— Pronto, então você sabe como ele está se sentindo. O que você quer fazer, Mervyn, querido?

— Ele pode assistir ao meu DVD novo, ele gosta de assistir a essas coisas. Vamos, eu coloco para você.

Quando Mervyn estava sentado em frente à televisão com um copo de leite, um prato de biscoitos e *Shrek 2*, Olly correu de volta para cima. Em seu quarto, Zed e KK estavam deitados no chão olhando para o tabuleiro do jogo.

— Já descobrimos — disse Zed, mostrando os polegares quando Olly entrou.

— Olhe. Está vendo isso?

Olly olhou para onde KK estava apontando.

— Bem... o quê?

— Abaixe aqui e olhe mais de perto. Você precisa estar praticamente com o nariz grudado no mapa e depois seguir a corda.

— Que corda?

— Você está precisando de óculos? Olhe.

Olly olhou. E então viu. Uma linha vermelha pontilhada, extremamente fina, tão fina que ele jamais teria enxergado se KK não estivesse apontando.

— O que é?

— A trilha. Mas, veja só, está vendo onde ela começa?

— Aqui em casa. Mas, disso, nós já sabíamos.

— Nós temos que encontrar os enigmas, e a localização específica de um deles é a entrada para a passagem. Então, reconheceremos o símbolo correto, pois encontraremos uma corda vermelha.

— Que corda vermelha? Que passagem? Do que você está falando?

Mervyn Crust estava na entrada do quarto, com a boca toda suja de farelos de biscoito.

— Ei, o que é isso?

Mas KK foi rápida como um raio, e o jogo estava na caixa e os mapas, dobrados, antes que Olly pudesse perceber como ela havia feito aquilo.

— É só um jogo.

— Um jogo chato.

— Por que vocês estão aqui? — Mervyn Crust olhou para Olly. — Eu não devo me relacionar com eles, minha mãe...

— Você não vai precisar — disse Zed. — Já estamos de saída. Até logo, Olly!

Eles desapareceram antes que Olly pudesse dissuadi-los. Ele correu para fora do quarto, mas seus amigos já estavam lá embaixo, saindo pela porta da frente.

Olly foi até a janela. Ele viu um rastro na superfície da água, que se estendia do jardim aos campos inundados. Enquanto olhava, o rastro desapareceu e a água se estabilizou.

Ele se lembrou de Nonny Dreever sentado em sua casa, contando-lhe a respeito do Rei de Pedra e do castelo, dizendo que "Mervyn Crust é um espião de baixa classe. Ele trabalha para elas, mas elas não o tratam bem... Mas não é um mau menino".

Ele dissera a Nonny Dreever que se lembraria disso e se lembrava. Definitivamente.

Ele se virou de costas e viu Mervyn Crust olhando atentamente para os mapas.

— Você quer ir lá para fora? Nós podemos atirar pedrinhas...

Ele percebeu que a escolha das palavras não havia sido a melhor possível, mas parecia que Mervyn não o escutara. Ele estava correndo os dedos sobre as linhas no mapa.

— É só um mapa velho que achei no armário. Não sei para que serve. Vamos, não quero passar o dia inteiro no quarto.

Mervyn Crust olhou para ele.

— Eu sei o que está acontecendo — ele disse. — Sei o que você está tentando fazer.

— Não estou tentando fazer nada.

— Onde você guardou aquele jogo?

— Que jogo? Ora, vamos, eu vou lá para fora. Você pode fazer o que quiser.

Ele começou a caminhar em direção às escadas. Mas Mervyn Crust não foi atrás dele e Olly não iria deixá-lo sozinho no quarto para que ele encontrasse o jogo — ou qualquer outra coisa. Ele ficou parado no mesmo lugar, chutando um pé com o outro, sem certeza do que fazer.

Foi quando viu, num canto do chão, perto da porta que levava ao quarto que ainda não utilizavam, o quarto cheio de remendos, mofo e com fungo crescendo na parede, uma pequena pedra, que Olly pegou. Havia marcas estranhas em sua superfície. Ele a revirou em sua mão e resolveu que era melhor deixá-la exatamente onde a encontrara.

Olly se moveu silenciosamente. A luz não estava muito boa. Ele se agachou e esticou a mão.

— O que é isso?

— Cocô de rato — ele respondeu rapidamente. — Há milhares de ratos por aqui.

— Então por que você está incomodado com o cocô deles?

— Não estou. Vamos.

— Eu não estou vendo nenhum cocô de rato.

Se Helen Brown não tivesse gritado, dizendo que queria os dois lá embaixo, Olly tinha certeza de que Mervyn teria visto a mesma coisa que ele viu. Se saberia o significado, ele não fazia ideia, mas não era um risco que queria correr.

— O que aconteceu com KK e Zed? — perguntou Helen Brown enquanto eles entraram na cozinha.

— Eles precisaram ir embora.

— Aqueles dois aparecem e desaparecem como num passe de mágica. Não entendo. Mervyn, você quer chá, chocolate quente ou suco?

— Leite.

— Certo. Leite. Olly?

— Chocolate, por favor.

— Muito bem. — Ela olhou para Mervyn Crust. — Eu tenho muito trabalho para fazer, Olly. Seu pai também, mas ele vai precisar tomar conta de Lula pela manhã. Vou tentar resolver as coisas para poder ficar com ela durante a tarde, mas talvez você precise ficar com ela durante um tempinho, então, por favor, não desapareça você também. O que vocês vão fazer?

— Jogar — respondeu Mervyn, sorrindo para ela, um sorriso dócil e manipulador.

— Ótimo. Tomem, e tem uma vasilha de frutas e alguns biscoitos. Levem para cima e não derrubem nada.

— Nós podemos jogar um jogo de espionagem que eu ganhei no Natal — disse Olly, desesperadamente, quando chegaram ao andar de cima. — É muito legal.

— Chato.

— Ou RPG. É um bom jogo.

— Eu não gosto.

— Bem, precisamos fazer alguma coisa.

Olly mordeu uma maçã com tanta força que mordeu a língua junto.

— É verdade, e eu já sei o quê. — Antes que Olly pudesse fazer alguma coisa, Mervyn já havia descido da cama e estava correndo.

— Aonde você está indo?

Mas ele já estava no canto, curvando-se.

— Ah.

— O quê?

— Estava aqui. Eu vi. Tenho certeza de que vi.

— O que, o cocô de rato?

— Não.

Olly olhou por cima do ombro, com o coração na garganta.

Mas o que ele tinha certeza de ter visto, e que Mervyn Crust também havia visto, não estava mais lá.

CAPÍTULO 44

A corda vermelha

Aos poucos, a casa sossegou e a noite se estabeleceu. Ele ouviu seu pai descendo de sua sala de trabalho e Lula chamando por alguém enquanto dormia. Ouviu sua mãe atendê-la e depois sair, fechando a porta do quarto. Ouviu as escadas rangerem, como sempre faziam. As luzes se apagaram. Ouviu uma coruja.

Ele esperou e esperou, deitado no escuro, com os olhos abertos. Contou até mil. Depois dois mil. Três mil. Quase dormiu durante a última contagem, e teve de se sentar.

— Quatro mil novecentos e noventa e um... Quatro mil novecentos e noventa e cinco... Quatro mil novecentos e noventa e oito... Quatro mil novecentos e noventa e nove... CINCO MIL. Isso!

Ele já era especialista em se levantar sem emitir qualquer ruído. Tirou o pijama, calçou os sapatos e as roupas, pegou a lanterna e saiu silenciosamente pelo andar. A casa produziu seus barulhos, mas, fora isso, estava quieta, e todos estavam dormindo. Olly esperou durante um longo tempo, ouvindo atentamente na direção do quarto de Mervyn Crust, mas este também estava quieto.

Olly passou lentamente a lanterna pelo rodapé. Nada. Caminhou olhando para baixo, por toda a extensão, até chegar à porta do quarto que não utilizavam. Então, ele apontou a luz da lanterna para o canto da porta. Agachou-se.

Lá estava outra vez.

Olly se apoiou sobre as mãos e os joelhos. Os tacos do chão rangeram duas vezes, bem alto na segunda vez, e ele congelou, esperando que alguém chamasse, acendesse a luz, que seu pai aparecesse gritando "Quem está aí?". Mas ele não apareceu. Ninguém apareceu. E o ruído cessou.

Olly segurou a lanterna com a mão esquerda e apalpou o chão com a direita até que encostou nela.

Era definitivamente uma corda vermelha, apenas um centímetro de corda, uma corda vermelha exatamente como a desenhada no mapa com a linha pontilhada e desbotada. Olly deu um leve puxão na corda. Nada aconteceu. Não soltou em sua mão, não começou a se desenrolar de dentro do quarto; simplesmente ficou onde estava. Ele girou a maçaneta e abriu a porta. Ela rangeu ligeiramente, mas isso foi tudo, e em um segundo Olly havia entrado no quarto e fechado a porta.

Em seguida, acendeu a luz. Não havia lustre, apenas a lâmpada pendurada em um fio no teto. O quarto era chamado por Helen Brown de "meu desespero", e por Pete de "meu próximo desafio". O quarto continuava tão deplorável quanto estava na primeira vez em que Olly o vira, ainda mofado, com pedaços gelados, ainda cheio de fungos. Mas agora tinha uma linha de uma corda vermelha que ia da entrada da porta ao rodapé no canto oposto, onde desaparecia em uma rachadura. A rachadura percorria uma linha reta do topo à base da parede. Olly puxou a corda. Nada. Ele estremeceu. Ele estava no meio de um dos pedaços frios do quarto. Se KK e Zed estivessem aqui...

Ele foi até a janela e olhou para baixo, esperando, torcendo para encontrá-los lá embaixo, esperando, atirando pedras na janela, em um barco-tartaruga, em skis, até em um helicóptero. Ele sorriu. Mas estava escuro, sem lua, e não se ouvia qualquer barulho. Concluiu que dessa vez estava sozinho.

Voltou à rachadura e a sentiu com o dedo, imaginando o que deveria fazer e o que a corda vermelha lhe dizia, se é que dizia alguma coisa, quando aconteceu algo que fez com que ele desse um salto para trás e seu coração acelerasse.

A parede começou a se abrir. Uma parte inteira se escancarou como uma porta, quase fazendo Olly perder o equilíbrio e cair no buraco negro que se formava. Ela abriu-se silenciosamente, como se as dobradiças estivessem lubrificadas. Mas não havia dobradiças, apenas a corda vermelha.

Olly apontou a lanterna e viu que a corda passava pelo chão e desaparecia na escuridão sob seus pés. Ele moveu o feixe luminoso. Ele só conseguia enxergar a primeira parte da corda, pois ela descia pelo buraco, mas não parecia haver degraus. Olly deitou e avançou. Em seguida, esticou a mão e apalpou os arredores.

Ele sentiu algo que parecia ser frio e macio. Apontando a lanterna nessa direção, algo brilhou. Parecia estar fixado na massa que formava a base interna de um dos tacos de madeira, e de lá desaparecia no buraco negro. Ele a apalpou novamente. Sabia que isso o lembrava de alguma coisa, mas não tinha certeza do quê. Não era algo que visse com frequência. Sentiu novamente. Macio. Escorregadio.

O tobogã! E, pendurado em um gancho ao lado, havia um tapete.

Precisava sentar no tapete e escorregar. Mas para onde? Na Feira da Lua Cheia de Fiddleup, ele sabia que cairia na base do brinquedo, sobre um colchão macio. Mas agora não conseguia enxergar para onde ia, nem onde aquilo terminava. Poderia ser em terra firme. Poderia ser no fundo d'água.

Ele permaneceu sozinho e parado, olhando para a escuridão, durante um longo tempo, acendendo e apagando a lanterna. Parte dele queria ir direto para a cama, vestir o pijama, deitar sob a colcha e dormir. Talvez ao acordar no dia seguinte tudo tivesse desaparecido; a porta na parede estaria fechada e a corda vermelha não estaria mais lá.

Talvez.

Mas outra parte de Olly sabia que ele tinha de ir, sozinho, descer pelo tobogã e seguir a corda vermelha, que o levaria a Nonny Dreever.

Ele tinha de ir. Simplesmente tinha de ir.

Algo fez cócegas em sua mão. Olly olhou para baixo e viu uma aranha pequena. Durante um segundo, ele e a aranha trocaram olhares. Então reparou que ela tinha olhos brilhantes, dourados e minúsculos, tão pequenos quanto cabeças de alfinetes. Depois de um tempo, a aranha deu uma piscadela para ele.

Ele retribuiu o gesto.

— Espere um pouco — sussurrou Olly. Em seguida, pegou o tapete, sentou cautelosamente, fechou os olhos e se soltou.

CAPÍTULO 45

Olly está por conta própria

O tobogã na Feira da Lua Cheia de Fiddleup havia sido muito rápido, e Olly se surpreendeu, pois agora sentia que estava escorregando lentamente. Abriu os olhos e descobriu que não estava inteiramente escuro, como parecia estar quando olhou de cima. Ele conseguia enxergar um pouco, como se houvesse uma lâmpada fraca em algum lugar acima dele. Mas inicialmente não havia nada a ser visto. Havia as paredes de pedra de sempre, só que estas não tinham rebordos como os outros túneis e passagens, nem tampouco olhos brilhantes espalhados pelos cantos. Mas escorregar em círculos lentamente era bastante agradável, e não estava frio. Parecia seguir por quilômetros a fio e, após um tempo, Olly começou a se sentir sonolento. Mas, ao fechar os olhos, ele sentiu o tobogã fazer algumas curvas fechadas, pelas quais passou com grande velocidade, e aterrissou em algo firme, mas não duro demais a ponto de ser desconfortável. Ele se sentou por um instante, recuperando os sentidos. Apesar de a luz continuar fraca, era suficiente para que Olly pudesse enxergar que sua mão direita repousava ao lado de uma fina corda vermelha.

Ele olhou em volta. Era um espaço pequeno, semelhante a uma caverna, e não havia nada ali dentro. Olly apontou a lanterna lentamente para cima e para baixo, por todos os lados, até que enxergou um túnel que saía dali. Um único túnel. A corda vermelha ia naquela direção e desaparecia para dentro do túnel, então ele tinha certeza de que deveria segui-lo. Mas ficou sentado durante um tempo, sem ir a lugar algum. Estava muito quieto e Oliver estava completamente sozinho. A aranha parecia ter desaparecido durante a descida pelo tobogã. Não havia tartarugas, nem morcegos, tampouco pessoas. Mas também não havia pedras. Ele observou pelo chão, apontou a lanterna para todos os cantos da parede, mas concluiu que, se houvesse alguma pedra, era pequena demais para que ele a enxergasse.

Esta era a primeira vez em que partira sozinho pela noite desse jeito, sem conhecer o destino, sem saber o que poderia encontrar pelo caminho, e estava assustado — mas não assustado o suficiente a ponto de querer voltar. Ele olhou para o escorrega. Mesmo se quisesse voltar, seria extremamente difícil: como alguém poderia escalar um tobogã escorregadio?

Para Olly, isso parecia uma espécie de teste. Se chegasse lá, se encontrasse Nonny Dreever, se, se, se...

Ele se levantou, sacudiu a sujeira dos joelhos de sua calça jeans, iluminou o caminho à sua frente, e partiu em direção ao túnel.

Curvava-se um pouco, depois ia reto, curvava-se e dobrava um pouco, então seguia reto novamente, e a corda vermelha o acompanhava o tempo todo, pelo chão, próximo à parede. Não havia mais nada. Foi uma caminhada longa e monótona, mas Olly seguiu em frente, sem sentir medo ou preocupação, aliás, pelo contrário, ficando cada vez mais sossegado. Ele percebeu que gostava de ficar sozinho, e a ausência de incidentes durante a caminhada permitia que pensasse sobre muitas coisas sem ser interrompido.

O túnel seguia. E seguia. E seguia. Olly tinha a impressão de já ter caminhado por mais de 160 km.

E então o túnel parou. Acabava em uma parede. Uma parede de pedra. Parecia não haver porta, janela, nada. A corda vermelha também parou, no pé da parede. E isso parecia ser tudo.

Mas não era.

Havia um buraco muito pequeno próximo à parede e, enquanto o menino observava, pareceu crescer à medida que as tartarugas no outro lado cavavam. Olly esperou e ficou assistindo enquanto o buraco crescia. Em determinado momento, tentou ajudar, remexendo no chão, mas só o que conseguiu foi sujar as unhas de areia e machucar o dedo. As unhas afiadas das tartarugas eram muito mais eficientes.

Agora ele sabia que só precisava esperar até que o buraco se tornasse grande o suficiente para que ele passasse. Quando isso acontecesse, ele descobriria para onde a corda vermelha o guiara.

A espera não foi longa. As tartarugas trabalharam duro e, em pouco tempo, Olly estava passando pelo buraco. Ele esperava desaguar em algum lugar dentro da casa de Nonny Dreever, ou embaixo. Em vez disso, assim que atravessou o buraco, sentiu o vento bater em seu rosto e percebeu que estava do lado de fora, sobre uma colina com um pequeno bosque de árvores altas atrás.

— Você está aqui.

— Você conseguiu, Olly. Conseguiu chegar aqui sozinho.

Zed, Xylo e KK surgiram em meio à escuridão, sorrindo, com Jinx correndo ao lado deles.

— Você encontrou a corda vermelha!

— O que está acontecendo? — perguntou Olly, ansiosamente. — Onde está Nonny Dreever? E onde nós estamos?

— Você veio pelo outro lado do lago, por isso não está reconhecendo o lugar. Mas o exército de pedras não pode vir para este lado: seus poderes começam a diminuir por causa da corda vermelha. É a única maneira de termos alguma chance de chegar à casa de Nonny.

— Então a corda acabou?

— Não, nós vamos pegá-la ali. Mas não precisamos mais dela — disse KK. — Podemos encontrar o caminho. Mas é bom saber que ela continuará por perto. Vamos.

Olly estava feliz por estar com eles e, surpreendentemente, não demorou muito para que reconhecesse o local onde estavam. Em poucos minutos, localizou a parte dos fundos da casa de Nonny Dreever.

Estava tudo muito quieto, exceto pelo esporádico barulho de folhas voando à medida que a brisa noturna soprava. Havia finas nuvens flutuando na frente da lua e pequenos trechos de céu estrelado entre elas.

A casa de Nonny Dreever estava sob as sombras da escuridão.

— Nós vamos subir sorrateiramente. Olly, vá para a janela à esquerda. Zed e Xylo, vocês podem ir pelos fundos. Eu vou olhar pela janela da cozinha. Mas façam silêncio e tenham *muito* cuidado. Se alguma coisa acontecer, assobiem.

— Ela partiu na escuridão, com Jinx atrás, e Zed e Xylo foram pelos fundos. Olly caminhou cautelosamente até chegar aos degraus, e subiu com todo o cuidado do mundo, parando em cada degrau para ver se ouvia algum barulho. Mas não havia qualquer ruído. Até a brisa parecia ter parado.

Ele chegou ao topo. Esperou. Então se curvou para baixo e caminhou até chegar à janela esquerda. Mas, quando ia se levantar para espiar, ouviu um assobio discreto de trás de casa. Ele parou. O assobio soou novamente.

Em seguida, Zed e Xylo estavam a seu lado, empurrando-o para baixo.

— Tem alguém ali. Não consigo enxergar, mas ouvi algo se mexer.

— Se mexer como?

— Shhhhh.

Olly sentiu a respiração de Zed em sua orelha e o próprio coração batendo forte. Uma coruja piou em uma árvore atrás deles.

Eles esperaram por um longo tempo, mas não ouviram qualquer barulho, não viram nada, e KK apareceu acenando os braços, informando que não havia encontrado nada.

— Acho que devemos entrar — disse Olly.

— É muito perigoso.

— Bem, não adianta ficarmos parados aqui fora a noite inteira. Somos cinco, e você está com sua tartaruga, não está?

Ele olhou em volta. O rosto de Zed expressava pânico.

— Ah, não! Zed!

— Tudo bem, nós temos a corda vermelha.

— Grande coisa!

— Como você sabe?

— Fiquem quietos. Você não tem jeito. Zed, é a segunda vez que você esquece ou perde a tartaruga. Eu vou entrar e assobiar se precisar. Fiquem aqui — disse KK.

Mas, quando estava prestes a se dirigir à porta, fez-se um barulho embaixo deles. Um segundo depois, KK estava iluminando o chão com sua lanterna.

— Muito bem, venha para cá onde podemos enxergá-lo. Agora.

Fez-se uma pausa. Todos estavam olhando para o local iluminado. Após um instante uma figura emergiu, piscando por causa da luz.

— Mervyn Crust! — disse Olly.

Rápida como um raio, KK deu um salto para frente, agarrou Mervyn Crust e o puxou para perto dos outros. Ele encarou a todos, tentando aparentar coragem e confiança.

— Eu imagino — disse Olly — que você tenha me seguido.

— E se for? De qualquer forma, eu já sabia para onde você estava indo.

— Certo, então.

("Mervyn Crust é um espião de baixa classe" —, Olly se lembrou. "Mas não é um mau menino.")

— O que vocês estão fazendo?

— Não é da sua conta — disse KK. — Zed, amarre-o na base da escada.

— Vocês não vão me prender. Por que querem me prender? Eu não fiz nada, não preciso ser preso.

— Não confiamos em você — disse KK.

Zed tirou o cinto, e prendeu Mervyn ao corrimão de madeira.

— E, se você tentar escapar, nós vamos ouvir, e se você escapar, ficará sozinho, e está muito escuro.

Eles deixaram Mervyn Crust vermelho e irritado, mas sem tentar se soltar, e subiram os degraus. Olly olhou para baixo. Ele não achava que Mervyn Crust fosse a lugar algum.

— Muito bem — disse KK —, vamos entrar. Depois eu acendo a lanterna.

Ela pôs a mão na maçaneta, girou-a silenciosamente e, em seguida, abriu a porta. Não se ouvia qualquer barulho do lado de dentro. Quando a porta estava suficientemente aberta, ela ligou a lanterna e iluminou o recinto.

Não havia ninguém. A pequena lâmpada vermelha, que vivia acesa e brilhante no canto da cozinha, estava apagada. O brilho da lanterna passou pelos móveis, pelas maquetes, pelos brinquedos, bonecos e pequenos entalhes, pelas caixas de música, pelo teatro em miniatura, pelos cristais rosas, azuis e verdes, pelas fotos, pela caravana de ciganos... Desceu pela mesa e pelas cadeiras, pelo fogão, pela louça nas prateleiras, pelas gavetas, pelo chão. Em seguida, KK ergueu a lanterna outra vez, para iluminar a poltrona.

Nonny deveria ter estado ali. Seus chinelos estavam no tapete em frente à poltrona e os óculos, na mesa ao lado.

KK esticou a mão e acendeu a luz.

— Vejam — Zed disse e correu imediatamente para a cadeira e se curvou. No chão havia algumas pedrinhas muito pequenas.

Em seguida, vindo da porta da frente, que deixaram entreaberta, eles ouviram. Firme. Lento. A alguma distância.

— Batidas de tambor — observou Olly. — São batidas de tambor.

Eles foram para o lado de fora, posicionaram-se no degrau mais alto, e então puderam ouvir com mais clareza.

Tá tá tá tá tá tá tá tá tá tá.

— Vejam — disse KK, apontando para o lado oeste, por cima das árvores.

— O quê? Não estou vendo nada.

— Eu estou — disse Olly. — Como um fogaréu. Uma coisa vermelho-alaranjada, brilhando no céu.

— Está vindo de lá — repetiu KK.

— É o Lago Withern — disse Xylo. — Seja o que for, está acontecendo lá.

Eles deixaram a casa de Nonny Dreever e KK os guiou para frente, pela trilha que passava pelo bosque, pela descida, pelo campo, e sobre a colina coroada pelas árvores. O brilho escurecera, tornara-se completamente vermelho e se espalhara pelo céu.

Agora a noite estava mais clara e as estrelas se tornavam pontos brilhantes. A lua aparecia, mas ainda havia algumas nuvens flutuando à sua frente bloqueando a luz.

Eles tiveram de andar enfileirados, e Olly estava atrás, sendo seguido por Jinx. Já estavam caminhando pela trilha há algum tempo quando tropeçou e, enquanto se equilibrava para não cair, olhou em volta.

— Esperem — ele disse. — KK, veja.

Atrás deles, em uma linha que se esticava bastante, vinham as tartarugas, seus pequenos olhos brilhando e iluminando a trilha enquanto caminhavam.

Olly e os outros pararam. As tartarugas pararam.

— Elas estão nos seguindo!

— Eu não acho que elas estejam aqui por nossa causa — disse Zed. — Acho que elas estão indo para algum lugar, e por acaso estão atrás da gente.

— Como assim, você acha que estamos todos indo para o mesmo lugar?

— Logo vamos saber.

Alguma coisa esteve no fundo da mente de Olly o tempo inteiro. Ele podia sentir desde que deixaram a casa da Nonny Dreever, mas sempre que tentava transferir para a frente, onde poderia enxergar o que era, escorregava e voltava para o fundo.

Então ele disse, quando se lembrou:

— Ah, céus!

— O quê?

— *Mervyn Crust*!

CAPÍTULO 46

O fim da batalha

Mervyn Crust escapara e agora não havia nada que pudessem fazer a respeito. KK não falou com o irmão durante boa parte do trajeto, mas Olly sabia que Mervyn teria recebido ajuda para fugir, e eles tinham coisas mais importantes com as quais se preocupar agora. As tartarugas continuavam seguindo-os, e o brilho vermelho no céu se intensificava na medida em que se aproximavam do topo da última colina.

Olly estava cansado e fraco, e o som cada vez mais alto dos tambores fazia com que seu estômago embrulhasse. Ele começou a desejar que as coisas se normalizassem, que Gullywith se tornasse uma casa normal e Fiddleup, uma cidade sem livrarias estranhas. Ele desejou poder dormir sem ter de imaginar quantas aventuras noturnas enfrentaria, e que KK e Zed fossem amigos comuns. Ele não aguentava mais passar por buracos e subir escadas, cruzar túneis estreitos e corredores, e emergir em locais estranhos, ser perseguido por tartarugas e morcegos, por mais bem-intencionados que fossem, e não aguentava mais encontrar pedras com marcações estranhas escondidas em sua casa ou em seus sapatos. Parte disso tudo, como o Baile de Inverno, tinha sido incrível; outra parte, como ser encarcerado no Castelo Withern, tinha sido assustadora, e tudo tinha sido estranho, ou fantástico, ou mágico. Mas a verdade é que fazia sua cabeça explodir. Ele quase não se lembrava de como era estar calmo, quieto, e fazer coisas normais, como viajar de férias para a Espanha, ou brincar com sua maquete do *Star Trek*, ler sobre explorações polares ou assistir a DVDs dos *Teletubbies* com Lula.

Tudo isso vagava pela sua mente enquanto seguia KK, Xylo e Zed pelos últimos metros da colina e chegava, ligeiramente sem fôlego, ao topo. Jinx corria ao lado deles.

— Ah!

A cena abaixo era a mais extraordinária que Olly já vira na vida e, ao olhar, ele sabia que estava impregnada em sua memória tão profundamente que ressurgiria em sonhos assim como as cavernas de gelo do Baile de Inverno.

As águas da tempestade já haviam sido drenadas. Eles ficaram parados em fila sobre o grande espaço formado pelo lago e seus arredores, e pelas colinas mais próximas, o que fazia com que a cena parecesse um grande teatro.

Chamas iluminavam o cenário, chamas vermelhas que faziam com que o céu brilhasse a longas distâncias. Elas brilhavam como carvão, refletidas no lago, e iluminavam o castelo com uma luz estranha e flamejante que percorria as paredes. E o castelo também tinha iluminação interna. As aberturas e os arcos brilhavam em dourado, que irradiava e se misturava ao vermelho das chamas.

A ponte levadiça estava abaixada e se estendia para além do castelo, sobre o lago, até a terra. Arrumado à frente e alinhado na ponte, o exército de pedras encontrava-se organizado, com os soldados vestindo capacetes com plumas pretas e brancas, que balançavam com a brisa noturna. Mais soldados cercavam os contornos do lago.

As tartarugas agora desciam a colina e tomavam seus lugares atrás do exército de pedras, de maneira organizada, e seus olhos brilhantes incrementavam a rica iluminação que banhava o cenário noturno.

Os tocadores de tambor estavam no interior do castelo e nos baluartes; eram ouvidos, porém não vistos.

Em seguida, enquanto Olly, Zed, Xylo e KK observavam, alguns trompetistas e corneteiros apareceram nos baluartes e ergueram seus instrumentos dourados. Só então os tambores cessaram. Fez-se um momento de absoluto silêncio e expectativa. KK agarrou a mão de Olly e a sacudiu.

Então os trompetes soaram, com um brilho dourado intenso, que cruzava o lago em direção a eles.

— Vejam, ah, vejam! — sussurrou KK.

Um redemoinho havia começado a se formar no lago, girando em círculos, cada vez mais rápido, se tornando mais profundo e mais amplo, e de seu centro emergiram os cachos de pedra, a cabeça e os ombros, a lança, a toga e a mão esticada do Rei de Pedra, erguendo-se até que ele estivesse posicionado, enorme e magnífico sob a luz das chamas. Os trompetes soaram e depois cessaram. Os tambores tocaram uma única sequência. O Rei de Pedra subiu na ponte e ergueu o braço. Em seguida, pelo declive da colina em frente, precedida por uma fileira dupla de tartarugas enormes com olhos brilhantes, surgiu lentamente uma figura com uma longa capa negra. Ele caminhava firme, confiante e determinado, aproximando-se do castelo, até chegar ao final da ponte levadiça. Nesse instante, a figura olhou para o alto, exatamente para onde estavam Olly, KK, Xylo e Zed, e levantou a mão.

— Nonny. É Nonny Dreever.

— O que está acontecendo? O que ele vai fazer?

— E olhem! Atrás dele! Carregando... alguma coisa.

Um menino pequeno e de rosto pálido caminhava cercado pelas tartarugas, e agora havia parado imediatamente atrás de Nonny Dreever. Ele estava carregando o que parecia ser uma almofada fina, sobre a qual estava um livro com a capa de couro.

— Então ele não fugiu, foi levado — disse KK enquanto observavam Mervyn Crust, tremendo leve sob o peso do livro, parado, esperando.

— Parece que ele trocou de lado — disse Zed, com um sorriso estampado no rosto.

Ouviu-se um tremendo barulho de tambores, tão alto que o chão sob seus pés pareceu tremer. Então Nonny Dreever começou a caminhar lentamente em direção ao Rei de Pedra, seguido por Mervyn Crust, que aparentava grande preocupação, e continuava carregando o livro.

— Como um pajem — disse KK.

Zed riu.

— Ele deveria usar calças de seda.

— Shhh. Mas o que Nonny está fazendo? Ele não pode simplesmente...

— Mas é o que parece.

Nonny havia pegado o Grande Livro, e, segurando-o com as duas mãos, esticou-o em direção ao Rei de Pedra. Os tambores se silenciaram novamente. Todos pareciam congelados em seus lugares, o exército de pedras, as tartarugas, os corneteiros e os tocadores de tambor. O redemoinho havia desaparecido e todo o lago parecia feito de gelo, e a única coisa que se movia era a luz que, refletida na água, brilhava fraca.

Houve um longo momento de espera. Olly imaginou o que aconteceria se Nonny Dreever derrubasse o Grande Livro. Ou se o Rei de Pedra o pegasse. Ou se...

Mas nada disso aconteceu. Nonny Dreever ficou ali, segurando o livro, e o Rei de Pedra deu um ou dois passos em sua direção, parou, e em seguida curvou a cabeça e esticou as mãos. Nonny Dreever entregou-lhe o livro, colocando-o cuidadosamente em suas mãos. Os dois ficaram parados em silêncio, olhando para o livro.

O que aconteceu em seguida fez com que Olly desse um salto, e pensou ter sido levantado do chão em virtude de uma reação semelhante de seus amigos. Jinx ganiu.

Houve uma sonora saudação de armas, proveniente do castelo e, ao mesmo tempo, um som de tambores e cornetas ecoou pelo céu noturno antes de reverberar de volta à terra.

Uma fração de segundo mais tarde, fogos se lançaram ao alto, foguetes cruzando os céus, deixando rastros de estrelas douradas e prateadas, grandes cascatas das cores vermelha, esmeralda e azul brilhante, chafarizes rosas e violetas e um cometa com uma longa cauda flamejante de dragão. Eles olharam para cima e assistiram enquanto os fogos continuavam, partindo do castelo, e, aparentemente, até mesmo das profundezas do lago.

Foi um longo tempo até que o último se apagasse, mas, quando isso ocorreu, Olly viu que Nonny Dreever e o Rei de Pedra não estavam mais na ponte levadiça, mas na beira da água em dois tronos idênticos. O exército de pedras e as tartarugas se posicionaram em torno deles.

— Vamos descer — disse KK.

— Não, mais alguma coisa vai acontecer, e daqui podemos enxergar melhor.

Zed tinha razão. Olly se sentou na grama. Lá de cima, eles enxergavam todo o cenário, o castelo iluminado, o lago, os exércitos, as luzes, e, agora, o início do que parecia ser um concurso, um torneio ou um jogo. Fosse o que fosse, ele jamais havia visto coisa parecida e, enquanto observava, tinha a certeza de que provavelmente jamais veria. Coisas assim certamente não aconteciam mais de uma vez na vida de ninguém.

Toda a área explodiu em luz, som e cor. Artistas, malabaristas, cuspidores de fogo, dançarinos, acrobatas, e equilibristas surgiam do castelo, da floresta, da escuridão, enquanto as luzes iluminavam as colinas. Cortinas vermelhas, douradas e prateadas subiam e desciam, com as chamas mudando de cor. Faíscas voavam sobre suas cabeças, e, de repente, duendes e gnomos surgiam e saltavam pelos ares, em direção a Olly, Zed, Xylo e KK, tomando-os pelas mãos e correndo com eles para a arena. Antes de saberem o que estava acontecendo, passaram a fazer parte do misto de cores e música, dançando e saltando mais alto do que achavam que podiam, pulando a altura do castelo, como se seus pés tivessem molas. As crianças foram lançadas ao ar pelos acrobatas, bolas coloridas de malabaristas voavam em torno de suas cabeças, e eles eram perseguidos por criaturas pequenas, vestidas com fantasias estranhas. Toda a ponte e o chão que se estendia à frente do lago estavam lotados de pessoas dançando, com suas fantasias coloridas voando e se balançando ao seu redor de forma padronizada, brilhando com a luz.

Olly se viu sendo girado por dois duendes vestidos de verde e, em seguida, dançando ao longo da fileira de soldados de pedra que batiam palmas no ritmo das batidas do tambor. Zed andava sobre pernas de pau e KK se equilibrava sobre um fio entre as árvores, segurando um pequeno guarda-chuva colorido.

E no meio de tudo isso, Nonny Dreever estava em pé com os braços esticados, enquanto a luz vermelha e dourada passava sobre ele, de modo que se rosto parecia em chamas, e brilhava tanto quanto os olhos das tartarugas que estavam por todos os lados.

Enquanto estava envolvido em uma dança, Olly se separou dos dançarinos e parou, cansado e sem fôlego. KK e Zed também estavam lá, ao lado de Nonny Dreever, que parecia mais alto, de maneira que os avistava de uma altura incrível.

— O que aconteceu? — perguntou KK, sem fôlego. — Fomos até a casa e você não estava lá. Pensamos que tivesse sido aprisionado.

Nonny Dreever soltou uma gargalhada.

— O que os fez pensarem que eles fariam uma coisa dessas?

— Você disse que seus poderes estavam enfraquecidos, e parecia tão preocupado com o que eles poderiam fazer.

— Eu estava preocupado. Foi então que uma luz veio até mim. Literalmente. Acendeu o meu quarto. Eles estavam tentando pegar o Grande Livro, pois acreditam que lhes pertence. Bem, talvez pertença, talvez não, mas não tenho utilidade alguma para ele agora.

— Mas se eles o utilizarem para o mal...

— Esse é o risco. Mas duvido que isso aconteça. Eles querem possuir o livro, colocá-lo em uma caixa de vidro em um cômodo do castelo que separaram para isso há milhares de anos. Querem admirá-lo. Querem deixá-lo protegido por guardas dia e noite. O Rei de Pedra jamais se sentiu seguro com o livro em outro lugar. E jamais se sentiu poderoso o suficiente. Então, decidi dar um basta a essa situação. Cansei dos problemas causados por isso. Chega de batalhas, brigas, tramoias e raiva. Eu decidi entregar a ele. E como você acabou de testemunhar, foi isso que acabei de fazer.

— Eles vão te dar alguma coisa em troca? O que prometeram? Você não pode confiar neles. — Os olhos de KK brilharam em fúria.

— Não pedi nada. Não ofereceram nada. E temos que confiar neles.

KK grunhiu.

— É verdade — disse Nonny Dreever. Ele se voltou para Olly. — Mas eu tenho algo para você, Oliver Mackenzie Brown. — Ele alcançou o bolso de sua capa preta e em seguida esticou a mão. — Pegue — disse Nonny Dreever.

Era uma pedra, pequena e cinza. Olly girou-a de um lado para o outro. Em um dos lados, era lisa. No outro, tinha uma única marca. Era como tantas outras que havia visto, mas aquelas tinham mais de uma marca. Fora isso, era só mais uma pedra.

— Você precisa levá-la a Gullywith — disse Nonny Dreever. — Ela pertence a casa. E não é só isso: esta foi a primeira pedra a ser encontrada lá, a primeira pedra que marcou a casa. Ponha de volta no lugar. É só o que precisa fazer.

— Para quê?

— Para que a batalha acabe.

— Quer dizer que nós ganhamos?

— Não foi isso que disse. Eu disse que a batalha por Gullywith se encerraria. Gullywith é sua, e permanecerá sua.

— Você tem certeza? — Olly estava se lembrando de tudo o que acontecera, dos buracos no rodapé, do celeiro que não parava em pé, dos vazamentos no teto, da adega cheia d'água...

— Leve para casa. Ponha de volta no lugar. Espere, e verá.

— Qual é o lugar?

— Isso você terá que descobrir sozinho. Agora, aproveite as festividades. Mas quando a última corneta soar e as águas se fecharem, esteja pronto.

Olly guardou a pedra no fundo do bolso, e quando olhou para cima, Nonny Dreever havia desaparecido.

— O que ele quis dizer? — perguntou, voltando-se para KK, mas ela também não estava mais lá, estava correndo em direção à borda do lago, junto com Zed.

A pessoa ao lado de Olly disse:

— Acho melhor fazer o que ele mandou, ou tudo pode acontecer. — Era Mervyn Crust. Ele parecia tão triste e patético que Olly sentiu pena dele. Ele havia sido utilizado simplesmente como um mensageiro e um espião pelo exército de pedras, depois mudou de lado e ganhou a função de um pajem que carregava uma almofada. Ele não havia participado de nenhuma festa, e agora não parecia saber como se juntar à diversão.

Olly o cutucou no ombro.

— Vamos apostar uma corrida até o lago.

Mervyn Crust pareceu confuso.

— Vamos logo... Quero me juntar à festa antes que tudo acabe e chegue a hora de ir embora. *Vamos*! — disse Olly.

Por uma fração de segundo, Mervyn continuou com a expressão desconfiada, mas quando Olly partiu, ele foi atrás, correndo pelo declive, quase ultrapassando-o ao esbarrar na multidão de foliões

Eles passaram uma hora muito divertida, dançando, pulando, saboreando os doces e bebidas gasosas que tinham gosto de mel e framboesa, e a espuma prateada que vinha em cones altos e explodiam em uma deliciosa mistura de azedo e doce em suas línguas. Havia bolinhos quentes de chocolate mergulhados em chocolate branco, sorvete, e panquecas de bacon, ovos e linguiça preparadas em grelhas ao lado das barracas de nozes e amendoins e os palitos de algodão-doce verdes, azuis, rosas e dourados.

Fogos iluminaram a noite e, por vezes, as luzes do castelo mudavam de cor, enviando ondas roxas e rosas pelo céu. Havia músicos por todos os lados, dançarinos mascarados e palhaços. As tartarugas dançavam, os morcegos apresentavam um balé aéreo, descendo dos baluartes do castelo, e as pedras sapateavam pela ponte levadiça. A festa se tornou mais barulhenta e mais agitada e muito mais confusa. De vez em quando, Olly e Mervyn esbarravam em KK, Zed e Xylo, e eles trocavam de parceiros. KK dançou com um soldado de pedra. Xylo voou nas costas de um morcego até a torre mais alta do castelo e desceu outra vez, sorrindo e, ao pousarem, desapareceram momentaneamente em uma explosão de fumaça prateada que os envolveu antes de flutuar pelo céu.

— Ah, eu não queria que acabasse nunca — gritou Olly para KK enquanto passavam e ele verificou a pedra no bolso, para certificar-se de não tê-la derrubado. Há pouco tempo, ele teria se preocupado com a possibilidade de que ela tivesse sido roubada. Agora, ele pensou, isso não poderia mais acontecer. A batalha estava encerrada.

Ele parou para respirar e para olhar em volta, escolhendo o que fazer e para onde ir em seguida, mas, enquanto o fazia, a música, que vinha de todos os cantos, melodias e instrumentos que se cruzavam formando uma verdadeira sinfonia começou a diminuir. Um por um, os músicos pararam de tocar — primeiro, as bandas, e, em seguida, os violinistas, os tambores, os acordeões, as flautas, os violões e as gaitas silenciaram-se. Levou um tempo. Mas, assim como tudo ficou quieto, as pessoas pararam. Os dançarinos encerraram as danças, os malabaristas cessaram, e ninguém mais girava em círculos. Era como se todo o mundo estivesse girando, e agora desacelerasse.

Os fogos pararam de explodir no ar e sobre eles o céu estava escuro e pincelado com estrelas, e a lua brilhava, finalmente livre da névoa que a encobrira mais cedo.

As luzes deixaram de mudar de cor e agora toda a área era banhada por uma luz prateada que se tornava dourada ao se distanciar.

Todos esperaram. Todos assistiram.

Fez-se o maior silêncio possível.

Então, o Rei de Pedra se separou da multidão e começou a andar em direção à ponte levadiça, e atrás dele os soldados de pedra se organizaram para segui-lo, dois a dois. Nonny Dreever estava lá esperando e, quando o rei se aproximou, ele se curvou em sinal de reverência. O Rei de Pedra inclinou a cabeça.

Então Nonny Dreever se afastou lentamente. A ponte levadiça começou a se erguer, presa às suas correntes, até se fechar completamente.

Ao fazê-lo, ouviu-se uma tremenda sinfonia produzida pelos corneteiros nos baluartes e pelos tocadores de tambor. As luzes, que brilhavam bastante, começaram a diminuir aos poucos.

Olly prendeu a respiração. Todos ficaram absolutamente parados e silenciosos.

Então o castelo começou a afundar nas águas do Lago Withern, sob os olhares atentos de todos. Ele afundou, e as águas escuras se ergueram a seu redor e, após alguns instantes, só as torres eram visíveis, com as chamas saindo delas, e um único trompetista tocando uma nota enfraquecida e melancólica.

Então desapareceu completamente. As águas se fecharam, se estabilizaram, e o último brilho prateado desapareceu, deixando nada além da luz do luar e da escuridão ao redor.

Olly tremeu, não de frio, mas por causa de uma estranha sensação de tristeza. A seu lado, KK, Zed, Xylo e Mervyn Crust estavam quietos. Todos os outros desapareceram. Quem eram, de onde vieram e para onde foram, ninguém sabia.

— Acabou — disse Olly.

— É verdade. Temos que ir.

Olly esperou por uma intervenção de Mervyn Crust, em que ele diria “Eu quero ir para casa. Como voltaremos para Gullywith?”.

Mas ele não reclamou. Simplesmente deu de ombros.

— Vamos — Mervyn disse a Olly. — Temos uma longa caminhada pela frente.

CAPÍTULO 47

Casa

Eles voltaram para casa silenciosamente sob a noite sedosa, com a lua viajando à frente, iluminando o caminho. Olly se sentia estranho — cansado, triste, e confuso com tudo aquilo. Ele esperava que fosse verdade, que as pedras fossem embora de Gullywith, e que sua família pudesse se estabelecer, pelo menos sem que mais desastres acontecessem. Ele esperava que conseguisse encontrar o lugar certo para colocar a pedra que trazia no bolso.

Olly ficou imaginando se voltaria a ver Nonny Dreever, se KK e Zed iriam para a escola como todas as outras crianças, se, se, se...

Temia que todas as coisas mágicas se acabassem junto com a batalha, e ele não queria que isso acontecesse. A vida tinha que se acalmar, mas ele não queria que se tornasse chata. Precisava de surpresas.

Mervyn Crust caminhava ao lado de Olly. Isso também era estranho. Mervyn Crust parecia ter mudado da noite para o dia — ou talvez ele mesmo, Olly, tivesse mudado. De qualquer forma, Mervyn não parecia mais tão chato e Olly estava satisfeito com sua companhia enquanto caminhavam de volta para casa, subindo a colina, depois descendo, e seguindo pela trilha.

Quando se aproximaram do último portão, que levava ao campo de Gullywith, Olly olhou em volta e o escalou. Atrás deles, havia um pequeno rastro de luz se movendo com constância. Ele esperou. Sete tartarugas o seguiram e claramente estavam indo para casa com eles, seus olhos brilhavam. Olly sorriu.

A casa estava escura, e, como sempre, todos dormiam. Eles entraram sorrateiramente e subiram as escadas.

— Você precisa descobrir o lugar da pedra — sussurrou Mervyn Crust.

— Agora não dá. Pode ser qualquer lugar.

— Não será longe. Olhe pela janela do seu quarto.

Olly o encarou.

— Por quê?

— Faça isso.

Mervyn parecia muito seguro.

— Tudo bem.

Olly pegou a pedra do bolso, segurando-a na palma da mão. Era pequena, e poderia haver um espaço para ela em qualquer lugar, mas ele foi até a janela do quarto, abriu-a e olhou para o lado de fora.

A luz do luar iluminava o parapeito de pedra logo abaixo, e um buraco pequeno entre as pedras cinzas.

— Ela se encaixa perfeitamente — ele disse. — Nem dá para perceber que havia um buraco aqui.

— Eu sei — disse Mervyn Crust, bocejando. — Eu disse. Vou deitar...

— Boa-noite, então.

— Boa-noite.

A porta se fechou suavemente. Olly passou um tempo inclinado para fora da janela, olhando para os campos e para a colina além do luar. Lá embaixo, ele viu que as tartarugas estavam reunidas e seus olhos formavam uma camada brilhante, mas, enquanto observava, o brilho diminuiu e desapareceram, um a um, à medida que as tartarugas iam adormecendo.

Olly sentiu um cansaço imenso dominá-lo. Ele vestiu o pijama e se afundou no colchão, puxando a coberta sobre o rosto. Estava cansado demais para se preocupar, cansado demais para pensar e refletir, cansado demais para fazer qualquer coisa.

Adormeceu e as luzes das chamas e os brilhos dos olhos das tartarugas passearam por seus sonhos, ele podia ouvir ao fundo o ruído enfraquecido dos corneteiros do castelo, nas profundezas do Lago Withern.

Depois

As últimas semanas das férias foram boas. O sol brilhou quase todos os dias, os campos e o jardim secaram, a água na adega diminuiu, e em uma manhã os construtores poloneses simplesmente apareceram e voltaram ao trabalho. O telhado do celeiro foi consertado, as paredes reconstruídas, e então eles voltaram a atenção para a casa, fizeram consertos, instalações, trocaram os papéis de parede e decoraram. A nova sala de computador de Pete Brown, e o estúdio de Helen estavam prontos e funcionando, o que os deixava permanentemente felizes. O pequeno sótão não tinha mais partes frias, e os construtores se livraram dos fungos, dos buracos e da umidade, e pintaram as paredes de amarelo.

As janelas e as portas ficavam abertas para que o sol e o calor do verão entrassem. Gullywith estava cheia de luz. E a pedrinha no parapeito de Olly estava segura em seu lugar.

Em uma clara manhã de setembro, Olly estava chegando à Escola de Fiddleup para o primeiro dia de aula. A entrada estava lotada de alunos que trajavam os casacos vermelhos, as calças cinza, e as gravatas roxas do uniforme escolar, carregando mochilas, merendeiras e kits esportivos, produzindo um som ao qual Olly achava que jamais iria se acostumar. Sua escola em Londres era pequena. Esta parecia enorme, e ele tinha certeza de que iria se perder.

Mas a primeira pessoa que viu foi Mervyn Crust, que o cumprimentou.

— Está tudo bem — ele disse. — É sempre assim, mas, depois que o sinal toca, fica mais quieto. Fique comigo e ficará tudo bem.

Obviamente, quando o sinal soou, todos pararam de falar e começaram a se encaminhar para o prédio, dirigindo-se para a esquerda e para a direita. Enquanto seguia Mervyn para o lado esquerdo, Olly sentiu uma cutucada nas costas.

— Oi.

KK estava exatamente atrás dele, sorrindo, e Zed estava à sua direita, caminhando em outra direção, com alguns amigos. Xylo estava a alguns metros de distância.

KK parecia como qualquer outra aluna, pensou Olly, vestindo um casaco novo, uma saia cinza, trazendo uma bolsa de couro e um taco de hockey. Seu cabelo estava preso com um elástico vermelho e pregadores. Era difícil acreditar... não, difícil não, era impossível. Imagens passaram pela mente de Olly, KK no barco-tartaruga, acelerando pela água, KK subindo a escada de ferro na escuridão, KK se divertindo no rinque de patinação do Baile de Inverno. KK.

— Até logo — ela disse.

Mas, quando ela virou a cabeça, Olly viu algo brilhante. Ele olhou. Nada. Ele olhou novamente. Os pregadores tinham pequenas tartarugas nas pontas e, enquanto observava, dois pequenos olhos brilhantes piscaram para ele antes que KK desaparecesse.

Este livro foi composto na tipologia Classical Garamond BT, em corpo 11/16, e impresso em papel off-white 80g/m^2 no Sistema Cameron da Divisão Gráfica da Distribuidora Record.